Cipotânea:
fala-feio, fala-bonito

Endereço:
Rua 1º de Maio, 70 – Sala 202
36200-072 Barbacena – MG
Tel: (32) 3331-5901 – (32) 8849-6901
e-mail: jgheleno@terra.com.br

JOSÉ GERALDO HELENO

Cipotânea:
fala-feio, fala-bonito

MAZZA
edições

Contato: *jgheleno@terra.com.br*

Diagramação:
Elizabeth Miranda

Capa:
Túlio Oliveira

Revisão:
Ana Emília de Carvalho

Leitura dos originais:
Ivana Melhem Deoud

Heleno, José Geraldo.

H474f Fala-feio, fala-bonito : Cipotânea / José Geraldo Heleno. – Belo Horizonte : Mazza Edições, 2007.
232p ; 14cm .

1. Literatura Brasileira. 2. Ensaios Brasileiros. I.Título.

CDD: B869.4
CDU: 869.0(81).4

Mazza Edições Ltda.
Rua Bragança, 101 – Bairro Pompéia – *Telefax:* (31) 3481-0591
30280-410 Belo Horizonte – MG
e-mail: edmazza@uai.com.br
www.mazzaedicoes.com.br

Sumário

Introdução

Ninguém faz nada sem um objetivo. Ninguém escreve por nada. No mínimo, escreve-se pelo prazer de escrever. No caso presente, sou movido por duas forças: o prazer de escrever e a vontade de fazer uma viagem de reconhecimento à região onde se encontram minhas raízes familiares e culturais, conhecê-la melhor e compartilhar esse conhecimento com aqueles que se dispuserem a viajar comigo.

Não escrevo para aprovar ou desaprovar idéias ou pessoas. Não escrevo para elogiar, homenagear, criticar, fazer ressalvas em nome de alguma qualidade ou defeito. Escrevo para conhecer a história, para entender melhor um lugar, a partir daquilo que ele diz de si mesmo, e por meio das forças que perpassam seu discurso[1].

Os nomes, quando os cito, pouco importam. Repito o que os relatos orais me dizem. Com base nesses relatos, arrisco algumas interpretações, procurando sentido para uma grande quantidade de informações que me foram passadas de maneira dispersa e fragmentada. Tento, por isso, não construir uma história de pessoas, mas a história de uma região. Mas, como a história de nenhum lugar se faz sem os homens que o habitam, sou obrigado a citar nomes, o que faço, sem pretender que essas pessoas sejam as únicas importantes da região, e nem que sejam as mais importantes naquilo

[1]A palavra discurso é tomada aqui, como na maioria dos lugares em que ela ocorre neste trabalho, não como peça oratória, mas como um conjunto de valores, de ideais que congregam as pessoas de uma comunidade e que se manifestam, em geral, pela fala.

que elas representam. A imagem que o texto apresenta das figuras abordadas não pretende ser a forma acabada, a última verdade sobre a personagem, o desenho irretocável de seu perfil político, moral, social, familiar, ou qualquer que seja. Na verdade, o que apresento aqui resulta de uma visão especular, em que o espelho são as informações dos entrevistados. Das informações que me passaram, é impossível excluir os interesses e os comprometimentos dos próprios entrevistados. Pessoas não são como as pedras ou como o ar, que, sob determinado ponto de vista, são sempre duras as primeiras, e fluido o segundo.

Além disso, não há um limite absoluto entre a história e a ficção. Toda narrativa, por mais comprometida que pretenda ser em relação aos fatos narrados, contém algo de ficcional; como toda obra de ficção, por mais que pretenda ser "inventada", contém algo da realidade histórica que a circunda. Quando falo de Fonseca, de Padre Pinto, de José Chiquinha, do Coronel Galdino ou do Quinca Teixeira, e de outros, não estou abordando aquelas pessoas físicas, que nasceram, foram registradas, eram proprietárias de algum bem, tinham família, possuíam um endereço, certa profissão, uma determinada estatura, ou uma certa cor de pele. Estou falando de imagens, portadoras dos mesmos nomes, de existência paralela à das pessoas físicas, construídas pelo imaginário coletivo da região em que viveram aquelas pessoas, e pelas narrativas que me transmitiram os entrevistados. São, por isso, figuras quase lendárias.

O período enfocado são os cem anos do milênio que findou. Em razão das fontes, que são primordialmente orais, eu não poderia recuar mais no tempo, e ir muito além. Acontecimentos e pessoas que se encontram fora desse limite de um século só podem ser percebidos em fragmentos pouco definíveis. Subsidiariamente utilizo informações documentais, com o intuito, principalmente, de balizar as informações orais. Neste caso, entram, especialmente, as datas. Eu vejo os atores da história aqui citados, não como heróis ou vilões, mas como representantes de forças, dentro de uma perspectiva foucaultiana. Os atores da história de que falo, embora não sejam seres abúlicos, só agem como emersão das forças que constituem o *status quo* de que fazem parte.

Os fala-feio e os fala-bonito, que servirão como baliza principal para o desenvolvimento deste ensaio de história regional e de alguns episódios dentro dele, são dois rótulos que ouvi de alguns xopotoenses entrevistados. Percebi, então, que se pode construir toda a história de São Caetano do Xopotó do século XX, sob a cobertura dessas duas forças. São elas que, construindo choques e alianças entre si, balizam todos os acontecimentos, grandes e pequenos, que povoam todo o século em questão. Ao privilegiarem a fala como elemento caracterizador das duas facções, os xopotoenses, instintivamente, anteciparam-se de cem anos ao método de análise que só com Michel Foucault[2] adquiriria foros científicos. Como na região nunca circulou regularmente qualquer jornal, tivemos que procurar o pensamento e o sentir regionais, em depoimentos da memória oral, que tivemos o cuidado de colher, usando para isto, um gravador. Fizemos, depois, a transcrição e a análise dos dados. Na redação deste ensaio, temos evitado sempre lançar mão de revelações que acreditamos possam provocar qualquer constrangimento ou atentado ao bom nome de quem quer que seja, vivo ou morto. Sem submissão a quaisquer correntes de análise histórica ou filosófica, eu quis tão-somente auscultar o que a comunidade xopotoense pensa sobre si mesma, e revelá-lo sob a forma deste ensaio.

Para chegar às conclusões a que cheguei, é importante salientar que não parti munido de nenhum questionário prévio,

---

[2] Filósofo francês (1926-1984) que abriu novos horizontes à história e à epistemologia, mostrando como o pensamento se forma a partir de uma prática de discurso e de uma prática social.

de nenhuma hipótese para ser comprovada ou negada. Saí desarmado de qualquer expectativa, disposto tão-somente a ouvir. Como num processo de memória no qual palavra puxa palavra, ouvi o primeiro entrevistado no dia 7 de junho de 1992, o segundo no dia 24 de julho do mesmo ano, e o último no dia 22 de julho de 1998. A partir de nomes e de fatos que julguei interessantes, procurei outras pessoas para serem entrevistadas e fui, assim, abrindo o círculo. Alguns temas que começaram a se destacar passaram naturalmente a orientar as perguntas dirigidas aos novos entrevistados. Nessas circunstâncias, procurei nunca induzi-los a tomar qualquer direção que respondesse à minha expectativa, e nem contê-los dentro do círculo de informações que pudessem enriquecer relatos anteriores, confirmando-os ou negando-os. Ao contrário, muitas das dissidências ou extrapolações em relação a fatos já revelados por outros entrevistados tornaram-se novos temas a serem aprofundados nas entrevistas seguintes. Mantendo sempre essa postura, fiz diversas viagens para ouvir pessoas citadas em entrevistas anteriores.

A região trabalhada é o distrito de São Caetano do Xopotó, hoje cidade de Cipotânea (refiro-me, quase sempre, à localidade como São Caetano, mesmo depois de ter o nome mudado). Ela se situa na confluência dos rios Espera e Xopotó (um tributário do Rio Doce), um pouco ao norte do Rio Brejaúba. São Caetano encontra-se a -20,90528 graus de latitude e -43,36556 de longitude. Sua altitude é de 660 metros e sua área é de 153 quilômetros quadrados. Segundo o censo de 1996, sua população é de 6.435 habitantes.

Tomei sempre como referência São Caetano e, secundariamente, Alto Rio Doce, mesmo porque a origem das duas cidades, das famílias que as povoam, e seu desenvolvimento histórico não permitem seu estudo separadamente: o antigo São Caetano e o antigo São José do Xopotó[3]. Outras cidades foram visitadas, sempre que algum entrevistado residia ali. Geralmente esses entrevistados, ou eram naturais de São Caetano ou de Alto Rio Doce, ou pessoas que, embora não originárias desses lugares, haviam vivido neles um tempo apreciável de suas vidas.

Seguindo esses critérios, algumas entrevistas exigiram deslocamento para outras cidades, como se segue:

– 32 entrevistas foram realizadas em São Caetano;

– 37 em Barbacena;

– 9 em Belo Horizonte;

– 7 em diversas zonas rurais (dentro dos municípios de Cipotânea, Rio Espera, Senhora de Oliveira, Brás Pires e outros);

– 3 em Senador Firmino;

– 3 em Piranga;

– 3 em Alto Rio Doce;

– 2 em Dores do Turvo;

– 2 em Abreus (distrito de Alto Rio Doce);

– 1 em cada uma destas cidades: Ouro Preto, Santos Dumont, Rio Espera, Juiz de Fora, Petrópolis, Brás Pires, Senhora de Oliveira, num total de 7 entrevistas.

Quanto ao extrato econômico-social a que pertencem os entrevistados, pode-se afirmar que são, na sua maioria, trabalhadores rurais ou em atividades ligadas ao meio rural, como boiadeiro, tropeiro, pequeno comerciante. Quanto ao nível de instrução, predominam pessoas que cursaram até a terceira série do antigo Curso Primário. Estudantes de curso superior, há dois entrevistados; de segundo grau completo presumível, são sete. Com curso superior completo: 5. Quanto à idade, há dois na faixa de 20 anos, um na faixa dos 30. Os demais estão acima dos 50 anos de

---

[3] São Caetano do Xopotó passou a denominar-se Cipotânea a partir de 17/12/1938, e São José do Xopotó passou a chamar-se Alto Rio Doce a partir de 7/3/1890, pelo Decreto nº 26.

idade, com predomínio de pessoas nascidas antes de 1930. Entre os entrevistados, há brancos e negros, homens e mulheres, pessoas economicamente estáveis e outras pouco estáveis, moradores da zona urbana e da zona rural.

Enquanto alguns entrevistados foram visitados mais de uma vez, houve entrevistas em que foram ouvidas, ao mesmo tempo, várias pessoas. Dentre as que foram ouvidas mais de uma vez, estão: Levindo Moreira das Neves, Albertino Heleno, Edith da Conceição Heleno, Divino Gonçalves Heleno, José Timóteo Sobrinho, José Evangelista de Souza (Zé Soldado), Alberto Augusto da Silva Werneck (Guiu), Francisco Cunha, Nilo Goulart, José Dias Moreira, Antônio Jerônimo Dias. Dentre as que foram ouvidas em grupo, estão José Calixto (comunidade da Leoa), Nivalda (comunidade dos Luzias). Algumas entrevistas foram feitas na companhia de Geraldo Barroso de Carvalho, autor do livro *Cipotânea, uma história alegre;* outras, na companhia do antropólogo e Professor Romeu Sabará da Silva. Além desses, acompanharam-me ainda em algumas entrevistas: o Professor Francisco Cunha; Albertino Heleno, meu pai; Edith da Conceição Heleno, minha mãe; Alaíde Paulina Moreira; e o Professor e Coronel Oswaldo Olímpio Emídio. A todos o meu agradecimento. Essas viagens me possibilitaram ouvir cerca de 130 pessoas (os nomes se encontram no Apêndice II), em 106 entrevistas, que se encontram gravadas em 100 fitas e transcritas em 1.100 páginas. Seria impossível ouvir todas as pessoas que têm muito a nos informar, por isso peço desculpas àquelas que não foram por mim procuradas, muitas das quais, tenho certeza, teriam uma contribuição inestimável a oferecer. Agradeço a todos os que se prestaram a responder a minhas perguntas e ofereceram seus conhecimentos familiares, regionais e da tradição oral, os quais permitiram que eu tecesse esta pequena história. Penitencio-me, se me houver mostrado parcial no enfoque de alguma questão. Por isso, estou aberto à crítica, principalmente para que se possa chegar ao mais perto possível do que corresponde à realidade.

A pretensão principal deste ensaio é encontrar um sentido de conjunto para um sem-número de fatos e de relatos que correm de boca em boca, ou moram no fundo da memória muda de alguns, que, diante do gravador, foram-me sendo entregues, ora em torrentes, ora em gotas, mas sempre fragmentários. Coube a mim montar esse mosaico, o que procurei fazer com todo o critério que me foi possível. Vou, por tudo isto, deter-me especialmente nos fatos e nas pessoas que me parecem representar uma dimensão de significado coletivo. Como, apesar disso, não gostaria de privar o leitor de informações menos gerais, no Apêndice I, declino a lista dos nomes das pessoas citadas nas entrevistas, procurando agrupá-los por famílias. Fiz todo o possível para não dar tratamento diferenciado a quem quer que seja, por motivo de cor, de raça, de crença, de posses, ou de situação social, no que diz respeito, tanto aos informantes quanto ao tratamento das informações recebidas. Sobre as famílias e as comunidades negras que, muitas vezes, são esquecidas em trabalhos como este, procurei, no corpo do livro, dar um esboço de suas relações familiares. Procurei mostrar a maneira como se integram na história do lugar e o nível de preservação de sua tradição cultural. Procurei valorizar não apenas aqueles elementos herdados da mãe África, mas sobretudo aqueles construídos nos locais em que residem hoje.

Para facilidade de compreensão deste trabalho, principalmente por parte dos leitores que não conhecem São Caetano, elaborei, a partir de fotografias antigas, um esboço de mapa, contendo o centro do distrito e o início das poucas ruas de antigamente. No mapa, numerei os pontos correspondentes às casas existentes então, e elaborei uma legenda explicativa. As remissões que faço, no correr do texto, a esses pontos, vêm expressas pelo número correspondente entre parênteses.

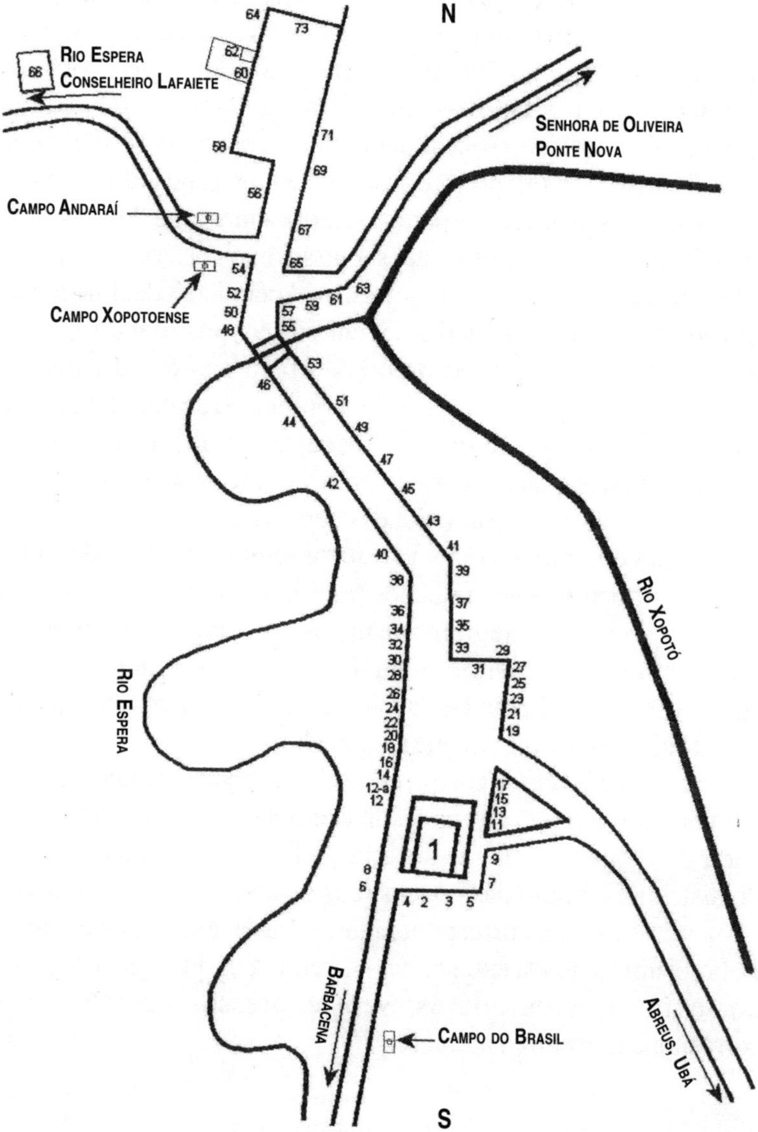
N
Rio Espera
Conselheiro Lafaiete
Senhora de Oliveira
Ponte Nova
Campo Andaraí
Campo Xopotoense
Rio Xopotó
Rio Espera
Barbacena
Campo do Brasil
Abreus, Ubá
S

Legenda:

1. Igreja
3. Residência de Juscelino Dias dos Anjos
5. Barracão
7. ?
9. Hermínio Gonçalves Viana (Dote)
11. Família Pedrosa
13. Cônego José Pinto Carneiro
15. Lote vago
17. Honório Teixeira de Carvalho
19. José Francisco Heleno (Zé Miguel)
21. Juventino Araújo (maestro)
23. Estalagens de Juventino Araújo
25. Nega do Leco
27. José Donato Araújo (Nego)
29. Lote vago
31. Juquinha Arantes
33. Leandro Werneck
35. Leandro Werneck
37. Zeca Dias
39. Herculano Heleno
41. Terrenos vagos
43. Pascoal Valle
45. ?
47. ?
49. Tote Heleno (Teófilo G. Heleno)
51. Gustavo Grossi
53. Juca, depois os Moinhos
55. Lote vago
57. Júlia de Aniceto (família Ganda)
59. Escola de Ló (provável)
61. ?
63. ?
65. Joviano de Paiva

2. Lote vago
4. ?
6. Antônio Justiniano Teixeira
8. Zeca de Freitas
10. Zeca de Freitas (Correio)
12. Cel. Teixeira
12 a. Chico Dias
14. José Arantes Moreira
16. João Pereira
18. Miguel Gonçalves Heleno
20. José Mansueto de Carvalho
22. Francisco Grossi (filho de Alberto 1)
24. João Grossi
26. Alberto Grossi.1
28. Cel. Galdino
30. Descendentes de Joaquim Heleno (Casa Nova)
32. Luís Heleno
34. Marciano Gonçalves
36. Miguel Gonçalves Heleno
38. João Cirilo Dias
40. Lotes vagos
42. Totônio Teixeira (A. T. de Carvalho)
44. Vicente (filho de João Cirilo)
46. Juscelino Sapateira (Dandão)
48. Maria Dias
50. Francisco Custódio
52. Francisco Custódio
54. Lote vago
56. Lote vago
58. Diversas casas simples
60. Cemitério
62. Capela Nossa Senhora do Rosário
64. Diversas casas simples
66. Francisco Grossi (onde seria a estação férrea)

1. Urbano *versus* Rural

O grupo urbano de São Caetano do final do século XIX e do início do XX, com o casamento do Professor Leandro Gomes da Silva Werneck com Maria Augusta, filha de Alberto Grossi, o italiano, ficou imbatível, ao reunir o intelectual ao poder econômico representado pela família Grossi. Com a valorização da indústria, os fazendeiros começavam, em todo o Brasil, a perder prestígio, o que acontecia também em São Caetano. É revelador dessa inversão de importância econômica o fato de as casas do Largo, que outrora pertenceram aos fazendeiros da redondeza, estarem, então, quase todas nas mãos dos Grossi. As exceções ficavam por conta de alguns comerciantes e de um ou outro fazendeiro que ainda detinham a posse sobre imóveis próximos da igreja, como se pode ver no Mapa da página 14 e na fotografia da página 18. A tônica do comércio e das tropas era dada pelos produtos do moinho dos Grossi.

Alguns dos Grossi, até hoje, tecem hipóteses sobre que razões teriam levado seus antepassados até São Caetano. Falam de guerra na Europa. Alguns pensam que seria fuga de alguma perseguição, hipótese que encontra respaldo na crença de ser a região de São Caetano de então um lugar cheio de matas, e coberto de florestas. A idéia que alguns manifestaram, nas entrevistas, era a de que São Caetano, ainda na metade do século XIX, seria um ermo impenetrável.

É preciso, antes de mais nada, retificar algumas crenças. Primeiro, que a vinda dos irmãos Grossi para o Brasil não se deu ao mesmo tempo, o que muitos dos seus descendentes não se recordam mais. Eles não vieram juntos. Segundo, que a região não era tão remota como parece a alguns que a imaginam a partir de hoje. A localização de São Caetano era uma das mais privilegiadas da província de Minas Gerais, muito próxima da capital do Estado, numa época em que o transporte era feito em lombo de animal. Nessas condições, ia-se de São Caetano a Ouro Preto em um dia a cavalo, o que era muito pouco. Este fato explica, em parte, algumas particularidades culturais do Xopotoense, como a procura, pelos jovens, do seminário da vizinha cidade de Mariana; e a freqüência, por algumas moças, filhas das famílias mais abastadas, das escolas normais de Ouro Preto e de outras cidades vizinhas.

CASAS DOS GROSSI NO LARGO
(Fotografia cedida por Eni Araújo, autor desconhecido)

O Largo visto do Adro da igreja, tendo à esquerda, bem destacadas, as três casas que pertenceram a Francisco Grossi, a João e a Alberto (o sobrado), nesta seqüência e ordem. Foto cedida por Eni Araújo, a partir de um álbum que pertencera ao Padre Benjamin.

No início do século XX, a indústria dos Grossi começou a degringolar e, não obstante isso, eles permaneceram no distrito; só indo embora, em sua maioria, décadas depois. Hoje residem ainda em São Caetano alguns descendentes deles. A esperança de um provável crescimento do comércio manteve ali os mais antigos, por mais algum tempo, após o declínio da indústria dos moinhos. Essa esperança era alimentada pela chegada do ramal da Estrada de Ferro Piranga, que – acreditava-se – deveria aportar em breve em São Caetano. A estação, esperada como o grande lance progressista para o distrito, haveria de concorrer com a Estação de Mercês, que em 1914 já estava inaugurada. Essa perspectiva, por si, bastava para injetar novo ânimo aos donos do "moinho". Eles sabiam que, para chegar a Piranga, o ramal teria forçosamente que cortar o distrito de São Caetano. Assim mostrava-o, com o prestígio de sua sabedoria, o mestre Werneck, deitando uma régua sobre o mapa de Minas Gerais. Uma das bordas passava justamente sobre um ponto de tinta, feito a pena sobre o mapa, pelo "seu" mestre. Diante disso, Francisco Grossi (filho de Alberto, o pioneiro) comprou toda aquela vargem sobranceira ao Logradouro, do outro lado do cemitério e do lacrimal, onde viria a ser, mais tarde, a casa de João da Sá Joana, e hoje é o Bairro Vargem Alegre. Ali seria a Estação do Ramal, o que se esperava tornar-se o ponto avançado do comércio, estacionado em Mercês, onde já se haviam estabelecido membros da família Grossi. Só que o trem não veio. E os Grossi, muitos deles, tiveram que partir. Anos depois, um deles emigrou para Barbacena e ainda tentou reviver os anos áureos dos moinhos de Alberto e Romualdo, criando, nessa cidade, os produtos Maravilha Grossi, de duração efêmera. A logomarca era uma roda que evocava aquela que movia os moinhos da ponte em São Caetano.

A família Grossi, nas pessoas de Alberto e Romualdo, protagonizava a ultrapassagem do trabalho de sobrevivência, próprio das fazendas de então. Antes de mudar-se para São Caetano, Alberto trabalhara como administrador de uma fazenda e de uma pequena forja na região de Mariana. Nas fazendas de então, fabricavam-se praticamente todas as ferramentas, como machados, foices, formões, martelos, torquês; utensílios, como pregos, peças de carros de boi, gatos, argolas, ganchos, ferraduras, e outros. Ao lidar com esse tipo de trabalho, Alberto se tornara tão habilidoso, que foi capaz de fabricar, ele mesmo, em ferro e, especialmente, em madeira, todo o maquinário do moinho. Posto em atividade, esse moinho permitiu que os irmãos Grossi se tornassem verdadeiros empresários, ocupando quase totalmente, com o produto de sua indústria, as tropas da região de São Caetano.

O casamento do Professor Leandro Werneck com Maria Augusta Grossi aconteceu quase simultaneamente ao episódio da Abolição da Escravatura, conforme se lê no recibo de dote oferecido por Alberto Grossi ao genro[4]. Daí em diante, quase todos os acontecimentos relevantes para o distrito teriam, de alguma forma, a participação do "seu mestre", como era o professor chamado pelo povo. Além disso, esse fato era a repetição do que vinha acontecendo em todo o Brasil: desde a Independência, o industrial aliava-se ao funcionário público.

Por volta de 1899, casou-se uma outra filha de Alberto Grossi, Ambrosina, com José Gonçalves Heleno, filho de Francisco Heleno. Esse enlace trouxe para a cena Perciliana

---

[4] A formalidade do contrato de casamento ficou bem patenteada pelo recibo do dote que foi concedido pelo futuro sogro ao futuro genro, como se pode ler: "Recebi do Sr. Alberto Grossi a quantia de quinhentos milréis, de doação que o mesmo senhor fez-me para ajuda do meu casamento com sua filha D. Maria Augusta Grossi, quantia esta que em tempo próprio entrarei com ela colação (sic). São Caetano do Chopotó, 7 de maio de 1892. (a) Leandro Gomes da Silva Werneck.

Rodrigues, mãe de José Gonçalves Heleno (Zeca) e descendente de família de fazendeiros cujas terras se situavam entre São Caetano e Rio Espera.

Logo que se casaram, foram morar na localidade rural da Tenda, nas proximidades da fazenda de Francisco e de Perciliana. Zina, como era tratada a esposa de Zeca, era mulher vaidosa, de hábitos urbanos e avançados para os padrões rurais. Com isso, o cenário estava montado para mostrar, em São Caetano, numa escala e dimensão locais, o mesmo conflito que, em âmbito nacional, resultara na Independência do Brasil: urbano *versus* rural.

Esses dois tipos humanos, o fazendeiro e o imigrante, que desempenhavam papéis centrais nas grandes transformações por que passava o Brasil, tinham seus equivalentes em São Caetano. Perciliana e Zina estavam no centro do conflito familiar que transformara em megera essa fazendeira, lídima representante do setor rural. Seu marido, o fazendeiro Francisco Heleno, descendia de Miguel Vidal Gonçalves Heleno, um dos mais antigos desbravadores da região, estabelecido entre São Caetano e Rio Espera. O conflito familiar entre Perciliana e Ambrosina trouxe para dentro das duas famílias – uma de industriais, outra de fazendeiros - o conflito entre o conservadorismo rural e os apelos urbanos, que ocorriam em todo o País.

Este conflito não está tomado aqui exclusivamente como caso familiar. Muito mais do que isso, ele é um exemplo reduzido que, não obstante estar contido nas dimensões do distrito, ultrapassa o âmbito das famílias envolvidas. Todos os nossos entrevistados, mais de cinqüenta anos depois, tinham conhecimento das brigas entre Perciliana e Ambrosina, o que mostra como os episódios que envolveram as duas personagens permearam a sociedade xopotoense de então. Os entrevistados, por saberem contar algo sobre o conflito, mostram que esse permear foi profundo e geral. A qualquer pergunta sobre Perciliana, todos foram quase unânimes em começar por narrar-me algumas "maldades" da anciã. Essa reação foi observada entre pessoas simples, pessoas de posses, entre residentes no meio urbano, no meio rural, e até entre personalidades aparentemente desinteressadas e alheias às questões da tradição local. Isso mostra como o desentendimento – iniciado justamente no apogeu da produção industrial do "moinho" – assumiu um caráter comunitário, tendo sido amplamente divulgado na época, não deixando as pessoas sem uma opinião a respeito. Quase sempre, os juízos são desfavoráveis a Perciliana. Embora a condenação dela seja quase unânime, pudemos ouvir de um ou de outro considerações que tentam desfazer a imagem de monstro que se construiu em torno dela. Isso, somado a algumas outras informações que obtivemos, leva-nos a concluir que o conflito em questão, ao lado de seu significado histórico e social, fora alimentado também pela incompatibilidade de gênios entre nora e sogra. Algumas pessoas ouvidas chegam a descrer do caráter diabólico de Percilina, para chamar de positivismo e franqueza ao que a maioria chama de maldade. Em vez de verem nela um monstro consumado e uma mulher perversa, alguns preferem ver em Perciliana um ser positivo e franco, capaz tanto do extremo das atitudes severas, quanto de gestos carinhosos em relação às pessoas de sua estima. Feita essa ressalva, passemos aos fatos que tornaram Perciliana famosa para a maioria dos habitantes da região.

Perciliana Rodrigues – mais conhecida como Mãe da Lota – era filha de Joaquim Rodrigues e de Ana Maria, e era natural de Alavanca, localidade próxima à cidade de Rio Espera. Foi casada com Francisco Heleno, com o qual, além das mulheres, teve dois filhos homens,[5] um dos quais foi aquele que se casou com Ambrosina Grossi, e que, junto com esta e com sua própria mãe, protagonizou os acontecimentos que se seguem.

A primeira morada do casal, Zeca e Zina, depois que deixaram o convívio dos pais, foi uma casinha próxima à fazenda de Francisco e Perciliana. Essa morada ficava à margem do Córrego da Tenda, um pouco abaixo da fazenda dos pais de Zeca. Eles acharam, desde o início, a casa muito desconfortável, especialmente Zina. Zeca cuidava de umas roças nas terras dos pais e tinha umas poucas vacas. Bois de carro, preferia usar os do pai, bem como o engenho de cana. Zina ia muito ao distrito. Depois que nasceram os primeiros filhos, essas idas diminuíram bastante, o que fez aumentar sua presença na casa dos sogros, que, já velhos, não apreciavam algazarra de criança. Mais de uma vez, um dos meninos voltou para casa chorando, porque a avó teria ralhado com ele. A situação econômica de Zeca ia-se mostrando bastante crítica, quase insustentável, o que o levava, com freqüência, a procurar o auxílio dos pais. Quando as crianças mais velhas cresceram um pouco, Zina retomou, com mais intensidade, a freqüência ao distrito, aproveitando a força das meninas mais velhas para auxiliar os outros na caminhada até São Caetano. Com isso, ela se distanciava um pouco do desconforto da casa e dos problemas que se agravavam, principalmente em relação à sogra, cuja rejeição não podia mais ser disfarçada.

---

[5] Além deste, o casal teve ainda: Miguel Gonçalves Heleno; Inês Maria de Jesus, casada com Alcides e moradora do Lamin; Maria Joana de Jesus; Ana Maria de Oliveira (Dona de João Cirilo); Francisca Maria de Jesus (Nhá Chica); Carlota Maria de Jesus (a Lota, que emprestou seu nome a Perciliana, era casada com Beijo Dias, irmão de Juscelino Dias dos Anjos).

Para Ambrosina, mulher de outros hábitos, habilidosa na costura, era penoso morar naquele ermo da Tenda, que lhe pareceria, naturalmente, o fim do mundo. Somadas a essas circunstâncias as provocações de Perciliana, que não a queria por perto, estava formado o caldo de cultura para tudo o que viria depois. Embora as razões imediatas dos conflitos entre nora e sogra tenham sido as divergências de temperamento e de cultura, a notoriedade dos fatos não se deve propriamente à sua gravidade, mas ao prestígio da família de Zina, que, aos olhos da população do distrito, aparece sempre como vítima das maldades da sogra. O que fazia das brigas entre Zina e Perciliana o assunto obrigatório das conversas dos botecos e das comadres era a ligação de Zina com o que havia de mais prestigiado em São Caetano de então: o intelectual e mestre Werneck, seu cunhado; e Alberto1, seu pai, o industrial que mereceria notícia em jornal, quando fosse mais tarde de passeio à Europa. Zina vivia entre duas forças contraditórias: o prestígio e o conforto urbanos, na vertente de sua família, contrapostos à simplicidade rústica e à carência, sob muitos aspectos, de condições dignas de vida, na vertente do marido e da família deste.

Com isso, a situação de Zeca tornava-se também muito desconfortável. Ele era descendente muito próximo de um português, que, segundo algumas informações, destacara-se na Guerra do Paraguai, e recebera do imperador o título de Guarda-mor[6]. Esse português (Miguel Vidal) fora dono de uma vasta extensão de terras entre São Caetano e Rio Espera.

---

[6] Embora não tenha comprovado se de fato Miguel Vidal tinha sido mesmo guarda-mor, percebe-se que o português olhava a população em seu redor com um certo olhar de colonizador. É notório o racismo, por exemplo, entre muitos de seus descendentes, bem como a tendência de casarem-se dentro da própria família. Os entrevistados, que dão notícia sobre esse título de Miguel Vidal, não dizem que ele exerceu a função de guarda-mor, mas falam apenas de um

Como descendente de fazendeiro, consta que Zeca não nutria nenhuma simpatia pelo trabalho braçal, o único possível no meio rural, mas antes sempre relegado ao escravo. Alguns, maldosamente, chegam a dizer que a antipatia dele era pelo trabalho em geral, o que é possível, da parte de alguém como ele, criado em fazenda de escravos. Mesmo que não se fale dessas idiossincrasias, qualquer habilidade ou gosto que ele pudesse ter seriam ligados às atividades rurais. No entanto, estava casado agora com uma mulher que, por fazenda, não nutria interesse algum, originária que era da sede do distrito. É possível que Zeca se sentisse deslocado no âmbito da família do sogro, ao lado do intelectual Werneck e do industrial Alberto. À passada importância de seu avô, com suas ligações com o Império e com a guerra, contrapunha-se uma outra importância, diferente e atual: a do sogro, industrial, ligado à Europa e ao novo poder econômico que vinha ocupando o espaço deixado pelas fazendas decadentes.

Para forçar Zina e Zeca a saírem da Tenda, Perciliana fazia de tudo, com intuito de irritar a nora. Dizem que jogava frango morto em decomposição dentro da água que corria para a casa dela. Durante a doença de Francisco, jogava, na mesma água, panos que lhe haviam servido de curativo. Para convencer o filho a se mudar logo, e levar consigo aquela nora indesejável, pregava-lhe também grande número de peças. Abria porteiras para que o gado invadisse as roças do filho. Fatos houve que, bem divulgados, conquistaram e solidificaram, de vez, a simpatia do lugar em favor de Ambrosina, atiçando a ira de todos contra Perciliana. Zeca, durante dias e dias, trabalhara derrubando, picando e

título. De qualquer maneira, tendo ou não sido guarda-mor, o espírito de autoridade que Miguel Vidal, alguns de seus filhos e netos cultivavam é o que importa aqui.

amontoando paus para vender no distrito. Montou, com isso, uma lenheira de 60 carros de bois. Perciliana pegou uma lata de querosene, mandou o empregado derramá-la sobre o monte e atear fogo. Com a divulgação desse feito, o distrito fervilhou de revolta contra Perciliana. Esses fatos – dos mais lembrados até hoje – eram praticados com a máxima ostentação, justamente para que, vistos e divulgados, chegassem, em cores vivas, ao conhecimento da nora, para que, assim, ela tratasse logo de ir embora com o marido. Muitas vezes, a própria Perciliana, com os seus parentes, os vizinhos e os camaradas da fazenda, comentava esses feitos, como se os tivesse oferecendo em confidência a poucos. O expediente funcionava melhor do que um recado. Foi o que aconteceu quando seu neto Vicente, filho de Dona de João Cirilo Dias, procurou Zeca Heleno para dar-lhe um conselho: que tomasse muito cuidado e ficasse atento, pois sua mãe havia, dias antes, pedido ao neto um pouco de creolina para pôr na comida do filho. Isto intensificou ainda mais, em Zina e Zeca, a certeza de que ali na Tenda se tornava impossível continuar morando. Não havia sentido em pensar-se, por causa do cheiro, alguém pudesse ingerir creolina inadvertidamente. Zeca sabia disso, como pensava que a mãe não chegaria a uma agressão fatal. Embora lhe parecesse que uma tentativa de envenenamento dessa natureza não passasse de mais uma cena com objetivo de intimidá-lo, situações como essas lhe demonstravam que as queixas de Zina não eram sem fundamento, e não nasciam de uma possível intolerância unilateral da esposa. Morto seu pai, cujo convívio com a nora não era dos piores, ficou absolutamente impossível continuar ali, nas vizinhanças de Perciliana. Correu boato de que esta havia moído vidro para despejar na água de servir. Foi a gota que faltava.

Com ajuda da filha Nhá, casada com Ló, irmão de Padre Alfredo, Zeca e Ambrosina mudam-se para a sede do distrito[7].

As casas do Largo pertenciam, quase todas, aos novos industriais, à família de Zina, como se pode ver no mapa da página 14. As outras eram, quase em sua totalidade, "casas de festa". Nas festas religiosas do distrito, seus proprietários envergavam seus melhores paletós, suas botas de couro e seus chapéus de feltro, punham suas opas vermelhas de irmandade e ocupavam os melhores lugares na igreja.

Morando, nos primeiros dias, de favor, com a filha, o casal, pelo menos, fugia à humilhação dos dias de festa dos tempos em que morava na fazenda de Perciliana. Agora era diferente. Podiam, o marido e a mulher, ombrearem-se, em pé de igualdade, com os moradores do distrito e com os fazendeiros. Não invejavam mais aqueles que, nos deslocamentos para o distrito, cavalgavam as montarias mais bonitas e amarravam os cavalos no lado de fora de suas casas, esnobando pelegos vermelhos e arreios ornados de peças e de fivelas de prata. Não invejavam mais aqueles que exibiam a formalidade das roupas domingueiras nem a fartura da roça, o jaez de suas bestas, ou a companhia dos empregados. Esses fazendeiros, que, antes, ressaltavam que Zeca e Zina não tinham muito o que mostrar, eram-lhes agora indiferentes. O casal, que antes não era nem plenamente elemento urbano, nem totalmente proprietário rural, agora vivia ao lado das famílias prestigiadas do distrito e de seus parentes. Que coisa humilhante, recordavam-se, quando, nas temporadas de festas, arranjavam emprestadas as dependências do "moinho" para arrumarem ali suas tralhas, ocupando os espaços que sobravam das máquinas e dos depósitos de mercadorias!

---

[7] A casa em que morava Ló era no início do Beco ao lado esquerdo de quem sobe, e não deve ser confundida com a casa onde funcionou sua escola, na Rua de Baixo.

Naquele tempo era assim. Se quisessem participar de algum acontecimento no distrito, tinham que pousar de favor no moinho, improvisado como casa de festa. Essa circunstância acentuava em Zina a percepção de seu próprio estado de pobreza anterior, o contraste entre a riqueza de seus pais e a precariedade de sua família, o que acentuava ainda mais, naquele tempo, sua insatisfação com a Tenda e, também, com Perciliana, que demonstrava, a fartar, que não apreciava nem um pouco a nora.

Na periferia do distrito as coisas eram assim. Os descendentes dos fazendeiros iam-se casando e construindo suas moradas nas terras dos pais. As glebas ficavam cada vez menores. Com isso, nem todos os novos proprietários podiam manter fazenda e casa de festa. Esse quadro se refletia na sede do distrito. Muitas das casas passaram a pertencer coletivamente aos herdeiros dos fazendeiros mais velhos. Os novos donos as ocupavam apenas em períodos de festas religiosas. Como Zeca havia vendido a herança paterna, decidiu, com os recursos daí obtidos, comprar os direitos de um dos herdeiros da "Casa Nova" (hoje Rua Prof. Werneck, nº 13 e seguinte, 30 do mapa), e mudar-se para lá. As condições não eram boas, mas não dava também para ficar morando indefinidamente com Nhá. Depois que mudou, viu que as condições eram bem mais que ruins, eram insustentáveis, tanto para si, como para os demais co-proprietários. Nas festas, os herdeiros anteriores passaram a ter que usar uma casa permanentemente ocupada por alguém que não saía dela quando acabava a temporada. Com a entrada do Zeca, a casa perdera parte do caráter coletivo e impessoal. Os moradores permanentes tiravam dela esses paradoxos com que já estavam acostumados aqueles: a "privacidade coletiva", ou a "promiscuidade relativa", que já faziam parte também da festa, especialmente para os jovens. Era uma espécie de "bagunça organizada", que, até hoje, é motivo de saudade para os entrevistados, que se recordam desse tempo com uma certa nostalgia. Se o desconforto era para todos, para Zeca e Zina, então, a situação atingia o limite do suportável. A qualquer dia do ano, mesmo fora de festa, ou a qualquer hora do dia ou da noite, podia Zeca, Zina ou um dos filhos, defrontarem-se com um quase-estranho adentrando a casa deles. A casa era, com todo o direito, tanto de Zeca quanto do estranho. Como o estranho era co-proprietário antes dele, era inevitável que Zeca, algumas vezes, se sentisse um intruso em sua própria casa. E nas temporadas de festa? A casa se enchia, com gente dormindo pelos corredores, e montando trempes e fogões em toda a extensão da cozinha. Zeca não agüentou muito tempo. Vendeu sua parte para Zeca Moreira de Abreu.

Da "Casa Nova", ele se mudou para uma casa que veio a pertencer a Marciano Gonçalves (Rua Prof. Werneck, 34 do mapa), muito próxima da "Casa nova", no mesmo lado da rua. Foi um período em que Zeca gozou de um certo prestígio e tranqüilidade. Ele morava nessa casa, quando em 1918, tornou-se, como subdelegado[8] de polícia, um dos cidadãos de São Caetano mais considerados por Fonseca, o tenente encarregado da repressão ao roubo de cavalos. Se não tinha a força do fazendeiro ou do industrial, compensava essa carência com a proximidade do saber do Professor Werneck, do poder econômico do Grossi, do poder repressor do Fonseca, e do poder do fazendeiro e do político reunidos no Coronel Galdino, seu amigo e seu parente.

Ambrosina, agora na sede do distrito, usufruindo de uma certa paz, aumentou seu trabalho de costureira. Zeca também se estabeleceu com uma loja de tecidos e calçados na própria

---

[8] O cargo era de subdelegado, mas o povo se referia a seu ocupante sempre como delegado, o que, às vezes, fazemos aqui também.

casa de Marciano Gonçalves. Só que o negócio não prosperou como esperava[9]. Mas o fracasso até que não o incomodou muito, absorvido que estava na tarefa de dar suporte ao Fonseca, oferecendo, por vezes, alimento aos soldados do repressor ao roubo de cavalos. Certa vez, Zina teve que mandar os meninos para dentro de casa para não verem o que acontecia. Chegava dos lados de Rio Espera, trazido por Sanção e Ananias, os homens de confiança do tenente, um acusado de roubo de cavalos. Enquanto os soldados bebiam um café oferecido pelo delegado, o suposto criminoso era preso com pés e mãos no cepo de pau que ficava perto, debaixo da casa de Luís Heleno (hoje Rua Prof. Werneck, 27, 32 do mapa). O instrumento era antigo, ainda do tempo dos escravos, coisa de madeira de lei, cuja serventia era agora revivida, cerca de trinta anos após a Libertação. Este pau poderia ter sido atirado dentro do Rio Espera, como quisera seu dono, logo que perdeu os seus cativos, em 1888, mas prevaleceram as considerações de um amigo, no sentido de preservar o cepo para alguma utilidade futura. "Ninguém sabe, o futuro a Deus pertence, e o cepo bem que poderia dar um pé de cama ou de mesa para alguma pobre", teria argumentado o amigo. No dia seguinte, tiram do cepo o prisioneiro, põem-no sobre um cavalo e tocam para roça, com aquele infeliz promovido a alcagüete. Como ele não era nenhum Juca Carola, ou algum Zeca Vieira, não conhecia ninguém para alcagüetar. Por isso, perdeu logo a serventia, e voltou, na tarde daquele mesmo dia, em cima de um bangüê, carregado por dois cabras requisitados na roça. Estava morto. O corpo ficou exposto sobre o balcão que sobrara da venda do Zeca. Ao subdelegado,

[9] Neste mesmo endereço, por volta de 1929, José Francisco – Zé Miguel – viria a estabelecer-se com comércio de roupa. antes de associar-se a Zeca e Totônio Teixeira e, finalmente, estabelecer-se na esquina da Rua do Caminho e o Largo.

só cabia obedecer, como observam alguns, sempre preocupados em isentar o Zeca de qualquer responsabilidade nos abusos do Fonseca.

Uma vez que a loja não deu certo, Zeca mudou-se para uma outra casa, que existia ao lado da casa do mestre Werneck (o lugar desta casa é hoje parte da Praça Francisca Pedrosa, nº 33 do mapa). Bêbado é bêbado. O único homem do lugar que tinha coragem de desafiar um auxiliar do Fonseca e protegido do Coronel Galdino e dos Grossi-Werneck era Ricardo,[10] que costumava vir curar o porre justamente debaixo da janela do delegado. E ficava, entre um resmungo e outro, a gritar para os becos ouvirem e o Zeca também: "Delegado de merda!". E ia assim, entre um sono etílico e outro: "Vem me prender, delegado de bosta!", até que o delegado perdia a paciência e saía de seus aposentos, e dava ao Ricardo o que este lhe parecia estar pedindo: uns tapas na base da orelha. Nada que pudesse feri-lo, como rezam os relatos orais. Zeca Heleno era auxiliar do Fonseca, fiel até o momento em que não tivesse que ameaçar a vida ou a integridade de alguém, dizem. Isso, no entanto, não o impediu de deixar que sobre seu balcão um corpo fosse deitado, mas de cuja morte ele não participara. Concluída a repressão, Juca Carola já estava liquidado, Zeca Vieira da Aguada,[11] julgado e já cumprindo pena na cadeia. Um outro, que fugira para o Vale do Rio Doce (Tarumirim), por lá ficara, e se preparava para tornar-se juiz de paz da cidade adotiva. Zeca Heleno, no entanto, não tinha

---

[10] Ricardo, que na velhice ficou totalmente cego, foi o único cidadão xopotoense que teve, em vida, seu nome imortalizado como nome de rua: Morro do Ricardo, como chamava o povo à subida donde se entra hoje no Bairro Chácara.

[11] As informações sobre estas e outras personagens referidas neste trabalho referem-se sempre a elementos do imaginário popular construídos a partir da tradição que remete a pessoas do passado.

mais o que fazer. Com a ajuda da outra filha, Maria, casada com Humberto Filardi, muda-se com o restante da família para Barbacena, inclusive em companhia de Nhá, que a essa altura estava já viúva de Ló. Ali, cada um se ajeitou como pôde, até serem convidados por Perciliana para voltarem para roça. Ela se dizia uma outra mulher, e que morria de saudade de Zina, com quem teria sido antes muito incompreensiva. Mas agora, na velhice, que o neto criado por ela, filho de Franklin Pereira,[12] havia-se casado, ela estava muito sozinha naquele sobradão de fazenda. Queria alguém para fazer-lhe companhia, e ninguém lhe agradaria mais do que o filho Zeca e a nora Zina, bem como os filhos, para, com sua algazarra, alegrarem aqueles confins da Tenda, tão solitários depois da morte de Chico e da partida do neto. O paiol estava cheio. Havia arroz, havia feijão, e os pastos estavam quase totalmente desocupados à espera de algum gado, que o Zeca poderia comprar e recriar.

Dias depois, está o Zeca, com família e bagagem, de volta para a fazenda de Perciliana. Sem os terrenos da primeira herança, vai morar dentro do casarão com a mãe. No primeiro dia, o que não faltou foram agrados. A incompatibilidade de antes, no entanto, não tardou a ressurgir. E agora, com mais intensidade, uma vez que nora e sogra moravam entre as mesmas quatro paredes. A vontade de ver longe aquela nora indesejada renasceu na sogra com um ímpeto nunca visto. Um conjunto de talheres de estimação trazido pelo Alberto Grossi, da Itália, quando lá estivera em 1904, foi parar na lama dos porcos. Tiveram destino semelhante as peças da máquina de moer carne. O feijão em grão, que Zeca havia comprado,

---

[12] Franklin Pereira foi dono da propriedade onde hoje está edificada a casa de Nilo Goulart, que ele herdara de seu pai, Zeca Pereira da Ponte.

recebeu um vidro inteiro de querosene, e se tornou imprestável para o consumo. O feijão cozido, que fervia no fogão, recebeu uma dose de enxofre. Zina, estranhando o cheiro, foi ver de onde vinha. Quase na hora de pôr no prato para os mais novos, percebeu aquela nata amarela boiando sobre o caldo. Zeca imaginou: o objetivo da mãe não podia ser ameaça à vida de filho e netos. Todo mundo sabe, inclusive ela, que ninguém ingere creolina ou enxofre, por causa do cheiro e da cor. Sobre uma coisa, no entanto, não pairava dúvida: mais uma vez, Perciliana não queria sua família por ali.

Zeca solicitou ao irmão Miguel que levasse a mãe para morar com ele. Ou porque não lhe interessasse, ou porque, de fato, Perciliana não aceitaria sair de sua casa, ou pelas duas razões juntas, o certo é que a proposta não foi aceita: "Ela não quer. Ela quer ficar na casa dela. Se alguém tem que sair são vocês", teria dito Miguel.[13] A partir de então, coisas estranhas começaram a acontecer em torno da fazenda e dentro da casa. Eram fenômenos de assombração, expediente bastante comum quando se queria intimidar pessoas crédulas. Isto dizem ter acontecido na época em que o Coronel Galdino adquiriu umas terras de uma tal Do Carmo, filha de Cristina, na região da Prata, e quando Luís Heleno adquiriu terras em São Domingos, que haviam pertencido a remanescentes da família Ganda. Na fazenda de Perciliana, animais estranhos começaram a aparecer, mas só eram vistos pela própria Perciliana: aves negras como urubus pousados em galhos minúsculos de cafeeiro ou nas soleiras das janelas, quadrúpedes com barba e pés de pássaro, cães cuspindo fogo.

[13] No fim da vida, irremediavelmente sozinha, ela aceitou mudar-se para a casa de Miguel, onde morreu por volta de 1926.

A velha esconjurava o capeta como se estivesse na presença dele. E os cachorros acuavam por toda parte, na perseguição de bichos invisíveis e tropéis que ninguém ouvia. Ela mesma empunhava a espingarda, e saía de casa dizendo que ia acertar contas com fazendeiros vizinhos. Muita gente do lugar participou da perseguição aos bichos misteriosos, trazendo cada qual seus cães de caça. Incendiavam folhas pendentes dos coqueiros, quando os cachorros indicavam que alguma coisa teria subido ali. Mas tudo em vão. Não se viu nada, não se matou nada, embora todo mundo tenha tido a certeza de que ali havia seres estranhos. Chamaram de Alto Rio Doce um tal João Padeiro, atirador famoso, que passou uma temporada na fazenda, e não teve a oportunidade de dar sequer um tiro, mas se encarregou de divulgar, no arraial e na sede do município, as diabruras de Percialiana.

Tornou-se, mais uma vez, impossível continuarem morando por ali mais tempo. E agora, sem o terreno da herança anterior para vender, e sem o apoio do sogro, falecido em 1919, o jeito era voltar para Barbacena. E assim foi feito. Mais uma vez, foi fundamental o apoio de Maria Heleno Filardi, que continuava residindo naquela cidade.

Em 1926, morre Perciliana, após ter feito testamento em que deixava sua parte da fazenda totalmente para o filho Miguel.[14] Os irmãos contestam a doação, entre eles, Zeca Heleno naturalmente. E entram com um processo judicial para anular o ato. Miguel constitui advogado para manter a validade da doação, e consegue seu intento. Este fato deu publicidade ainda maior à briga em torno da agora falecida Perciliana. Junte-se a isto o descontentamento de todos os demais irmãos de Miguel, reforçado pelo prestígio de João

---

[14] Há uma divergência neste ponto: alguns dizem que houve doação total do restante de seus bens para Miguel, outros dizem que a doação foi parcial.

Cirilo Dias, seu cunhado, político atuante, orador ardoroso e vereador do distrito. Os formadores de opinião eram o Professor Werneck a os outros Grossi, de prestígio incontestável, agora diante de um fato público. A demanda entre Miguel e os irmãos, entre os quais o marido de Ambrosina, era assunto de todas as rodas de conversas, o que completou a execração do nome de Perciliana, a já famosa Mãe da Lota. Em 1929, zarpa Zeca de novo para Barbacena para não mais retornar a São Caetano.

O ritmo mais intenso de desenvolvimento de São Caetano foi, na mesma época, o ápice do conflito entre Zina e Perciliana. A partir de então – não em conseqüência, pois a briga é apenas um fato denunciador, simbólico –, a região nunca mais experimentou tamanho prestígio econômico. O moinho foi-se deteriorando. Todas as fazendas se fragmentando. As tropas, que eram a alegria da praça, se tornavam cada vez menos freqüentes. Os caminhões começavam a substituí-las, trazendo para São Caetano sal, querosene e tecidos, e levando o excedente da produção rural, principalmente do milho e do café. Ficava a saudade dos tempos idos.

O arrojo inicial de Alberto e Romualdo Grossi não teve continuadores, entre outras, por diversas razões históricas, como os efeitos da mudança da capital para Belo Horizonte, a parada do ramal da estrada de ferro em Mercês, e o conseqüente ilhamento do distrito, abandonado, sem comunicações eficientes por estradas, entre Ubá, Conselheiro Lafaiete e Barbacena. Não obstante a permanência do alto nível de instrução do xopotoense, mantido até hoje, certos equívocos da comunidade vêm ainda retardando a retomada de seu desenvolvimento, como: a destruição sistemática da natureza (matas da Derrubada e do Furão, entre outras); desmatamento e loteamento da Ponte de Ferro; poluição do Rio Xopotó acima da Ponte de Ferro; demolição de marcos históricos, como a igreja antiga, a casa do Werneck, algumas das últimas casas pertencentes aos Grossi, em estilo característico, como a do João da Sá Joana (construída por Francisco Grossi no lugar onde, esperava, seria a estação férrea) e a do Totônio Teixeira (construída pelo mesmo Francisco); destruição de algumas sedes de fazendas antigas, como a do Heleno, onde havia ruínas que podiam ser da primeira senzala construída ainda pelo Guarda-mor Miguel Vidal G. Heleno,[15] da fazenda que pertenceu ao Sr. Zé do Bem (José Gonçalves de Oliveira); o abandono ou sumiço das lápides de sepultura da igreja antiga; a falta de um catálogo das peças de valor histórico da Igreja Matriz; a dispersão em que se encontram os documentos antigos do distrito, sem uma instituição adequado que os acolha, sistematize e preserve.

Assistir a um desentendimento de família cujo significado não se esgota em si mesmo não é privilégio de São Caetano, desde que se recorde como a independência do Brasil se realizou, lançando suas raízes no jogo de interesses da família real de Bragança.

Nesse embate no interior da casa de Zeca Heleno e Ambrosina Grossi, projetava-se uma disputa de toda a comunidade xopotoense, principalmente depois que a pendenga se tornou pública entre aqueles que defendiam a doação de terras realizada por Perciliana e aqueles que a contestavam. As respostas da maioria dos entrevistados, seguidas em geral de opinião sobre Perciliana, mostram como toda a comunidade tinha conhecimento e opinião a respeito daqueles fatos. O efeito da participação das famílias mais

[15] Neste caso, a destruição se revestiu de requinte: o trabalho foi realizado a trator de esteira, que não deixou pedra sobre pedra. Nada ficou do inferno da antiga roda d´água. Não restou uma árvore, um pedaço sequer de barranco sem tocar. Nem os bambuais que demarcavam o quintal antigo foram poupados.

prestigiadas ao lado de Zina foi tamanho que, durante muito tempo, tornou-se execrado o nome de Perciliana. Os pais, cautelosos com o destino de suas famílias, evitaram, dali para frente, batizar suas filhas com tal nome. Em nossas pesquisas, conhecemos apenas mais duas senhoras com o mesmo nome de Perciliana: uma contemporânea dela, que morava para os lados de Senhora de Oliveira (Perciliana Trindade), ligada por parentesco à família de José Ferreira Goulart, e uma outra, mais nova, filha de João Pereira, que era conhecida tão-somente por Cecela.

Um outro fato que demonstra como as notícias e opiniões sobre Perciliana tiveram um mesmo e único centro de propagação é que todos os que sabem alguma notícia sobre ela começam invariavelmente pelos mesmos fatos: o frango morto na água de serviço e os 60 carros de lenha incendiados.

Fato originalíssimo este, em que uma briga entre duas mulheres, dentro de uma sociedade machista, como a nossa, atinge a popularidade que atingiu em São Caetano do início do século; e ainda mais como a expressão política do confronto entre a sociedade rural e a urbano-industrial que despontava. Atentando ainda contra o machismo local, curioso é saber que todo mundo conhecia Perciliana, não como Filha de alguém, ou na omissão deste, como Mãe do Zeca Heleno, ou mais apropriadamente, como Mulher de Francisco Heleno (Perciliana do Chico Heleno, por exemplo). Não. Ela não era nenhuma mulher de fulano, ou filha do pai, ou da mãe, mas mãe da filha. E não era mãe da Dona, por exemplo (que era a mais conhecida de suas filhas, casada com João Cirilo). Não: era Mãe-da-Lota. Essa Lota era Carlota, casada com Benjamin Dias, tratado por Beijo Dias, irmão de Juscelino Dias dos Anjos. Este é o componente mais visível, a mostrar como dentro dessa pendenga entre sociedade rural (na pessoa de Perciliana) e sociedade urbana (na pessoa de Ambrosina Grossi), uma outra disputa já tomava corpo, em alguns pontos confundindo-se mesmo com o conflito maior, tendo de um lado a força centrada no clericato (Prof. Werneck, ex-seminarista, homem de igreja, aliado do Padre Pedro Pedrosa) e de outro, a força leiga. Já se pode pressentir aqui uma versão local, novamente, só que desta vez miniaturizada, dos conflitos nacionais entre monarquistas e positivistas. Confundiam-se aqueles com os católicos em muitos pontos, e os republicanos com os positivistas. Esse conflito não deixaria imune São Caetano, como ficou patente no episódio "Cristo nas escolas", que vamos enfocar em capítulo próprio. Em São Caetano, os grupos são igualmente dois, e em permanente conflito. De um lado, está o clericato formado pelo pároco Padre Pedro Pedrosa, o ex-seminarista Professor Werneck e pessoas próximas de um e outro; e do outro lado, aqueles que não participavam diretamente do poder clerical, como Juscelino Dias dos Anjos e José Arantes Moreira, que, embora profundamente religiosos ambos, e membros de irmandades, não desfrutavam diretamente do clericato enquanto poder. José Romão, um dos protagonistas no evento que chamamos aqui de "confronto na igreja", era filho de José Arantes Moreira. Associando-se o nome de Perciliana à Carlota, sutilmente, ela fica ligada também ao laicato, por intermédio do esposo de Carlota, Benjamin Dias, irmão de Juscelino, o fala-feio na concepção dos fala-bonito. Os fala-feio são assim chamados justamente porque, ao contrário do padre e de seus auxiliares, não têm acesso ao púlpito e nem ocasião de exibir sua fala. Ao contrário daqueles, que, por ofício, devem ter a fala-bonita, os fala-feio não têm essa oportunidade. Por contraste, são chamados de fala-feio, mesmo que nem sempre tal apelido tenha qualquer conotação negativa.

2. Fala-feio e Fala-bonito

Fala-feio e fala-bonito são os dois rótulos com que parte do povo xopotoense do início do século XX (no fim do século anterior também) identificava seu diferente, dentro da comunidade. O perfil exato de um fala-feio ou de um fala-bonito é difícil de estabelecer, senão impossível. Na sua origem, o fala-bonito pode ser caracterizado, a partir de sua relação com os vigários locais. O fala-bonito correspondia ao continuador da tradição portuguesa, que não separava o poder leigo do poder religioso. Em muitas circunstâncias, no Brasil Império, por exemplo, era difícil saber onde terminava o poder do Papa e onde começava o do Imperador. Em localidades como São Caetano, não houve quebra dessa inter-relação, mesmo após a proclamação da República, movimento de farta inspiração positivista. Os vigários continuaram a ditar as normas de conduta e o caráter, moral ou não, das ações, constituindo-se na maior autoridade local. Nesse contexto, os fala-bonito eram, em primeiro lugar, os padres e aqueles que gozavam de uma relação próxima com o poder clerical. Era fundamental, na constituição desse poder, a participação dos padres da família, que reuniam, em torno de si, pais, irmãos, tios e sobrinhos. Estes últimos, por vezes, assumiam até uma pose especial para se referirem ao "tio padre". Era desnecessário declinar-lhe o nome, bastando a honraria. Sua importância era tal, que – presumia-se – todo mundo entenderia de quem se tratava. Os filhos de família que, durante a formação de seminário, desistissem de ser padres constituiriam os ex-seminaristas, uma categoria que ajudava muito a formar a base de sustentação da pequena corte clerical. Normalmente, as famílias que tinham padres em seu seio tinham também ex-seminaristas. E quando um padre se deslocava para uma cidade que não era sua terra natal, imediatamente, para lá, deslocava-se também boa parte da família, como aconteceu com os familiares do Padre Pedro Pedrosa e do Padre Alfredo. Uma personagem-chave no episódio da rainha da bola que protagonizou, ao lado dos fala-bonito, foi José Mansueto de Carvalho (primo primeiro do Padre Argemiro e do ex-seminarista José Inácio). José Mansueto teve o cuidado de deixar registrada sua familiaridade com o discurso religioso, ao legar a São Caetano o único livro de sermões desse tempo. *Homenageando o sacerdócio: alocuções* é o título do opúsculo de 39 páginas, de sua autoria, publicado em 1987[16]. Os fala-bonito tenderiam, como o próprio clero, a ser conservadores e tradicionalistas, enquanto os fala-feio tenderiam, como força oposta, a ser, se não progressistas, pelo menos, inconformados com o *status quo* e, por isso, contestadores do poder dos fala-bonito, e até do clericato, se seu poder fosse exercido politicamente e de forma abusiva. Um caso de reação bastante corajosa por parte dos fala-feio ao emprego abusivo do discurso fala-bonito será estudado no capítulo em que tratamos do "conflito na igreja". Fala-bonito é, antes de tudo, uma força, um vetor resultante da soma de outras forças, dentre as quais a principal é a do clericato (padres, ex-seminaristas e pessoas muito próximas). Concorrerá, ainda, para a formação desse vetor, a participação do intelectual e do industrial. Não quero dizer, com isto, que um fala-feio tenha sido anticlerical ou anti-religioso, ou mesmo

[16] Não consta editora nem cidade. Foi publicado às expensas do autor, e tem todas as características Fala-bonito: o conteúdo religioso (discursos pronunciados em festas religiosas), o autor (um ex-seminarista) e a finalidade do livro (homenagear o sacerdócio).

que, forçosamente, dominasse mal a arte do discurso, e nem que toda a população se dividisse entre uma e outra das facções. O que se dividia entre fala-bonito e fala-feio eram as lideranças, como fica geograficamente delimitado, quando se analisa o mapa da página 14. O grosso da população era de simpatizantes. Estes mudavam de lado, com facilidade, de acordo com o entrelaçamento das famílias por meio dos casamentos. Um confronto entre fala-feio e fala-bonito no interior de uma mesma família era raro, mas podia ocorrer, como pudemos ver no capítulo "Urbano *versus* rural", ao tratarmos de Zeca e Zina.

O peso especial do clericato no perfil fala-bonito fica patente em dois episódios, um ligado à história do futebol xopotoense, e outro ligado a questões político-eleitorais. Este último, que chamamos de "Conflito na igreja", ocorreu em 1945, quando o poder do púlpito foi usado partidariamente por Padre Argemiro de Carvalho, em favor de Eduardo Gomes, candidato a presidente da República. Durante a homilia, quando o padre começou a tecer elogios a seu candidato, José Romão (filho de José Arantes Moreira) e seu primo, José Arantes Campolina (Coco), levantaram a voz e se contrapuseram à fala do sacerdote. Enquanto opositores a esse poder histórico liderado pelo clericato, pode-se dizer que os fala-feio seriam mais avançados, enquanto os outros mais conservadores. O termo Moreirinhas[17] para distinguir o tronco dos Moreira, mais identificado com os fala-feio, pode ser, até certo ponto, em vez de um apocorístico carinhoso, uma reação em tom depreciativo dos fala-bonito à ousadia daqueles em levantar-se contra o *status quo,* em situações como a que aconteceu na igreja em 1945.

---

[17] José Arantes Moreira (Crioulo) pertencia a esse ramo dos Moreira.

Contribuía ainda para separar as duas facções um elemento delicado de se comentar, e que parece tabu ainda hoje, apesar dos recursos da medicina. Trata-se da morféia, como tratavam os xopotoenses a hanseníase. É que algumas pessoas ligadas a famílias fala-feio eram portadoras do mal. O modo de encarar a doença, em São Caetano, não era diferente do de outros lugares em que a lepra era um estigma. Esse medo diante da hanseníase busca suas raízes nos textos bíblicos. A tendência em manter o leproso isolado e distante do convívio social venceu o tempo, passou por muitas épocas, e chegou a São Caetano também. No distrito, o confinamento não era físico, o que lhe tornava, talvez, até pior a situação. O indivíduo acometido da doença nunca sabia direito como os outros o viam. Se ele próprio a ocultava, nunca tinha certeza se estava, de fato, mantendo-a fora do conhecimento dos vizinhos e dos amigos. O comportamento dos outros, por sua vez, podia sempre ser interpretado como manifestação de medo do contágio, ou visto como uma segregação mal-contida. Mesmo para aqueles cuja doença não era do conhecimento público, havia sempre uma incerteza, o que lhes gerava um isolamento social pior do que a prisão ostensiva. Havia um senhor na periferia de São Caetano (meio rural), pessoa simpática, considerada, respeitada, bem relacionada comercialmente com os demais fazendeiros, mas que jamais visitava ou era visitado por quem quer que seja. E, nos caminhos de escola, era, invariavelmente, o terror dos meninos, sem que nada fizesse para isso. As crianças fugiam dele e o achavam feio. Sua situação lembrava passagens dos *Evangelhos*. Em *São Mateus* (8,1-4), descreve-se o momento em que Jesus descia da montanha, e uma grande multidão o seguia, quando surge em sua frente um leproso. O leproso não estava na multidão, mas sim isolado, segregado. São Lucas narra o mesmo episódio, mostrando-o, da mesma forma, como um homem solitário (*Lucas*, 4, 12-14). No mesmo *São Lucas*, ainda, Lázaro, cheio de chagas, é pobre e contraposto ao homem rico (Lc, 16). E mais à frente, no capítulo 17, o próprio Lucas narra o episódio dos dez leprosos, homens que viviam à margem da sociedade, que, ao verem Jesus passar, correm-lhe ao encontro para pedir misericórdia.

A lepra era vista como a falha da carne. E era, freqüentemente, evocada como pano de fundo, quando o *Evangelho* queria salientar a virtude. Pois bem. Essa doença foi estigma de alguns fala-feio em São Caetano, acentuando sua condição de outro, de diferente, de marcado negativamente.

Um episódio bastante ilustrativo, que um entrevistado revelou, refere-se a um senhor que, certo dia, descobriu que estava com a doença. As reações variavam de indivíduo para indivíduo. Uns se recolhiam a sua casa, e evitavam quaisquer pessoas; outros faziam as malas e, juntamente com a família e seus pertences, mudavam-se para outra cidade. Houve casos em que o sofrimento foi tamanho, que a vítima da doença optou por dar cabo à própria vida. O episódio a que me referia acima teve outro desfecho. O pai desse senhor era um fala-feio respeitável, membro destacado de irmandade, muito próximo ao vigário. Ele apelou justamente para a divulgação da doença. Apelando para a religião, promoveu uma corrente de orações em favor do filho. Ao mesmo tempo, mandou o filho para uma cidade vizinha com a finalidade de tratar-se. Enquanto isso, a campanha de orações continuava. Alguns meses depois, o senhor voltou triunfalmente ao distrito de São Caetano. Milagre! O homem estava curado. Se estava mesmo curado, ou se a doença estava apenas sob controle, não se sabe. Mas toda a comunidade acredita até hoje que houve um milagre. Um milagre bíblico!

Para a realidade xopotoense, fala-bonito e fala-feio são denominações de abrangência incomparavelmente maior do que a de qualquer sigla partidária, do passado ou do presente.

O termo deve ter surgido no momento em que agonizava o regime imperial e se implantava o republicano. A proclamação, que trazia uma mudança verbalmente radical, quase nada significava em termos do Estado de Minas Gerais, pois até os republicanos mineiros foram pegos de surpresa pela mudança de regime político. Em São Caetano, com certeza, a diferença política entre fala-feio e fala-bonito era mais significativa do que aquelas entre republicanos e monarquistas. Por falta de termos melhores, às vezes, referimo-nos a nomes de famílias locais para designar grupos, mesmo sabendo que, no caso de fala-feio e fala-bonito, o enquadramento das famílias num e noutro grupo não é rígido e nem estático. O que se percebe é que os Fala-bonito se identificavam, em termos gerais, no início do século XX, com o Partido Republicano Mineiro (PRM) e com o Partido Regenerador (PR), de orientação católica[18] e depois de 1945, com a UDN.

---

[18] O partido foi criado por líderes católicos sob a orientação da Igreja no Brasil, e inspirado, em muitos pontos, na encíclica *Rerum Novarum*, de Leão XIII. Seu manifesto foi publicado no *Boletim Diocesano* de 28.2.1909 (TORRES, vol. V, p. 1.226).

SEMINARISTAS DE MARIANA
(Fotografia cedida por Eni Araújo, autor desconhecido)

Atrás: *Juventino Araújo (filho do maestro Juventino), José Romão Moreira (filho de Crioulo Moreira), José Alvim Barroso (filho de Rafael Barroso e Zizinha), José Mansueto de Carvalho (filho de Zeca Teixeira o músico), José Gomes (filho de José Pereira de Rio Espera).*

Meio: *João Moreira dos Reis, Nô Filardi, José Geraldo Guimarães, José Justiniano Teixeira (filho de Antônio Justitiniano Teixeira).*

Frente: *José Graciano Moreira (irmão de Crioulo Moreira), dois padres do seminário provavelmente, José Nicomedes Grossi..*

As questões aqui abordadas não são familiares, mas políticas. Além do mais, se outras razões não houvesse, bastaria constatar que o entrelaçamento entre todas as famílias da região, que constitui um número pequeno, como fica demonstrado no Apêndice I, inviabilizaria uma divisão dessas, que tem seus contornos permanentemente quebrados por meio dos casamentos de pertencentes a um grupo com pertencentes a outro.

As facções aqui vão significar agrupamentos sociais, identidade partidária, relação mais ou menos íntima com o clericato. A influência maior é do clericato, e não da Igreja Católica diretamente, pois os acontecimentos em que a presença do clericato se fez notar deram-se à margem da hierarquia católica. Por mais significativo que tenha sido para a população o episódio "Cristo nas escolas", por exemplo, em nenhum momento, ele contou com a interferência direta de representante elevado dos meios eclesiásticos. Na relação com o clero, sem pretender ser conclusivo, pode-se dizer que fala-bonito são aqueles que gozavam de uma relação mais próxima com os padres, contando freqüentemente, dentro da família, com pessoas que compartilhavam com os padres a mesma formação, como seminaristas e ex-seminaristas. Caso típico foi José Dias Pedrosa que, além de ter sido seminarista, era sobrinho do Padre Pedro Ferreira Pedrosa, e casou-se em primeiras núpcias com uma irmã do Padre Alfredo, e em segundas núpcias com uma irmã do Padre José dos Reis Alvim. Dois filhos do primeiro casamento de José Dias Pedrosa estudaram no seminário de Mariana: José Ferreira Pedrosa Filho e Jonathas Pedrosa. Além disso, o tipo de vida de um fala-bonito tem, em geral, vínculo mais estreito com as atividades urbanas (pequeno comércio, profissão liberal, funções públicas). Muitos deles se tornaram um fala-bonito, só depois de amealharem capital para se estabelecer no comércio varejista do distrito, a partir, em geral, de negócio com tropas de burros e boiadas. Já a relação dos fala-feio com o clero tende mais ao mero clientelismo, enquanto simples fiéis que não participam do extrato clerical. Partidariamente, estavam mais próximos do PSD, e sua atividade econômica desenvolvia-se primordialmente no meio rural.

Sobre negros e brancos, é necessário dizer uma breve palavra. Não dá para separar, sem risco, brancos e negros em São Caetano. As famílias negras têm freqüentemente sangue branco. E as famílias brancas, principalmente as mais antigas da região, podem ter sangue negro e sangue índio correndo em suas veias. O sangue branco na veia negra se deve principalmente ao sentido de propriedade que era dado por muitos donos de escravos às suas escravas negras; e o sangue negro e índio na veia branca se explica pela escassez de mulheres brancas no início da povoação. Alguns dizem que o próprio Guarda-mor Miguel Vidal G. Heleno era casado com uma índia civilizada chamada Antônia Rita. Diante disso, vou tratar como negros aqueles que têm a pele mais negra e como brancos aqueles que têm a pele menos negra. É uma convenção, sem dúvida.

O que explica a dinâmica da política xopotoense são esses dois eixos constituídos pelas duas facções genuinamente locais, referidas em quatro ou cinco entrevistas, mas sobre as quais nada mais se ouve hoje dizer: os fala-feio e os fala-bonito. Esses apelidos refletem melhor as questões locais do que qualquer sigla partidária de âmbito nacional. É comum, no entanto, a sobreposição dessas siglas, como necessidade imposta pela legislação eleitoral e pela conveniência do alinhamento com o poder das elites estaduais e nacionais.

Os dois termos – fala-feio e fala-bonito – surgem em São Caetano, num momento particularmente importante da história do Brasil, quando se unem os intelectuais, os burocratas e os industriais emergentes, suplantando, em poder, a nobreza rural que sustentara até então o poder imperial. Esses elementos se dispõem, de forma semelhante, na escala local de São Caetano. Representando o industrial, estavam os Grossi (do moinho). Associado a eles, pelo casamento, encontrava-se o Professor Werneck[19]. Este, por sua vez, ligava-se, por formação, ao clericato. Dando continuidade à força clerical, Padre Pedro Pedrosa (morto depois de quase três décadas como vigário de São Caetano) é substituído por Padre Alfredo. Junto com ele, mudam-se para São Caetano seus irmãos André, Gilberto (Leco) e Virgínia Alves Fernandes. Esta se casa com José Dias Pedrosa. Mais tarde, a família Araújo, com vocação de fala-bonito, reforça o grupo, com a ordenação de Padre Benjamin e a subseqüente assunção da paróquia por ele. Juventino Araújo, mesmo antes de ter seu padre na família, já tinha prestígio de um fala-bonito, por sua íntima associação com a economia local, por meio de sua pensão e estalagem para tropeiros. A pensão era um dos tripés essenciais para a sustentação das atividades econômicas: o moinho produzia, a tropa de burro transportava, e a pensão acolhia como hóspedes os tropeiros e dava suporte de pasto e água à tropa. Além disso, Juventino comandava a Banda de Música Santa Cecília, uma entidade intimamente ligada a funções religiosas.

A atividade desportiva de São Caetano do início do século XX é bastante reveladora dos contornos das duas facções políticas. Antes do "Confronto na Igreja" em 1945, tinha havido um outro episódio, em que as forças opostas dos fala-feio e dos fala-bonito ficaram bem delineadas. Significativamente, os atores principais, nos dois casos, eram praticamente os mesmos. A impressão que se tem é que o acontecimento no campo de bola de 1930 foi um ensaio para o confronto na igreja de 1945. Num e noutro caso, um sacerdote se põe no centro dos acontecimentos.

Lá pelos anos de 1930, existia, em São Caetano, um time de futebol chamado Andaraí, cujo campo era em terras

---

[19] WERNECK, Jandira, 1982.

de Juscelino Dias dos Anjos, nas proximidades da Rua de Baixo (Mapa: saída para Rio Espera). Era o líder do time de futebol Geraldo Seleiro, que jogava muito bem e entendia de futebol, embora o treinador oficial fosse seu concunhado, Artur, natural de Rio Espera, como o próprio Geraldo. Desse time, embora seu campo estivesse nas imediações da parte mais pobre do distrito, e dentro de terras do fala-feio Juscelino Dias dos Anjos, fazia parte, indiscriminadamente, toda a juventude xopotoense que gostava de futebol: José Pedrosa Filho, José Inácio de Carvalho, os filhos de Anselmo Augusto dos Anjos (Juquinha e Juju) e João Bernadeta. Com a venda do terreno por Juscelino Dias, o time acabou. Em substituição ao Andaraí, foi fundado o time Brasil, em terras de José Mariano (dentista, mais próximo dos fala-bonito), na Rua do Buraco (Cap. Gomes, saída para Alto Rio Doce), ainda com Geraldo Seleiro à frente. Nessa época, é que houve aquela eleição da Rainha da Bola (como narramos na p. 142 e seguintes). E a turma da Rua de Baixo (nome que mais se identifica com os fala-feio, quando se trata de futebol, em oposição à turma do Largo,[20] que melhor se identifica aqui com os fala-bonito) acusou o pessoal do Largo de ter fraudado a eleição. Em protesto, a turma da Rua de Baixo criou o Xopotoense, integrado especialmente pelo próprio pessoal da Rua de Baixo, com o campo nas proximidades do lugar onde tinha sido o campo do Andaraí. Alguns de seus jogadores eram: Hildebrando, José Bárbara, José Joana, Vicente Barroso,

---

[20] Esta oposição Largo *versus* Rua de Baixo é uma radicalização geográfica da mesma oposição Fala-feio *versus* Fala-bonito, caracterizando-se a turma do Largo como econômica e socialmente mais favorecida do que a turma da Rua de Baixo. Esta oposição, embora bem disfarçada pelos adultos, era muito clara nas décadas de 1940 e 1950 na rivalidade entre as crianças do Largo e as da Rua de Baixo. O limite dos dois setores era justamente a ponte dos moinhos, onde terminava o reduto urbano dos Grossi.

José Vítor, Elói Apolinário, João Vítor da Cunha (Nô Duque), apoiados pelo fala-feio José Arantes Moreira (Crioulo). No time do Brasil, ficaram aqueles que eram do Largo, ou mais se identificavam com o pessoal do Largo, com um futebol bom, mas de categoria inferior ao do outro time. Organizou-se, então, o primeiro enfrentamento dos dois times, sendo o jogo realizado no campo do Xopotoense. Este último venceu por 5 a 2. Chegado o dia da revanche, no campo do Brasil, o jogo começou tenso, marcado pela lembrança do resultado anterior, favorável ao Xopotoense. Os ânimos se inflamaram. Muita gente da Rua de Baixo não se conformava com a impressão de que o vigário – Padre José Geraldo das Mercês – estaria torcendo para o time do Largo (o Brasil). José Arantes Campolina (Coco), sobrinho de José Arantes Moreira, encabeçava a torcida pelo Xopotoense, e começou a se desentender com o vigário. Vicente Baía – aquele que mataria, anos depois, João Heleno – identificado com o pessoal da Rua de Baixo, tomou as dores de Coco e de toda a torcida do Xopotonese e partiu, armado de um canivete, na direção do padre, ameaçando apunhalá-lo.

Da mesma forma como se dará em 1945, o mesmo José Arantes Campolina (Coco) encontra-se no lado contrário ao do padre. Em 45, o sacerdote (fala-bonito) será o Padre Argemiro de Carvalho. Neste enfrentamento de 1930, o padre é outro: José Geraldo das Mercês. Apesar da fama de imparcialidade de que gozava esse padre, consta que ele nutria simpatia pela UDN, a sigla nacional que correspondia, então, aos fala-bonito.

Retomando a trajetória das oposições fala-bonito *versus* fala-feio, evocamos uma figura que despontava no cenário político de São Caetano, ainda no início do século. Era um homem ousado e ambicioso, filho de Joaquim da Cruz Santos e de Francisca Rosa de Viveiros, chamado Galdino. Discutia-se, como se faz ainda hoje, sua filiação de sangue. Segundo a tradição, ele seria filho de sangue de Joaquim Gonçalves Heleno, por isso costumava ser conhecido como Galdino Heleno. Aproveitando a suposta filiação natural, juntou ao seu o sobrenome do guarda-mor Miguel Vidal Gonçalves Heleno, e passou a, por conta própria, assinar Heleno. Comprou a patente de coronel da Guarda Nacional, insinuou-se por entre as brechas da legislação eleitoral do voto aberto, e assumiu o controle do processo político no distrito, batendo-se contra o outro coronel: Joaquim Teixeira Guimarães, com sua fazenda nas proximidades da sede do município, na região da Brejaúba. Não era uma posição fácil disputar com o Coronel Teixeira, não só por causa de suas terras mais produtivas, de sua proximidade maior em relação à sede do distrito, como principalmente por causa das amizades de que gozava junto dos homens que detinham o poder na Comarca de Alto Rio Doce. As anedotas que corriam sobre o Coronel Teixeira ilustram bem o seu poder. Dizem que se ele precisasse mandar prender ou mandar soltar algum protegido, não precisava nem pedir pessoalmente. Era só mandar um recado. No início, ele mandava, com o agregado, um bilhete contendo o pedido. Com o passar do tempo, bastava a presença do agregado. O empregado explicava, e a autoridade atendia. Como era sempre o mesmo o portador do recado, bem como a mula que o levava, no final, qualquer pedido que o empregado fizesse era atendido, desde que cavalgasse a mula do coronel.

TIME DE FUTEBOL
(Fotografia cedida por Albertino Heleno, autor desconhecido)

Em pé: *Taunay Dias (filho de João Cirilo, de terno), José Vítor da Cunha (Nô Duque), José Nico (neto de Juventino Araújo, o maestro), Albertino Heleno (filho de Miguel Heleno), Antônio Moreira (filho de Zeca Moreira de Abreu), Sebastião Balduína.*

Ajoelhados: *Pedro Moreira das Neves (Pedro Pereira, filho de João Pereira), Jonathas Pedrosa (filho de José Dias Pedrosa), Luís Bernadeta, Geraldo Seleiro, Geraldo Duque (irmão de Nô Duque), Francisco Gonçalves (goleiro). A identificação foi feita por Albertino Heleno.*

Ser fazendeiro era fundamental. A perspicácia do Galdino mostrou-lhe isso, quando era ainda bem jovem. Logo que foi possível, adquiriu as terras do Fundão. Alguém poderia indagar: se era tão fundamental ter terras, como é que o pobre Galdino as comprou assim, a partir do nada? O coronel tinha seus segredos, como os têm ainda hoje os pobres bem-sucedidos. Ali, nas suas vizinhanças, viviam umas proprietárias de terras, mulheres muito simples, para quem as terras eram mais um peso do que uma benesse. Galdino começou a vida, aliviando-as desse peso. Daí por diante, não tardou, e virou fazendeiro mesmo, de verdade, e respeitado. Quando chegou a repressão ao roubo de cavalos, ele já era poderoso, e pôde demonstrar sua amizade ao parente por linhas tortas, Zeca da Zina, oferecendo-o como colaborador ao Tenente Fonseca.

Galdino não tinha ainda acesso ao clericato, mas, pelo caminho da ousadia e do poder de coronel, já gozava do convívio íntimo dos fala-bonito, embora lhe faltasse o essencial para ser um deles: a relação de parentesco com algum, ou a formação clerical em alguém da família. Além disso, ele não era orador destacado, nem intelectual ou professor. Era, no entanto, decidido o suficiente para romper conceitos e se impor. E, até sob alguns aspectos, eclipsava o poder dos autênticos fala-bonito. Mas, fala-bonito mesmo, com todos os direitos, o Coronel Galdino só se tornaria, graças a seu genro Honório Teixeira de Carvalho. Injustiça do destino: isso só viria a acontecer, depois de sua morte.

Honório se casou com Maria Galdina, filha do coronel. Com perspicácia, ou intuitivamente, entendeu o projeto do velho Galdino e decidiu, com outros métodos, dar-lhe continuidade. Honório era membro de uma das famílias mais antigas do distrito, e prestigiadas também: os Teixeira de Carvalho.[21] A alteração do sobrenome da família foi o primeiro passo. Era um expediente fundamental, para que ficasse bem caracterizado que não se tratava de nenhum Teixeira, que

---

[21] Já havia patentes da Guarda Nacional entre eles. Eram os Teixeira de Carvalho tratados como Alferes.

poderia evocar o sobrenome do outro coronel: o Joaquim Teixeira Guimarães. Fez, a partir daí, batizar os filhos com o sobrenome de "Carvalho",[22] sem o "Teixeira". Adquiriu uma casa ao lado da igreja, a dois lotes do casarão dos Pedrosa (17), e passou a residir ao lado dos principais líderes fala-bonito. Da sua porta, quase enxergava as janelas do Coronel Teixeira cujo casarão era do outro lado do adro da igreja (12), ao lado da casa que viria a pertencer a José Arantes Moreira (14), Crioulo, líder dos fala-feio. Honório Teixeira e o Coronel Teixeira se punham como dois guardas suíços de um e de outro lado da Igreja Matriz. O passo seguinte seria agregar a si a marca fundamental do fala-bonito: ter um padre na família. José Inácio de Carvalho era a promessa. Estudava no seminário de Mariana e seria, brevemente, padre. Pelo menos, é o que esperava Honório. Porém, em 1925, o rapaz desiste do seminário e chega a São Caetano, não sem algum desapontamento do pai. Se adivinhasse o futuro, Honório Teixeira teria levantado as mãos ao céu em agradecimento. O rapaz que voltava de Mariana haveria de mostrar-se o homem talhado para levar em frente o projeto do avô Galdino continuado pelo pai Honório. Depois da formação clerical, José Inácio cursou Farmácia em Ouro Preto, para retornar ao distrito em 1929, como o farmacêutico do lugar. As coisas estavam indo melhor do que esperava Honório. Quase às vésperas da formatura do farmacêutico José Inácio em Ouro Preto, ordenara-se padre, em Mariana, Argemiro Benigno de Carvalho, outro filho de Honório. Anos depois, ordenar-se-ia outro ainda, Joaquim, e a seguir, dois netos, filhos de Vicente Paulo Carvalho. Estes últimos se chamavam Vicente Carvalho e José de Assis.

---

[22] Existe uma família Carvalho na região de Nossa Senhora dos Remédios, mas não tem ligação próxima com estes Carvalho.

Ao estabelecer-se em São Caetano, José Inácio de Carvalho acumula as funções de farmacêutico e de médico, que o distrito não tinha. A filantropia, própria de seu temperamento, conquista-lhe um prestígio experimentado por poucos xopotoenses. Tendo enveredado pela política, ele disputava os cargos eletivos em condição de igualdade com os candidatos residentes na sede do município. Mais de uma vez, disputou a Prefeitura de Alto Rio Doce, em condições de ser eleito, o que é uma grande proeza, quando se trata de um candidato periférico em disputa com outros da sede. Na campanha pela emancipação do distrito, torna-se figura importante. Facilita a adesão dos fala-bonito (UDN) ao grupo liderado por João Moreira dos Reis (PSD), então prefeito de Alto Rio Doce. Esse acordo possibilitou a transformação do distrito no município de Cipotânea. O acordo que levou à emancipação previa o lançamento, pela coligação PSD/UDN, de um candidato único para a eleição do primeiro prefeito do novo município. Essa primeira eleição se deu em 1954, e o candidato "único" foi justamente José Inácio de Carvalho. Como teria que haver uma sigla de apoio, essa sigla foi o PSD. Na última hora, no entanto, como o objetivo da união já fora atingido (emancipação do distrito), a UDN também lançou seu candidato, na pessoa de José Dias Pedrosa. Esse acordo da emancipação embaralhou todo o arranjo tradicional dos partidos locais, de modo que dois candidatos, originalmente fala-bonito, saem em disputa, um pelo PSD (José Inácio) e o outro pela UDN (José Pedrosa). Essa dupla candidatura significou, como se vê, um racha nos fala-bonito, donde procediam ambos os candidatos. A jogada seguinte foi a acomodação de José Inácio à frente do PSD, reduto dos fala-feio tradicionais. José Inácio deixou a UDN-Fala bonito e assumiu definitivamente a liderança oficial dos fala-feio-PSD. Esse arranjo político deu certo. José Inácio foi bem acolhido nos meios fala-feio, e pôde contar com a ajuda importante do irmão, Padre Argemiro, na estratégia das cooptações e das alianças. Das urnas dessa primeira eleição, surge o primeiro prefeito eleito de São Caetano: José Inácio de Carvalho, junto com seu vice, um fala-feio tradicional, José Arantes Moreira. José Inácio, entretanto, não chega a tomar posse, vindo a morrer na véspera da investidura, no dia 16 de janeiro de 1955 (CARVALHO, 1982). A emancipação havia aberto maiores espaços políticos para todos, mas, ao mesmo tempo, trazido muitos estragos nas fileiras fala-bonito. Os fala-bonito perderam José Inácio, que saiu para liderar o PSD, e alguns outros cidadãos, como Divino G. Heleno, que se mudou do distrito. Com isso, José Dias Pedrosa ficou praticamente sozinho no comando da facção. Surge, nesse momento, Antônio Jerônimo Dias, concunhado de Divino Gonçalves Heleno, para, durante muitos anos, alternar com os Pedrosa no governo do município.

A morte de José Inácio representou um tremendo revés no presumido projeto Galdino-Honório Teixeira, o que obrigou o filho deste, o vigário Padre Argemiro, a sair dos bastidores, e assumir pessoalmente o comando político do grupo Carvalho. Não foi sem causar alguns melindres que ele conseguiu montar uma candidatura de última hora, encabeçada pelo tradicional líder do PSD, Levindo Moreira das Neves. Este vence a eleição. O vice continuou sendo José Arantes Moreira. O poder passava integralmente dos fala-bonito para os fala-feio, sob a liderança ainda dos Carvalho. Terminado o mandato de Levindo Moreira, na eleição seguinte, a de 1958, o candidato dos fala-feio-PSD foi Manuel de Araújo Couto, o qual perde nas urnas para José Dias Pedrosa e seu vice, João Moreira dos Reis[23].

---

[23] O mesmo que, por mais de uma vez, foi prefeito de Alto Rio Doce.

Esta foi a segunda eleição do recém-criado município de Cipotânea. O primeiro mandato cobrira os anos de 1955 a 1958. Este cobriu 1959 a 1962. O terceiro mandato foi exercido por Luís Carlos de Carvalho (filho de José Inácio), seguido de seu vice, José Teotônio Guimarães, nos anos de 1963 a 1966. A disputa eleitoral fora com Arlindo Pereira apoiado por José Dias Pedrosa.

Na quarta eleição ocorrida no final de 1966, José Dias Pedrosa é conduzido ao seu segundo mandato à frente do Executivo municipal. Seu opositor foi José Faustino Pereira (José Jusa), casado com Maria José, irmã de José Inácio e do Padre Argemiro. José Pedrosa morre em 1968, antes de concluir o mandato, que deveria ir de 1967 a 1970. Conclui o mandato seu vice, Geraldo Estêvam Pereira (Gerado Jusa, irmão de José Jusa).

O quinto mandato seria de apenas dois anos, como em todos os municípios brasileiros. O novo quadro político que se configura em São Caetano põe em evidência dois líderes locais: Antônio Jerônimo Dias e Geraldino Arantes Campolina (Sô Dino). Na disputa eleitoral ocorrida no final de 1970, sai vencedor Antônio Jerônimo, contra Sô Dino. O mandato é exercido no primeiro ano (1971) por A. Jerônimo e, no segundo ano (1972) por seu vice, Divino Pereira (filho de Quinca Pereira do Barro, e sobrinho, por parte de mãe, de Levindo Moreira das Neves).

A sexta eleição consagra Jonathas Pedrosa (filho de José Dias Pedrosa), tendo como vice Geraldo Barroso de Carvalho (filho do primeiro prefeito eleito, José Inácio, e irmão de Luís Carlos, do terceiro mandato). A união dos Carvalho e dos Pedrosa faz reviver um quadro semelhante ao que levara à emancipação em 1953. O mandato cobriu os anos de 1973 a 1976. O opositor foi ainda Geraldino Arantes Campolina. Aqui se pode ver, ainda, nas duas facções históricas, um pano de fundo onde se projetava o fala-bonito antes da divisão que levou os Carvalho para a facção fala-feio. Tem-se novamente, de um lado da disputa, uma aliança Pedrosa-Carvalho, e do outro, um Arantes, parente de José Arantes Moreira (Crioulo) e de José Arantes Campolina (Coco).

A sétima eleição pôs em confronto Antônio Jerônimo Dias, tendo como vice Joaquim Teixeira Primo (casado com Angelina, irmã de Levindo Moreira, e concunhado de José Teotônio Guimarães). O mandato – agora de seis anos – vai de 1977 a 1982. Nota-se um restabelecimento da cooptação realizada por Padre Argemiro no primeiro mandato, que conduziu Levindo Moreira à prefeitura. A oposição coube, mais uma vez, a Geraldino Arantes Campolina.

É digna de nota a persistência de Sô Dino. Em primeiro lugar, sua energia política. Não chegou a vencer nenhum pleito que disputou para prefeito, mas foi de uma coerência política e opositiva notável, concorrendo para uma vida longa da força fala-feio, dando continuidade à experiência de José Arantes Moreira (Crioulo). Sô Dino teve reduzida em muito sua possibilidade de eleição, em virtude, entre outras coisas, de um aparente pacto entre Jerônimo e a Família Pedrosa, que possibilitou a alternância no poder do mesmo Jerônimo, com José Pedrosa inicialmente, e depois, com Jonathas Pedrosa (Tatá). Essa alternância foi ininterrupta desde a quarta eleição (mandato 1967-1970), até a nona eleição (mandato 1989-1992), quando Jonathas já havia falecido. Foram vinte e seis anos de poder: a cooptação mais duradoura da força fala-feio pela força fala-bonito, fruto de uma estratégia muito semelhante à usada por Padre Argemiro para eleger Levindo Moreira para o mandato 1959-1962. Esse novo pacto presumido neutralizou a aliança anterior, que reunira o pessoal da Brejaúba-Xopotó sob a liderança dos Carvalho (que levara ao poder no primeiro mandato Levindo Moreira e, no terceiro, Luís Carlos Carvalho). Jerônimo se apropriou do espólio político deixado pelo enfraquecimento dos Carvalho (alguns morreram, outros se mudaram da cidade) até a morte de Jonathas em 1987, quando terminou também este último pacto. A última eleição de um Pedrosa, no século XX, deu-se na oitava eleição do município, em 1982, com mandato previsto também de seis anos, e cobertura dos exercícios de 1983 a 1988. Nessa eleição, a força de Geraldino Arantes ficou ainda mais comprometida, em razão de terem surgido mais dois candidatos, além de Jonathas Pedrosa (vice: Hamílcar Teixeira): Manuel Lopes e Caetano de Assis. O candidato a vice-prefeito desses três era único: Pedro Pereira (do Logradouro).

A nona eleição leva ao poder Antônio Jerônimo (vice: Caetano de Assis). O opositor foi João Reginaldo, não nascido em São Caetano. A polarização começa a se desfazer. Na décima eleição (mandato: 1993-1996), elege-se prefeito Valdomiro (Mirinho), médico procedente de Juiz de Fora, tendo como vice João de Souza. São derrotados, no pleito, João Reginaldo, pela segunda vez, e Benício Pedrosa (Nem).

Na décima primeira eleição (mandato 1997-2000), João Reginaldo se elege prefeito, com a ajuda de seu vice Antônio Jerônimo. O opositor era Eli Pereira (filho de Maria Pedrosa e de Pedro Moreira das Neves, conhecido como Pedro Pereira). Eli é sobrinho de Jonathas Pedrosa, de João Moreira dos Reis e neto de José Dias Pedrosa.

Em 2000 (mandato previsto: 2001-2004), elege-se aquele mesmo Eli, candidato derrotado na eleição anterior. Nesta eleição, ele se apresenta como Eli Pedrosa, em vez de Eli Pereira. Seu vice foi Valdomiro (Mirinho). Os opositores foram João Reginaldo, que não conseguiu sua reeleição, e o vice, Hélvio, neto de José Arantes Moreira (Crioulo).

3. Duques e Barões

O fim do século XIX no Brasil é marcado por grande prestígio dos coronéis, como forma de regionalizar o poder, antes centrado na sede do Império. O episódio narrado por Geraldo Barroso, mostrando o processo de votação presidido pelo Coronel Galdino é ilustrativo (CARVALHO, 82 p. 118-119). Primeiro, o coronel ocupava a cabeceira da mesa, bem próximo à porta, enquanto seu adversário ocupava a outra cabeceira. A cada eleitor que entrava, o coronel ordenava ao delegado que o "orientasse" na votação. E o "livre" eleitor era obrigado a votar a favor ou contra o coronel, à vista do delegado. A presença ali do coronel não era nenhum abuso pessoal de poder. Era de direito, como determinava a legislação da época sobre as comissões eleitorais distritais, que eram formadas pelo juiz de paz, pelo subdelegado da paróquia e por um cidadão com as qualidades de eleitor.[24] O momento coincidia com o fortalecimento do Partido Republicano, que passava a englobar ex-liberais e conservadores junto com republicanos situacionistas. No seio dos discursos políticos, no entanto, permanecia a questão religiosa, principalmente para aqueles que, após a separação da Igreja e o Estado, acusavam de ateísmo o Estado brasileiro. Em São Caetano, todos os líderes locais sobre os quais obtivemos informações estavam, de alguma forma, ligados ao PRM.

---

[24] RESENDE, Maria Efigênia Lage, 1982, p. 61.

1850 é o ano em que, sob pressão do capitalismo emergente, foi extinto no Brasil o tráfico de escravos. Para substituir essa mão-de-obra, incentivou-se a vinda de imigrantes da Europa. Era uma substituição altamente vantajosa para aquela fase acumulativa do capital. A abolição da escravatura, que ocorreria no final daquele século, surgiria cheia de contradições. Enquanto para cada fazendeiro, encarado individualmente, a abolição foi prejudicial, na medida em que representou perda de mão-de-obra e de capital imobilizado, para o capitalismo, como sistema, foi um golpe de mestre. A libertação do escravo permitiu que o sistema se livrasse, a partir daí, da imobilização de capital, que significava a posse de escravos. Além disso, podia-se pensar em eficiência produtiva e em ócio consumista, o que antes seria muito perigoso, quando se tratasse de escravos. Qualquer inovação anterior que desse folga ao braço escravo poderia criar a vadiagem, estimular a ociosidade e, com ela, o risco da revolta. Escravo era para ser mantido ocupado, ainda que se tivesse que mantê-lo cavando e aterrando repetitivamente um mesmo buraco no chão. Essa prevenção contra o ócio dos escravos, estendida mais tarde a todas as classes subalternas, iria durar ainda muitos anos, como se vê no horror demonstrado pelo repressor ao roubo de cavalos contra o lazer das classes populares (Cap. 5).

Possivelmente, iludidos por propagandas enganosas ou por ofertas de vantagens que depois não se concretizariam no Novo Mundo, ou ainda alimentados pela utopia da América, europeus passaram a ocupar os navios, antes destinados ao tráfico de africanos, em direção ao Brasil.

Em meados do século XIX, levas e levas de europeus, inclusive de italianos, desembarcaram no Brasil. Em 1859, chegou a este país, com a idade de apenas 18 anos, o jovem ousado Alberto Grossi, proveniente de Vincchiana, lugarejo a 2 quilômetros de Ponte Moriano e a 10 quilômetros de Luca

(Itália), região montanhosa como a de São Caetano. Alberto Grossi se estabelece em São Gonçalo do Furquim, município de Mariana. Sete anos depois, chega à mesma região o irmão Atílio. Em 1871, muda-se Alberto para São Caetano. Juntamente com ele, seguem para o distrito Atílio e Romualdo, que já se encontravam também no Brasil. Em seguida vieram da Itália os outros irmãos: Gustavo, Domingos, Guilherme e João.[25]

O impulso da industrialização percorria o mundo, tendo atrás de si a Inglaterra, que precisava vender suas máquinas. No Brasil, país jovem, estava quase tudo por construir, dentro da nova tendência capitalista. Com a abolição da escravatura, e com as novas exigências do sistema produtivo em série, que exigia, em lugar da força física, a habilidade para lidar com os novos instrumentos de trabalho, o campo estava aberto à imigração. O próprio meio rural ressentia-se da falta do braço que haveria de substituir a mão escrava, que não podia mais ser importada. A produção de café, concentrada antes no Vale do Paraíba, deslocava-se para outras regiões, com uma produção muito maior, chegando a quadruplicar quando comparada às regiões esgotadas do Paraíba. Essa circunstância gerava excedente de capital que os fazendeiros mais progressistas aplicavam em ações das primeiras indústrias que surgiam. Além disso, investiam também no grande negócio da época, incentivados pelo governo imperial: a construção de estradas de ferro. O governo, em 1852, garantia, por lei, juros de 5% para quem investisse nas ferrovias em Minas

---

[25] Estas informações são do jornal *O Puritano,* de 17-4-1904, e diferem dos relatos orais. Segundo estes, os irmãos eram: Alberto, Atílio, Romualdo, Domingos, João, Polimonte e uma irmã. E acrescentam que Atílio e Polimonte retornaram para a Itália.

Gerais.[26] Além disso, onde eram aplicadas as novas tecnologias, a produção, principalmente cafeeira, era quadruplicada.[27] Era um período de otimismo e de procura da eficiência, oposto ao do regime escravocrata. O imigrante conseguia ver o Brasil com olhos distanciados. Via-o, por isso, em sua totalidade, com suas contradições, é claro, mas também com suas oportunidades. Os olhos europeus dos Grossi, especialmente os de Alberto, o pioneiro, eram, com certeza, de uma agudeza maior que os olhos fechados sobre si mesmos dos nativos. Os outros poucos, que conseguiam uma visão mais ou menos aproximada da dos estrangeiros, eram os negociantes de burros, os tropeiros e os boiadeiros. Não é por acaso que, depois dos imigrantes, eram geralmente os que conseguiam estabelecer-se como comerciantes bem-sucedidos. Os irmãos Teixeira de Carvalho (Zeca, Totônio, Honório), José Francisco Heleno e alguns outros conseguiram, em razão de seu estabelecimento urbano, até disputar uma fatia do poder fala-bonito com o clericato e com os imigrantes. Naturalmente, os italianos se viram diante de duas situações opostas: um lampejo constrangedor e outro revelador. O constrangedor emergia da decepção na chegada ao Brasil, como imigrantes. Era a percepção de que não havia nenhum eldorado por aqui. A missão que os aguardara, no momento da chegada, era árdua e inglória: realizar, sob o sol tropical, o trabalho duro, desenvolvido, antes, somente por escravos. O lampejo revelador foi aquele do provérbio: em terra de cego, quem tem um olho é rei. Os nativos não conseguiam ver toda

---

[26] BLANSENHEIM, Peter L. "As Ferrovias de Minas Gerais no século dezenove". In: *Lócus*: revista de história, Juiz de Fora: EDUFJF, 1996, p. 87.

[27] Especialmente a partir de 1870, a produção de café no Vale do Paraíba era apenas de 50 arrobas por mil pés, enquanto nas novas regiões exploradas no Oeste paulista atingiam 200 arrobas por mil pés (CASALECCHI, 1981 p. 30).

a potencialidade de sua terra. É possível que a notícia da famosa enchente do Xopotó, datada de 1865,[28] tenha chegado aos ouvidos deles, antes de se decidirem pelo estabelecimento no distrito. Afinal, a distância de São Caetano a Mariana não passava de um dia a cavalo, como sabiam os viajantes e boiadeiros. A enchente teria despertado a curiosidade de Alberto, o que o teria levado à descoberta da corredeira da Ponte de Baixo. Era um rio que cortava a vila em duas, esbanjando energia, justamente uma das coisas de que tanto precisava o Grossi. Em 1871, toma ele a decisão de ir para São Caetano. Se, por um lado, faltava-lhe capital para comprar as máquinas a vapor inglesas, por outro, tinha mãos hábeis e muita criatividade. A energia, esta, era só captar. A natureza jogava fora todo dia em São Caetano. Ali, associado especialmente ao irmão Romualdo, construiu uma barragem, a mesma que se encontra lá ainda hoje na ponte dos moinhos.[29] Com habilidade, montaram, ele e o irmão, um sofisticado maquinário de madeira, e se tornaram a família mais rica do distrito de São Caetano do final do século XIX e início do século XX. Eles eram os donos das casas mais vistosas do Largo, algumas das quais edificadas em estilo europeu.[30] Alberto pôde visitar a Itália, por lá permanecendo longos sete meses, como noticia *O Puritano*, que o chama de "importante industrial em São Caetano do Xopotó".

---

[28] CARVALHO, 1997, p. 187.

[29] Rui Grossi, neto de Romualdo, e filho de Francisco Grossi, pelos meados do século, fundou em Barbacena uma indústria de produtos alimentícios com a marca "Maravilha Grossi", que tinha como logomarca uma roda semelhante à que movia os moinhos antigos da Ponte de Baixo.

[30] Pertenciam a membros da família Grossi a maioria das casas vistosas do Largo: a casa de Antônio Teixeira de Carvalho (nº 22), construída por Francisco Grossi, filho de Alberto, o mesmo que construíra para si o Chalé que veio a pertencer

Em 1888, o distrito recebe o ex-seminarista Leandro Gomes da Silva Werneck, nomeado professor público da escola masculina do lugar. Em 7 de maio de 1892, o professor recebe um dote de 600 mil réis como ajuda para o casamento com Maria Augusta Grossi. Três anos antes, já dirigia a paróquia Padre Pedro Ferreira Pedrosa. Estava montado o grupo a partir do qual tomaria corpo o fala-bonito e seu contraponto, o fala-feio, como já assinalamos no capítulo 2.

Sobre a família do mestre, pouco sabemos, além do nome dos pais: Francisco Gomes da Silva Werneck e Carolina do Amor Divino Werneck, de Catas Altas de Noruega. Dos Grossi, pode-se dizer, com segurança, que não tinham sangue negro nas veias? Sim, até onde é possível dizer isto de um povo cuja origem se deu em meio a uma das maiores mesclagens raciais da história, que foram os habitantes da Itália. Na constituição do povo que erigiu o Império Romano, concorreu todo tipo de gente, de procedência muito variada, inclusive da África. Basta lembrar, dentre outros, o nome do conhecido comediógrafo romano Públio Terêncio Afer (*Afer* = africano). Pelo menos em relação a São Caetano, eram puros, não como raça, mas, pelo menos, enquanto sangue europeu, o que é difícil afirmar com segurança dos demais habitantes, em sua maioria.

Nos demais moradores, o que se nota é um amplo espectro de tonalidades de pele, que vão gradativamente do

---

mais a tarde a João da Sá Joana, no lugar onde é um bairro hoje; a casa que depois veio a pertencer a José Inácio de Carvalho (nº 24) pertencera a João Grossi; o próprio Alberto foi dono do sobrado que veio a pertencer depois a Belmira (Bela de João Viana (num. 26). Do outro lado, conforme quadro ilustrativo da página 14, estavam a casa do Prof. Werneck, casado com Maria Augusta , filha de Alberto 1, e um pouco abaixo a casa de Herculano Heleno, casado com Raquel Grossi (Dona Benzinha), filha de Romualdo (39).

que se convencionou chamar branco, até o que se aceita como negro. O sangue de todos, ou de quase todos, é misturado. Os brancos têm sangue negro em pequena escala, os negros têm sangue negro em maior escala. No meio está um pessoal de cor amorenada, que não se pode chamar de mulato. É uma cor pouco definida. Normalmente sua pele é vista como branca, em oposição ao negro. Na origem, provavelmente, eram mestiços (mas boa parte de brancos e de negros também não são?). Resultam de uma mistura mais equilibrada de branco e de negro (muitos, descendentes naturais dos brancos) e um pequeno percentual indígena. Em geral, quanto mais tende ao negro a pele, menos favorecido economicamente é o indivíduo. Quanto mais tendente ao branco, mais bem aquinhoado pela fortuna seu dono. Não é necessário citar nomes. Identificá-los é fácil. Basta dar uma volta, ainda hoje, pelas ruas e imediações de São Caetano, ou recordar o aspecto das pessoas cujos nomes declinamos neste trabalho (para aqueles que os conhecem ou conheceram). A razão dessa gradação de pele é histórico-social. O branco era o proprietário até 1888. O negro era o trabalhador braçal sem posses, até a mesma data. O proprietário, quando fazia um filho em uma escrava ou numa negra, mesmo depois da escravidão, freqüentemente dava ao filho seu sangue, mas lhe negava as posses. Com isto, a população negra se foi embranquecendo, e a população branca tornando-se cada vez menos numerosa proporcionalmente. As riquezas, entretanto, não saíram de suas mãos. Esses morenos constituem a grande maioria da população, como ocorre, de resto, em quase todo o Brasil.

A possibilidade de ascensão social era muito limitada, quase inexistente. A mineração, outrora, fora uma delas, mas os veios de ouro estavam esgotados. Na região de São Caetano, eles nunca foram muito prolíficos, uma vez que o distrito ocupa a periferia da zona aurífera. Por isso era escassa a possibilidade de algum minerador bamburrar. Restariam as terras como alternativa para a produção de riqueza, se todas elas não se encontrassem historicamente nas mãos dos fazendeiros brancos. Havia a religião católica, que, por muito tempo, constituiu-se para os menos favorecidos no único meio de galgar escalas sociais. Esse caminho foi trilhado por alguns morenos e por raríssimos negros. O sacerdócio era um caminho de ascensão social. E o caso mais famoso da região é o do Padre José Pinto Carneiro, o Cônego Pinto. Por essa via, era possível tornar-se, pelo menos, um conviva dos fala-bonito.

Os fazendeiros[31] gozaram de grande prestígio até o fim do século XIX, a partir de quando foram perdendo a importância, em favor das novas atividades econômicas. Essa transformação era bem vivida em São Caetano, no contraste entre os Grossi, prósperos industriais, e as famílias dos fazendeiros, já em processo de decadência econômica. Muitos destes só não haviam perdido de todo o prestígio, porque conseguiam reunir à atividade agrícola a pequena indústria de cachaça, de rapadura e de beneficiamento de grãos. Poucos deles eram correntistas de banco. Miguel Heleno era um desses poucos homens do lugar que mantinha conta corrente em banco e viajava, uma vez por ano, a Juiz de Fora, para acompanhar o movimento. Alguns fazendeiros reuniam a atividade agrícola a negócios, especialmente com tropas, com a comercialização de animais de carga e com a atividade de boiadeiro. Por esse caminho, alguns percorreram uma trilha social e econômica que lhes possibilitou juntar-se aos fala-bonito. Alguns cidadãos ligados ao meio rural – de acentuado

[31] Como fazendeiros, aqui, são entendidos os proprietários de terra com residência permanente na área rural. Este esclarecimento é importante, quando se leva em conta que os moradores do distrito também eram, em geral, proprietários rurais.

prestígio outrora – tendiam a flutuar entre o fala-feio e o fala-bonito, talvez em razão mesmo do processo de decadência que experimentavam. Havia, ao lado destes, um outro grupo flutuante que ocupava a periferia urbana do distrito, especialmente a região do Bairro Nossa Senhora do Carmo (mapa número 58 a 73). O bairro, que era um prolongamento da Rua de Baixo, era chamado de Logradouro ou Logra, não sem uma pitada de depreciação. Apesar de economicamente frágil, esse grupo conseguia viver com alguma independência, tanto em relação aos citadinos quanto aos fazendeiros. Embora praticassem, também eles, uma agricultura de subsistência como meeiros dos fazendeiros, eles eram, em grande parte, trabalhadores artesanais. É principalmente entre eles que se encontrarão os fazedores de cestas, de balaios, de esteiras, de laços, de chapéus, de bonecas, os compradores de galinhas e de ovos, os tocadores de tropa, os consertadores de relógios, de engenhos de cana, de guarda-chuvas, os mascates, os benzedores, os coveiros, os carpinteiros, os seleiros, os sapateiros, os pedreiros, os serventes, e outros. Sua condição de trabalhador autônomo e de não residente em terras alheias lhes dava uma certa independência, o que lhes possibilitava a formação de uma importante força política e o privilégio de viverem à margem dos favores dos coronéis e dos fazendeiros. Alguns obtiveram destaque no lugar. José Vítor da Cunha, no campo econômico, chegou a ser proprietário de tropa.[32] Pedro Pereira do Logra, que era mascate, foi candidato, por três vezes, a vice-prefeito, depois da emancipação do distrito.

---

[32] José Vítor da Cunha, casado com uma filha de Duque, possuiu, por volta de 1940, uma tropa de burros só equiparável à de outros tropeiros que se tornaram depois comerciantes, como Zé Miguel, Vicente Carvalho, Antônio Teixeira de Carvalho, ou já eram fazendeiros, como Levindo Moreira, e outros. José Vítor

Dentre esses cidadãos flutuantes, muitos outros conquistaram prestígio na comunidade, como músicos exímios. Não poucos foram membros das bandas de música,[33] e alguns construíam seus próprios instrumentos musicais. Desta forma, podemos vê-los nas fotografias antigas, tocando, lado a lado, com os fala-bonito Juventino Araújo e Zeca Teixeira, entre outros.

Uma forma de reagir, talvez de maneira inconsciente, a essa independência econômico-social em relação aos coronéis e a outras patentes da Guarda Nacional era, da parte dos cidadãos mais bem situados na escala social, atribuir a algumas dessas famílias flutuantes um título de nobreza. É dessa circunstância que devem ter surgido as alcunhas de Duque e de Barão. Fizeram a diversão das crianças dos anos 40 e 50 as bonecas de pano fabricadas por Celina do Duque, por exemplo. Como fizeram a alegria dos rapazes as serestas acompanhadas pelo violão de Sebastião Gonçalves Barroso, o Tatão Barão. Tatão era também, nas horas de folga, consertador de relógio e de guarda-chuva. O uso da ironia para (des)qualificar o outro não foi criado só para definir algumas famílias do Logra. Chamar alguém de fala-feio, ou

---

da Cunha batizou, com esmero, todos os seus burros, iniciando-lhes os nomes com a letra "P": Peixão, Paixonado (sic), Pirante, Pavão, Paraná, Piraí, Pensamento, Peixoto e Pássaro Preto.

[33] Tatão Barão (Manuel Gonçalves Barroso) era consertador de relógio e de guarda-chuva, tocador de violão e membro da banda de música onde tocava bumbo. Francisco Bernardo era compositor, tocador de flauta e de clarineta, e membro da banda. No início de seu aprendizado de música, construía suas flautas em bambu. Muita gente chorou quando o esquife de José Vitor subiu a Ladeira do Logra ao som da marcha fúnebre, executada pela banda da qual fora membro em vida.

dar ao diminutivo (Moreirinha,[34] por exemplo) uma conotação depreciativa fazem parte do mesmo processo aplicado aos Duques e aos Barões. Esses, a rigor, não eram nem fala-feio nem fala-bonito, mas podiam, sem pejo, associar-se tanto a uns como aos outros, de acordo com suas conveniências de momento.

Ficam faltando os negros. Nunca é demais recordar que essa divisão por raça é também de cunho econômico e social, uma vez que negros e brancos são, na maioria dos casos, parentes. Há brancos com sangue negro e indígena,[35] especialmente por causa da escassez de mulheres no início da colonização, como há negros com sangue branco em virtude da relação de posse que vigia entre brancos livres e negras possuídas (a ambigüidade não é casual).[36] No entanto, são ainda considerados brancos aqueles com pouca pigmentação negra, e negros aqueles com essa pigmentação mais acentuada. Enquanto escravos, estes eram vistos pelo branco como coisas que, no máximo, poderiam testemunhar a história

---

[34] Essas explicações são uma tentativa de compreender como surgiram esses apelidos. A Fala-feio e Fala-bonito não se ouve hoje nenhuma referência mais. Para os Moreirinhas, talvez em razão do prestígio de alguns deles, não resta nenhuma conotação depreciativa. O nome, até, soa carinhosamente. Quanto aos Duques e aos Barões, hoje são apelidos de família, pronunciados como se fossem sobrenome como quaisquer outros. Na mesma linha, há os Alferes e os Capitães.

[35] Segundo alguns relatos orais, o fundador da família Heleno em São Caetano, o guarda-mor Miguel Vidal Gonçalves Heleno, teria vindo para a região, casado com uma índia chamada Antônia Rita.

[36] Alguns afirmam que seriam filhos naturais do fazendeiro Joaquim Heleno, além do Coronel Galdino, um tal de Zé Caboclo e um certo Tote Queima-roupa. Além disso, a memória das comunidades negras recuam, no tempo, até o nome de uma mulher, geralmente, como é o caso da comunidade dos Luzia (Maria Luzia) e a comunidade da Leoa (Maria Leoa).

sem ter a iniciativa de fazê-la. Depois de libertos, o quadro mudou muito pouco. Há um episódio curioso ocorrido durante a repressão ao roubo de cavalo na região (1918 aproximadamente), que é bastante ilustrativo neste sentido. Trata-se do negro Ulisses, que morreu ao lado de Juca Carola, como seu fiel companheiro até o último minuto de vida. Apesar desse companheirismo e dessa fidelidade, grande parte da tradição oral o ignora, afirmando que Juca Carola foi executado sozinho (ver p. 89 e seguintes).

Por causa de sua dimensão política, seria impossível encerrar este capítulo sem falar do Presidente Artur Bernardes. Se era fala-bonito ou fala-feio não vem ao caso, uma vez que ele se mudou, ainda menino, de São Caetano e se fez politicamente na região de Viçosa. Mas é uma pergunta que todo xopotoense se faz: "Ele nasceu ou não nasceu em São Caetano?" Não dá para responder com documentos, como bem demonstra Geraldo Barroso de Carvalho (CARVALHO, 1997). O argumento que evoca uma Certidão de Batismo arquivada na igreja de São Caetano não tem valor. A certidão realmente existe, mas sua página está rasurada. Essa rasura admite duas hipóteses. Tanto pode ter sido praticada com a finalidade de provar que Artur Bernardes nasceu em São Caetano, quanto pode ter sido rasurada justamente para ser desqualificada como prova de seu nascimento no distrito. Neste último caso, a rasura pode ter sido encomendada pelo próprio presidente, que havia elegido Viçosa como sua cidade natal. A partir desse documento, não se chega a lugar algum. No entanto, sua mãe – Maria Aniceta – é comprovadamente de São Caetano. A infância do futuro Presidente da República se passara também na região de São Caetano, especialmente na zona rural dos Costas e da Paciência, como dão conta inúmeros depoimentos orais. Além do mais, é quase unânime a confirmação de sua origem xopotoense da parte de pessoas originárias da Paciência, dos Costas e de regiões vizinhas, como de parentes dele do lado de Maria Aniceta. Tudo isso nos dá a convicção de que realmente Artur Bernardes nasceu em São Caetano. Eu, embora não possa provar com documento, não tenho dúvida de que ele é de São Caetano, mais precisamente, da região de Paciência. Seu pai era português. Chamava-se Antônio da Silva Bernardes, e exercia uma função pública nas comarcas de Viçosa, de Piranga e de Alto Rio Doce.[37]

Sua escolha de Viçosa como cidade natal tem suas razões de ser. Afinal, o político Artur Bernardes, de fato, como político, surgiu em Viçosa, a partir de uma vida dura, de um homem batalhador, de um rapaz que teve muitas dificuldades para estudar (estudou no Caraça, no Ginásio Mineiro de Ouro Preto, na Faculdade Livre de Direito de Minas Gerais e na Faculdade de Direito de São Paulo). A riqueza dos depoimentos dos xopotoenses e alto-rio-docenses, e a constante coerência nos detalhes de todos os entrevistados, cruzados entre si, não deixam dúvida quanto ao fato de que, no mínimo, Artur Bernardes viveu sua infância, dos primeiros dias de vida até o início da adolescência, na localidade de Paciência, entre Alto Rio Doce e São Caetano. Com base nos depoimentos que colhi, que não são poucos, não tenho dúvida de que ele nasceu ali.

Outra razão de ele ter adotado Viçosa como cidade natal pode estar ligada a alguma mágoa em relação à região. Não faltam depoimentos que apontam nesse sentido. Pelo menos, três depoentes fidedignos asseveraram que o pai de Artur Bernardes saíra tocado da região. Não esclarecem se de São

---

[37] Dicionário Biográfico de Minas Gerais p. 85

Caetano ou se de Alto Rio Doce. Dois deles dão ainda como motivo uma arenga com o vigário, que eles também não dizem se de São Caetano ou se de Alto Rio Doce. De qualquer forma, é um detalhe importante, na medida em que faz aflorar novamente o poder clerical como divisor de águas entre os defensores do *status quo* e os opositores a ele, como se deu na divisão política entre fala-feio e fala-bonito.

4. Negros

De que país vieram os negros de São Caetano, não sabemos. Juca Laureano, segundo Geraldo Barroso,[38] contava ter visto levas de escravos à venda na praça do distrito. Pelo ano de nascimento do Capitão Laureano (1852), os escravos em questão não eram certamente originários da África, mas descendentes daqueles, uma vez que o tráfico negreiro estava proibido desde 1850. Estes escravos eram, com certeza, excedentes da mão-de-obra de fazendeiros arruinados de outras regiões, que vinham, como mercadoria, para serem vendidos para os fazendeiros xopotoenses que, apesar de suplantados pelos industriais, experimentavam ainda um razoável momento econômico, especialmente os cultivadores do café. Na divisa do Heleno com a Forquilha, havia um mato fechado que, na década de 1950, exibia ainda grande número de cafeeiros alinhados que deveriam ser resquícios daquele tempo. Em todas as matas daquela região, eram abundantes mudas de cafeeiro resultantes de sementes difundidas pelos pássaros, que mostram que a região, muitos anos atrás, era cheia de cafezais. Os negros, de acordo com a amostragem fornecida pelos relatos orais, vieram para São Caetano, repetindo o mesmo movimento migratório dos brancos, a partir das regiões auríferas: Catas Altas, Capela Nova, Senhora de Oliveira, Rio Espera, região de Ouro Preto, da mesma forma que as famílias mais antigas do lugar, como os Teixeira

[38] CARVALHO, 1997, p. 27.

de Carvalho, os Oliveira (Zé do Bem), um tronco dos Freitas, Ganda, Werneck, Gonçalves, Goulart, Milagres, Miranda, Pedrosa, Pereira (talvez), Rodrigues, Teixeira. A procedência do negro Guilherme, embora fugido, também o exemplifica. Já o sentido emigratório seguia o curso do Rio Xopotó, na direção do Vale do Rio Doce. Muitos descendentes dos Moreira, dos Barroso, dos Goulart e de outras famílias mudaram-se para o Vale do Rio Doce nas primeiras décadas do século XX.

Há alguns relatos orais sobre a casa (mapa, número 35) onde viveu o Professor Werneck que dão conta de que, no dia 13 de maio de 1888, quando chegou a São Caetano a notícia do decreto da Princesa Isabel, grande número de escravos trabalhava na construção do sobrado. A euforia tomou conta imediatamente de alguns, que saltaram logo dos andaimes, atiraram as ferramentas no meio da areia e dos montes de ripas e de pau-a-pique, e se puseram a gritar de alegria, subindo a calçada de pedras marroadas, na direção da igreja. O pânico tomou conta de outros, inseguros quanto ao que fazer da vida. Se o caminho da Boa Vista lhes apontava um mundo maior, o Morro das Pedras surgia-lhes como muralha de confinamento. Aterrorizava os mais reflexivos a possibilidade do abandono; aos mais velhos, a carência de forças; a muitos, o que comer naquela tarde, ou onde dormir naquela noite. As pedras da barragem dos moinhos que construíram para o sogro do jovem que ocuparia aquela casa em obras eram pesadas. A água que corria sobre elas era fluida como o tempo, e continuaria correndo para sempre sobre as rochas. Parodiando o *Evangelho,* que algumas vezes ouvira do Padre Pedro e, mesmo do próprio Werneck na igreja, algum negro se lembraria de *Lucas,* e se sentiria fera acuada: as raposas têm covas, e as aves do céu, ninhos, mas o escravo libertado não terá onde reclinar a cabeça. Teria olhado as janelas da casa em frente, sem ver ninguém. Na casa abaixo, o mesmo quadro. Quando os últimos negros se encobriram depois dos morros, provavelmente o distrito se despovoara. Não sabendo se de receio, ou de vergonha, nenhum branco, com certeza, atravessaria, sem medo, a rua deserta daquele dia.

Todas as histórias que a tradição oral preservou, pela boca do branco, contêm um misto de paternalismo e vanglória de uma possível bondade do antepassado escravocrata. Uma ou outra dá conta de suas estratégias para amenizar a vida de coisa possuída. Dos próprios negros, nada ouvi nas entrevistas a respeito. Não sabem a quem pertenceram seus avós: uma história que soa bem melhor, quando fica, de fato, esquecida. Se preferem não falar de escravidão, quando o assunto é parentesco entre si, é um não-acabar de lembranças, de casos e de proezas.[39]

Isidoro era um escravo de Joaquim Heleno, casado com outra escrava, tratada por Zuína. Repetindo o mesmo que já fizera antes Chico Rei, na vizinha cidade de Ouro Preto, Isidoro trabalhou domingos e domingos durante anos, reuniu alguns recursos e comprou sua própria alforria. Adquiriu um terreno e, trabalhando para si próprio, libertou também Zuína.

Ao trabalho, ele somou um certo jeito de agradar aos senhores de terra. Erigiu uma quinta maravilhosa, onde cultivava toda espécie de frutas, com as quais era pródigo em oferecer presentes e consolidar amizades. Zuína era madrinha de representação[40] de Miguel Heleno (filho de Joaquim

---

[39] Não obstante os próprios negros terem para contar muitas histórias, essas que declino abaixo me foram passadas especialmente por Levindo Moreira das Neves e por Divino Gonçalves Heleno.

[40] Parece que a figura não existe hoje. Era madrinha apenas por representação. Tinha a incumbência de segurar a criança enquanto o sacerdote celebrava a cerimônia do batismo. Os padrinhos titulares eram outros. O costume era escolher como madrinha de represento uma criança ou a parteira.

Heleno, seu ex-senhor). Para agradar ao menino e aos pais, Isidoro e Zuína faziam de tudo. Filhos próprios parece que não tiveram. E, diferentemente do que fará outro negro, José Pinto Carneiro, muitos anos depois, o casal deixará em doação ao afilhado a propriedade que, segundo dizem, tornar-se-ia justamente a sede da fazenda do menino Miguel. Muitos anos depois, aquelas árvores plantadas por Isidoro seriam o palco das diversões intermináveis dos filhos de Miguel, com seus batês[41] e esparrelas, conforme me contaram alguns deles.

O nome completo de Zuína devia ser Jesuína ou outro semelhante, como o de Mena, de que vamos nos ocupar agora, era redução de Filomena. Mena, ou Tia Mena, como costumavam tratá-la, era outra escrava de Joaquim Heleno, exímia cozinheira e alambiqueira. Dizem que bebia também. Após a abolição, ficou morando com Teófilo Gonçalves Heleno (Tote).

Muito ligada afetivamente aos filhos de Tote, teve papel fundamental na criação deles,[42] principalmente nos momentos em que oferecia seu próprio corpo como escudo, quando pai ou mãe ameaçavam espancar algum filho, como era de praxe então. Todos eles, alguma vez, enquanto vivia Mena, se livraram de algum severo corretivo. Na casa de Tote, era costume, à noite, acenderem uma fogueira na cozinha. A idade de Mena ninguém sabia, ao certo. Na frente do fogo em labaredas, protegida do calor pelo seu corpo, a garrafinha

---

[41] O batê corresponde ao que comumente chamam de alçapão. O alçapão era uma gaiola de teto falso que funcionava também como armadilha. A esparrela, um laço que capturava o pássaro pelo pé.

[42] Coincidentemente, alguns afirmam que o avô de Tote, Guarda-Mor Vidal Gonçalves Heleno, por ter morrido muito novo juntamente com Antônia Rita, contou com a imprescindível dedicação de seus escravos na proteção dos filhos duplamente órfãos.

de cachaça nunca estava, de todo, vazia. Ali, ela bebia um trago, mais outro, bebericava... e cantava, até altas horas, toda noite, modinhas que não se entendiam, numa língua estranha e distante.

Chico Banguela (ou não seria Bengala?) e Sebastião Carreiro foram alguns dos que não quiseram, depois da abolição, ir embora da fazenda de Joaquim Moreira de Abreu. Com ele, seguiram, enquanto eram ainda escravos, dos Costas para o Sapo, e dali não mais saíram, mesmo após o fim da escravidão e a morte do senhor. Sá Libânia, conhecida de muitos xopotoenses ainda vivos, afirmava ter sido ama-seca de Artur Bernardes, uma das provas de que o presidente é, de fato, natural de São Caetano. E ainda, da fazenda de Teófilo Gonçalves, tem-se notícia de Tia Joana, ex-escrava muito habilidosa na confecção de um tipo de renda feita totalmente com as mãos, sem auxílio de agulhas.

Uma outra história, esta, no entanto, mais cheia de lances criativos, foi a de um negro, que chegou também à fazenda de Joaquim Heleno. Dizia chamar-se Antônio, e que era liberto. Era de um papo muito bom. Dizia-se católico fervoroso e muito religioso. Nas orações puxadas pelo senhor, era dos mais assíduos. Bom de serviço e rezador, um dia, falou em milagre, que ele acreditava muito, e que estava acontecendo um em sua vida. Ele entendia agora que era o próprio Deus que o levara àquele lugar, onde vivia, como escrava, uma mulher de nome muito parecido com o dele. Uma coisa dizia, na sua alma, que ele não duvidava de que era algum espírito, que ele devia casar-se com essa mulher. Era Antônia, uma escrava da casa, que prestava serviços a toda a redondeza, não só às senhoras brancas, mas também às pretas. Pediu e obteve a negra em casamento. O casal não teria nenhum problema, pelo fato de ser ele liberto e ela escrava, principalmente porque a mulher era uma negra muito benquista, em virtude da profissão de parteira, o que lhe garantia *status* de quase livre. Em 1888, enquanto algum negro se via frustrado por ter, antes, comprado sua própria alforria, quando agora ela era dada de graça a todos, Antônio esboçava um riso. Enquanto outros davam vivas à liberdade e partiam no rumo das estradas, Antônio continuava achando graça. Nem mesmo Antônia sabia do porquê, até que o marido lhe explicou. Começou assim: "Primeiro, não sou nenhum Antônio, meu nome é Guilherme. Nunca fui alforriado. Sempre fui escravo. Quando cheguei aqui, eu estava é fugindo de uma fazenda de Capela Nova. Não suportei os maus tratos daquele senhor".

Na fazenda de Joaquim Filipe, pai de José Ferreira Goulart, havia também uma escrava tratada por Dora, redução de algum nome como Heliodora, Isidora, ou outro de som parecido, que tinha a pele negra, mas não de todo. Os da casa tratavam-na de Tia Dora. Após a Abolição, ela foi uma daquelas que não sabiam para onde ir, e o que fazer da vida a partir de então. Implorou a Joaquim Filipe que não a pusesse na estrada, no que ele a atendeu, construindo-lhe um rancho em suas terras. Com a morte de Joaquim Filipe, o terreno onde ela morava passou a pertencer ao filho daquele, José Ferreira Goulart, de quem se tornara empreiteira. Era baixinha, gorda e cozinhava na casa de José Ferreira Goulart. Esse fazendeiro contava que, no dia da Abolição, Tia Dora estava a caminho da roça, levando uma gamela de comida para os negros do eito. Na estrada, encontrou-se com um bando de outros negros que haviam sabido da abolição e seguiam, numa algazarra louca, pela estrada afora, festejando, batendo porteiras e cantando jongo. Ao avistarem-na – alguns estavam bêbados –, mandaram que ela jogasse tudo fora e entrasse na algazarra para comemorar com eles. "Somos livres!", gritavam alguns. "Não somos mais escravos! Somos iguais aos brancos!", exclamavam outros. À Tia Dora mandaram: "Joga no mato essa gamela, comida, cumbucas e tudo!".

Tia Dora entrou em desespero e se pôs a correr, não em companhia deles, mas se afastando, de volta para a fazenda. No caminho, jogou no mato a gamela, não por adesão aos negros, mas para se livrar do peso, e chegar mais rápido à fazenda. "Para onde vou agora? Estou perdida!", dirigiu-se a Joaquim Filipe. Este a acalmou: "Você só sai daqui se quiser. Pode ficar a vida inteira".

Tia Dora tinha um filho chamado José, conhecido como Zé Tia Dora, que ela pôde criar. Do Zé Tia Dora, nasceram: um moço que se tornou muito conhecido em São Caetano, chamado Geraldo Euzébio; um outro rapaz chamado Vicente; e uma moça que se chamava Maria José. A estratégia de Tia Dora foi sendo adotada pelos descendentes, que usavam o compadrio como modo de se segurar junto à família Goulart. Os filhos eram sempre afilhados de alguém que assinasse Goulart.

A abolição dividiu os negros em dois grupos: o daqueles que abandonaram, em grupo, as fazendas e se juntaram a outros bandos que vinham pelas estradas, procedentes de outras fazendas; e o grupo daqueles que só viam um modo de continuar vivos: pela adesão aos antigos senhores. Destes últimos, os mais velhos continuaram vivendo nos quartos de terreiro ou dentro da própria casa-grande, e os outros construíram suas casinhas nas terras do antigo dono, e viraram agregados. Esse último grupo não experimentou nenhuma ruptura séria, bem como aqueles que ganharam ranchos nas terras dos ex-senhores. Resolveram, uns e outros, seus problemas imediatos, de ter o que comer e onde dormir. O tempo, no entanto, encarregou-se de matar boa parte de seus descendentes, no desespero do álcool, ou na construção civil, ou na marginalidade das grandes cidades para onde se deslocaram. Um pouco diferente aconteceu com aqueles que desafiaram as estradas no primeiro dia. Houve um momento em que o frio, o cansaço e a fome chamaram o grupo à dura realidade. Tiveram todos que voltar, mas não individualmente. Era um grupo, e em grupo, eles acabaram obtendo algum pedaço de terra para viver, e ali criar sua comunidade. É o caso dos moradores da Leoa, dos Luzias e do Córrego.

Na vertente daqueles que preferiram a proteção do senhor, num primeiro momento, há um caso ilustrativo de como o fim desses negros, em geral, foi o extermínio. Tia Dora tinha um filho, que foi o pai de Maria José, que, por sua vez, teve um filho, que se chamou Efigênio. Efigênio era, portanto, bisneto de Tia Dora, ex-escrava de Joaquim Filipe. Edith, filha de José Ferreira Goulart, neta de Joaquim Filipe, era madrinha de Efigênio, e contou o seguinte sobre ele: "Um dia, eu estava lá em casa, e chegou o Efigênio. E disse assim: 'madrinha, eu vim aqui para pedir à senhora um dinheiro, porque eu vou embora, e a senhora não vai me ver nunca mais.' Eu dei a ele o que valeria hoje uns 5 reais. Ele pegou um retrato dele e me deu. Tenho esse retrato até hoje. E nunca mais o vi. Não sei se ainda vive, nem sei por onde anda". Essa é a história de um descendente de Tia Dora que se perdeu no mundo.

O representante mais ilustre da raça negra em São Caetano é, sem dúvida, o Cônego José Pinto Carneiro. Não foi um homem ingênuo, com certeza. Saiu de sua "inexistência" pobre e galgou a importância de um fala-bonito. Não fez isso por acaso, por sorte, ou sozinho... O poder nunca se constrói na solidão. Ele se erige, sempre, em cima de alguns, com a ajuda de outros. Cônego Pinto conquistou-lhe um quinhão para si, graças ao auxílio inicial de outro negro, quase repetindo, de novo, a trajetória de Chico Rei e de Zuína-Isidoro.

Segundo os relatos orais, José Pinto Carneiro trabalhou até a idade de pouco mais de 20 anos em Silverânia, numa piladora de café, e aí conseguiu juntar 4 contos de réis. Por volta de 1902, ele conheceu Dom Silvério Gomes Pimenta, bispo de Mariana, negro como ele, com o qual travou o seguinte diálogo, narrado por Vicente de Paulo Carvalho:

> – Me chamo José Pinto Carneiro.[43] Quero ser padre, e pergunto ao senhor se me aceita no seminário.
>
> – Ir você pode, responde-lhe o bispo, depois de lhe ter corrido os olhos naquela tez dura do trabalho poeirento da máquina de beneficiar café e de prestar atenção à voz rústica e um tanto gaga daquele crioulinho. – Mas como é que você vai?
>
> Percebendo não lhe estarem fechadas as portas, ele arriscou mais:
>
> – Tenho 4 contos de réis, passo esse dinheiro para o senhor, hoje.
>
> – E se você não chegar a ser padre?
>
> – Não tem importância. O dinheiro fica para o seminário.

Dom Silvério gostou da resolução do rapaz, e o levou consigo para Mariana.

Em 1929, já ordenado, e depois de ter passado por outras, ele assume a Paróquia de São Caetano. Torna-se, em seguida, fazendeiro. Sua propriedade para os lados de Brás Pires media cerca de 60 alqueires de terra, o que, para os padrões da época e da região, constituía já um pequeno sítio. Mas as terras não ficaram só nessas. Suas propriedades foram expandidas.

Essas terras foram legadas, em testamento, aos sobrinhos: família de um tal Baiano, de Beijo e de Virgílio Cândida. Essa ajuda se somava a outras. Padre Pinto costumava incentivar os familiares a não dependerem dos outros, a construírem sua própria profissão. Para isso, ele oferecia os auxílios que julgasse necessários. Dentro dessa

---

[43] José Pinto Carneiro, o futuro Padre e Cônego Pinto, era filho de Maria Cândida, nascido e morador da localidade de Araújo, cabeceira de Heleno, município de Rio Espera e Paróquia de São Caetano.

linha de pensamento, ele socorreu Raimundo do Beijo Cândida, levando-o para morar na casa paroquial em sua companhia. Ao próprio Beijo Cândida, ele doou duas juntas de bois para que o parente pudesse trabalhar, com mais efi-

PADRE PINTO JUNTO COM OUTROS PADRES
(Fotografia cedida por Eni Araújo, autor desconhecido)

Da esquerda para a direita: *1. Desconhecido; 2. Padre Francisco, vigário de Rio Espera; 3. Padre José Geraldo das Mercês; 4. Padre (depois bispo) José Nicomedes Grossi; 5. Padre José Pinto Carneiro; 6. Padre José Moreira (irmão de João Moreira dos Reis); e 7. Padre Benjamin Araújo. Ao lado de Padre Benjamin, Professor Leandro Werneck.*

ciência, suas terras. A José Lucas, ele ofereceu máquinas, para que este pudesse exercer a profissão de sapateiro. Sapateiro era um ofício respeitado em São Caetano, pois João de Deus, filho do Professor Werneck, era também sapateiro. José, filho de Virgílio Cândida, foi conduzido ao seminário de Mariana para tornar-se padre e seguir a mesma trajetória do Cônego Pinto. Infelizmente, nada disso serviu para promover, de forma duradoura, os parentes do padre. As terras foram vendidas pelos herdeiros, as máquinas de José Lucas tiveram igual destino. O ex-seminarista José Virgílio não prosseguiu os estudos, e preferiu trocar o vinho da missa por doses, cada vez maiores, de cachaça, que o levaram logo à morte.

Apesar de ser um fala-bonito, direito que lhe caberia por ser padre, ministro da oratória sacra, ele era exaltado quase tão-somente pelo poder que lhe atribuíam, não sobre os homens, mas sobre o diabo. Tornou-se conhecido como poderoso exorcista. O domínio sobre a natureza foi outra marca que o tornou famoso. Dizem que ele era capaz de interromper uma chuva que começava a cair, mesmo que houvesse ventania e ares de tempestade. Se fosse conveniente, entretanto, era capaz também de fazer chover, de acordo com sua própria vontade. Esse deslocamento de poder, do âmbito dos homens para o âmbito do diabo e da natureza, esconde, da parte dos depoentes, uma forma de não reconhecimento de seu poder sobre os homens. Apesar de ter sido considerado pelos parentes como um verdadeiro pai, ele não foi benquisto por toda a comunidade paroquial. Criticavam-no bastante, não só porque o achavam fisicamente feio e gago, mas especialmente porque reprovavam, no padre, um gosto excessivo, que viam nele, pelo dinheiro. Além disso, alguns o acusavam de usar a Igreja para sustentar e promover econômica e socialmente seus parentes. Muitos o acusavam também de ser um sujeito bronco e estúpido. Outros preferiam afirmar, simplesmente, que ele era muito feio.

Rotular simplesmente como mistificação, como fazem alguns, os rituais de exorcismo e a ênfase, que sobre eles lançava o próprio Cônego Pinto, simplifica demais a questão. A Igreja costumava fazer vistas grossas sobre os exageros que davam certo, desde que esses exageros partissem de elementos doutrinais aceitos por ela. Tudo indica que o

Cônego Pinto embarcou nessa brecha, da mesma forma como agem, nos dias modernos, alguns ministros cristãos (católicos ou não), promovendo devoções que alavancam seu comércio de objetos religiosos e o prestígio de suas próprias pessoas. Chamar Padre Pinto de bronco, de estúpido, de mistificador, de sujeito apegado aos bens materiais, de instrumentalizador da Igreja em benefício dos parentes descreve apenas parcialmente o fenômeno Padre Pinto.

Para entender bem seu perfil, é necessário evocar sua condição de pobre, de negro, originário do extrato mais baixo da sociedade xopotonese. O negro, naquele momento, mal acabara de sair do regime escravocrata, e sequer podia lutar por um espaço entre os fala-feio e os fala bonito, que era coisa de "gente grande". Ele sentia a necessidade de ter uma marca, e precisava demonstrar que não era um homem comum. A bandeira que ele encontrou para isso foi justamente a dedicação ao exorcismo, que era uma forma de mostrar poder. Os fala-feio e os fala-bonito tinham poder sobre os homens, e não aceitariam, com facilidade, o poder de um negro sobre eles, mesmo que esse negro tivesse o aval da mesma instituição que respaldava o poder dos fala-bonito. Como o diabo não era objeto de disputa entre as facções brancas, Padre Pinto viu nele sua própria bandeira.

Outras áreas em que Padre Pinto demonstrou poder foi sobre os fenômenos da natureza e sobre as crianças. As agressões da natureza eram, para ele, como um demônio atenuado. Por isso, dizem, ele era capaz de parar uma tempestade que ameaçasse uma procissão, de sustar uma chuva nos momentos em que ela quase já se despregava do céu, principalmente se essa chuva pudesse prejudicar um evento religioso. Quanto às crianças, relatam também que ele era extremamente rigoroso, principalmente com relação àquelas que brincavam durante a missa. Eram o diabo, a natureza e as crianças, pelo menos à primeira vista, áreas política e socialmente neutras. Foi nelas, por isso, que o cônego negro construiu sua plataforma de poder. Anciãos de hoje não perdoam a rispidez com que ele os tratava enquanto crianças na igreja. Abominam ainda a exigência do padre em relação a eles. Era assim: sempre que os meninos e o sacerdote se encontrassem, os pequenos eram obrigados a dirigir a ele um pedido de bênção.

Quanto ao poder sobre o diabo, os menos crédulos hoje fazem dele chacota. Sobre o poder em relação à chuva e às tempestades, contam histórias bastante pitorescas. Nas longas homilias, alguns depoentes falam que ele era excessivamente prolixo, e que suas falas eram longas e cansativas. Eram ainda prejudicadas pela gagueira de que ele era vítima. Esse saborear à farta da paciência dos outros, enquanto ocupava o púlpito, seria a maneira mais eloqüente de o cônego dizer, sem explicitar, que ele, o negro e pobre José Pinto Carneiro, era um fala-bonito, porque exercia esse poder em sua plenitude como sacerdote. Grande parte dos depoentes se lembram de Padre Pinto como de um santo. Contam até milagres protagonizados por ele. Suas brigas com o diabo tinham o sabor de verdadeiros romances de cavalaria. Sua santidade, no entanto, era de uma natureza diferente da do Padre José Geraldo das Mercês.

Uma pequena comparação entre os dois vigários, Padre José Geraldo e o Cônego Pinto, traz à tona algumas curiosidades. Padre José Geraldo era branco, um fala-bonito em razão de sua função sacerdotal e, além disso, ligado também, por simpatia, ao grupo fala-bonito. Apesar de duplamente fala-bonito, Padre José Geraldo freqüentemente negava, nas atitudes, grande número de valores cultivados pelos fala-bonito, como a pontualidade, a aparência das roupas, além do respeito aos compromissos assumidos na paróquia.

Contam que, certa feita, ele marcara, para 10 horas da manhã, um segundo casamento de um senhor viúvo. Às 9 e meia, o cavalo estava amarrado na porta da casa paroquial. Chega o casal para a cerimônia. E o padre foi logo dizendo:

– Não, relativamente, que não dá, não dá, para hoje não dá.

– Mas tá marcado. O casamento tá marcado pra hoje, sô padre.

– Relativamente, que eu não posso. É viagem de urgência, e já estou saindo.

– Óia, sô padre – diz o noivo. – Qué sabê duma coisa? O senhô qué casá nóis, o sinhô casa, num qué num casa. Mais de hoje num passa: nóis vai drumi junto.

É claro que o casamento foi celebrado.

Transcrevo resumidamente uma notícia do Padre Pinto e uma do Padre José Geraldo, que me contaram, durante as entrevistas.

> Bateram à porta. Eram altas horas. Padre Pinto abriu, e deu de cara com um jovem da roça, de uns 20 anos, que foi logo dizendo:
>
> – Tô aqui a mando do patrão do meu pai. Tem uma mulher perto da fazenda com o diabo no corpo e precisa do senhor ir lá.
>
> – Seu patrão, eu sei quem é. Mas nunca te vi. Onde mora essa mulher?
>
> – Eu levo o senhor lá. Monta no cavalo que eu trouxe pro senhor.
>
> Padre Pinto montou, enquanto o jovem ia na frente guiando. Desceram o Largo, passaram a ponte dos moinhos e entraram na Rua de Baixo, na direção da Prata. Um pouco depois da Cachoeira do Chatô, o guia deixou a estrada principal e pegou uma trilha fechada no meio do mato. A estrada principal era muito conhecida do padre, desde o tempo em que ele era vigário de Brás Pires, o que o levou a

estranhar aquilo. Desconfiado, pois ele já conhecia as tretas do tinhoso, enfiou a mão naquele sobretudo preto que os padres usavam sobre a batina quando viajavam. Sacou o crucifixo e gritou, numa fala bem curta e contundente:

– Em nome Dele!

O cavalo deu um relincho. Houve um urro terrível. E uma bulha correu pela trilha acima, enquanto a montaria quase boleava com o padre, que se agarrou a um tronco fino de árvore. Percebeu imediatamente as intenções do coisa-ruim. Ele ia abandoná-lo na noite, sozinho, porque o cavalo dava jeitos de que ia disparar também pelo mato acima. Padre Pinto passou a rédea por trás daquela árvore meio fina que roçava nos braços dele e sujigou firme o cavalo. Com a tábua do pescoço do bicho rente ao pau, ele levantou mais alto o crucifixo e gritou de novo:

– Creio em Deus Pai e em seu filho Jesus Cristo, Todo-Poderoso!

Houve um cheiro de queimado no ar. E o padre ainda acrescentou:

– De casa você me tirou, pra casa você vai me levar, em nome desta cruz.

O cavalo resfolegou fundo. Retomou a estrada principal. O guia havia sumido junto com o tropel que subiu pelo mato acima. O padre apeou em frente da casa paroquial. Quando foi amarrar o cavalo, não viu cavalo, não viu mais nada. Tudo sumiu misteriosamente.

A segunda notícia é do padre José Geraldo das Mercês. Em poucas linhas, foi o seguinte:

> Ele saíra para atender a um caso de extrema-unção. No caminho, como não havia mais nada para doar a um necessitado que o parou na estrada, ele entregou a própria calça, e voltou para o hotel de Dona Chiquinha, onde morava, só com a batina, sem nada por baixo.

Dizem que Padre Jose Geraldo recebia as espórtulas a que tinha direito, em razão dos serviços religiosos, de uma forma interessante. Quando realizava um casamento, um batizado ou uma missa por alma de alguém, na hora de receber a espórtula equivalente, costumava entregar a carteira e se virar para o lado, enquanto o outro realizava o pagamento. Ao pegar de volta a carteira, não conferia se a pessoa havia pago de fato, e muito menos se a quantia era a estipulada.

Enquanto a santidade de Padre José Geraldo era marcada pela simplicidade e pelo desprendimento em relação às coisas materiais, a do Padre José Pinto era marcada especialmente pelo poder junto ao príncipe das trevas e, como vimos acima, junto aos fenômenos naturais, e pela caridade dirigida especialmente a seus familiares. Ele, que não era branco, cultivava os valores dos brancos, como a propriedade de terras, a promoção social dos parentes e o cultivo de bens para prover seus herdeiros. Com a localização de sua casa, ele chegou a se integrar naquilo que era a marca mais evidente de um fala-bonito em São Caetano. Plantou sua casa no ponto mais nobre do distrito, ao lado da igreja, entre a casa da família Pedrosa e a de Honório Teixeira da Carvalho (13).

Em São Caetano, não há propriamente rivalidade entre negros e brancos. É verdade que o convívio sempre foi muito pacífico, como também é verdade que o *status quo* nunca foi seriamente ameaçado. Nunca houve possibilidade séria de inversão ou de igualdade dos lugares sociais imaginados para os brancos e para os negros. Esses lugares estão estabelecidos com tanta "naturalidade" que, às vezes, quando se aproximam muito, um deles não é percebido por quem narra. Refiro-me ao episódio que envolveu Ulisses e Juca Carola, um dos mais conhecidos da saga da repressão ao roubo de cavalos. Ulisses era um negro, companheiro de Juca Carola. Juca era o patrão. Ambos participaram juntos dos roubos de cavalo. Ambos foram presos pelo Fonseca. Ambos foram para a mesma cadeia. A ambos foi dada a morte no mesmo momento e na mesma circunstância. Os lugares ocupados pelos dois são idênticos. Entretanto, veja-se o nível de percepção do narrador em relação a Ulisses, comparado com o mesmo nível quando se trata de Juca Carola.

O Tenente Fonseca já havia aprontado das suas, matado uma porção de supostos ladrões de cavalo, assustado muitos, batido em outros. A região estava calma. A missão estava cumprida: finalmente, encontrava-se extinto o roubo de cavalos, que era um estigma para os moradores da região. Nas estalagens e pousos de Minas Gerais, muitos proprietários receavam acolher, para pernoite, qualquer viajante que se apresentasse como originário de Alto Rio Doce ou das imediações. Graças à eficiência do Fonseca, essa situação fazia parte do passado e estava tudo calmo. Faltava, no entanto, prender uma figura importante: um tal de Juca Carola, que não era um sujeito qualquer. Ele pertencia a família de alguma posse em Alto Rio Doce e contava também com seu respaldo político. Como não era um sujeito qualquer, encontrou pessoas de posse para o acoitar. Nada se fala do Ulisses. Desta forma, ninguém sabe se Ulisses ficou acoitado no mesmo lugar do patrão, ou se ficou abandonado pelas estradas até a polícia dar com ambos no mesmo xadrez. Diz-se apenas que Juca se escondeu. Saiu da região. O Fonseca, então, para capturá-lo, fez espalhar a notícia de que sua missão estava concluída, e que ele ia embora, como de fato foi, voltando para Belo Horizonte. Os amigos e familiares, acreditando em tudo, entraram em contato com Juca Carola e o persuadiram a voltar a sua cidade e a se entregar à polícia. Haveria, com certeza, um julgamento, previam os familiares. Se tivesse que cumprir uma pena, ele cumpriria. Era melhor assim. Ele ficaria quite com a Justiça e poderia recomeçar a vida. Nos primeiros contatos dos familiares, ele ficou desconfiado. Depois de umas conversas a mais, acabou cedendo. Decidiu o que, para ele, nunca deixou de ser um risco: desafiar o Fonseca, ainda que sob a proteção da Justiça. Contratou advogado de defesa[44] e se apresentou às autoridades. Fonseca não era de perder parada, como suspeitava o Juca. A falha na captura do Carola era uma lacuna na sua missão de fazer justiça. Logo que trancafiaram o Juca na cadeia para esperar o julgamento, Fonseca foi chamado de Belo Horizonte. Contam que o encontro dos dois foi terrível para o Carola, que, ao primeiro olhar do tenente, viu que tinha caído na armadilha. Poucos dias depois, o Fonseca mandou simular uma fuga. Quando Juca Carola passava o limiar da porta da cadeia, foi alvejado mortalmente pelos soldados que já estavam postados em lugares estratégicos.

Ao lado dessa versão, que fala de uma fuga solitária de Juca, há outras versões segundo as quais a fuga foi dada a muitos presos em conjunto. Neste caso, teria havido outras mortes além da do Juca. Os soldados teriam alvejado, não um prisioneiro solitário, mas diversos deles, numa fuga mais ou menos tumultuada. Embora seja muito difícil, com informações orais, separar o que são fatos ocorridos do que é fruto da criatividade da imaginação popular, devo afirmar que essa versão, com a diferença de alguns poucos detalhes, é defendida por muitos entrevistados. Nós observamos, no entanto, que as versões de pessoas mais próximas do acontecimento são diferentes. Todas elas afirmam ter certeza do que falam, e que não havia multidão de presos. Mesmo estes últimos depoentes, entretanto, divergem quanto ao número de fugitivos. Alguns afirmam que o fugitivo era apenas o Carola, outros dizem que havia um companheiro com ele. Uns "têm certeza" de que eram dois. Outros, por sua vez, "têm certeza" de que Carola estava sozinho. Os que afirmam

---

[44] Alguns relatam que o advogado de defesa, já à primeira audiência, de medo do tenente, não compareceu.

que eram dois os fugitivos dão até o nome do companheiro de Juca Carola: Ulisses, o único que teria sido alvejado junto com ele. Colhendo outros relatos, fui informado de que esse Ulisses era um auxiliar, uma espécie de empregado de Juca Carola, e era negro. Os episódios se dão por volta de 1918, e a abolição já tinha uma história de trinta anos. Com isto, havia gerações, tanto negras quanto brancas, que começavam a ver o negro como pessoa. Os negros já se haviam estabelecido como famílias, nos moldes dos brancos, e começavam a ter sua presença na sociedade – com maior ou menor conformismo – notada e reconhecida. Era, entretanto, um momento de transição ainda. Aqueles, mais avançados no processo de reconhecimento do negro, tinham os olhos preparados para vê-lo em qualquer circunstância. Devem ser esses que viram que, na companhia de Juca Carola, morto com ele, na solidariedade, havia um outro homem, o negro Ulisses, filho de uma tal Maria Joana. Outros, no entanto, mais recalcitrantes no processo de assimilação do novo homem livre, não tinham olhos para os negros, e assim podiam até jurar que não havia mais ninguém em companhia de Juca Carola, no momento de sua execução, e que a terra dura recebera apenas o corpo de um homem. Nenhuma carne inerme de um negro companheiro teria amortecido o baque do patrão. Ambas as versões têm a sua verdade, que corresponde ao lugar que ocupa o negro no mundo de cada um. Há um sentido na versão daquele para quem houve apenas uma vítima nesse último dia de repressão. Há outro sentido na versão daquele que viu dois corpos abatidos na porta da cadeia. A tradição se bifurcou, assim, conforme trafegou por uma trilha de assimilação maior ou menor dos novos cidadãos surgidos em 13 de maio de 1888.

5. Roubo de cavalos

Em Alto Rio Doce e região, o roubo de cavalos estava insuportável. Todos os dias, muitas das tropas que cruzavam a cidade eram constituídas quase totalmente de cavalos roubados na região ou em torno. Para se ter idéia da gravidade da situação, basta lembrar o que ocorre hoje em certos países da fronteira, que são verdadeiros paraísos dos carros roubados no Brasil. A analogia é sustentada pela importância da besta de carga do início do século, que equivalia ao carro dos dias de hoje. Eram praticamente o burro e o cavalo as únicas forças do transporte de então. Eles eram, para o comércio e para a indústria, o que sãos os automóveis e os caminhões de hoje. Sua importância, na região, havia se acentuado ainda mais depois da inauguração do ramal Piranga e da Estação de Mercês (em 1914). A produção do moinho dos Grossi atraía também, para São Caetano, um grande número de tropeiros, que criavam ali um movimento impressionante, segundo as palavras de Vicente de Paulo Carvalho[45]:

> "Juventino Araújo, o regente da banda, era comerciante e dava hotel. A partir da esquina da Rua do Caminho, excluída a casa do Zé Miguel Heleno (José Francisco), toda aquela banda do Largo era dele, até a outra esquina onde havia um chafariz. Mais tarde, foi construída ali a casa de Nego (José Donato Araújo, seu filho). Aquele lado era todo

---

[45] Vicente foi tropeiro e viajante em toda a região formada por São Caetano e municípios vizinhos. Foi também um dos primeiros a adotar, para o transporte de carga e de passageiro, o caminhão e o ônibus em substituição ao cavalo.

dele, menos a casa do Zé Miguel. Havia um grande número de cômodos que eram usados pelos tropeiros e por seus camaradas. O veículo de transporte era a tropa. Uma tropa era formada, no mínimo, por dez burros. Eu era menino, me lembro, São Caetano era muito freqüentado por viajantes. As tropas levavam, além da carga, trens de cozinha para se poder cozinhar nos locais de pouso. Eram muitos quartos, ali entre a casa do Zé Miguel e a outra esquina. Estacionavam a tropa em frente da casa do Juventino, os empregados levavam os burros para dar água na Ponte de Baixo. A tropa descia, ao lado do moinho, depois usina hidroelétrica. E, de volta, davam milho aos animais, antes de tocá-los para o pasto do Zeca de Freitas, que ia desde a Rua do Buraco (Cap. Gomes), onde se encontra hoje a Escola Estadual José Dias Pedrosa, até a Rua do Caminho (Rua São José), lugar que pertence hoje a Geraldo Custódio. Os tropeiros, normalmente, levavam cozinha, mas havia viajantes e donos de tropas que se hospedavam na casa de pensão de Juventino. E São Caetano era café pequeno diante de Mercês, que era distante apenas um dia de cavalo de Alto Rio Doce. E o movimento de tropas era incrível."

Vamos dar a palavra a outro xopotoense que conheceu esse movimento, Alberto Augusto da Silva Werneck (Guiu),[46] um dos filhos do mestre Werneck:

"Mercês era um centro comercial extraordinário. Era mais que Barbacena, mais que Ubá. Entravam ali por dia 40 a 50 tropas, cada uma das quais formada de 10 a 15 burros.

---

[46] Uma das pessoas mais qualificadas para falar desse assunto, Guiu nasceu em São Caetano e dedicou toda a vida ao comércio, primeiro como viajante na região, depois estabelecido em Barbacena.

Eram, portanto, mais de 500 animais de carga todo dia. Mercês era a ponta da linha férrea, que tanto levava sal, açúcar, querosene, vinhos baratos, ferramentas, miudezas e outros produtos para o consumo da região, como escoava galinhas, grãos e outras riquezas daquelas cidades próximas. Era uma praça extraordinária o final do ramal Piranga."

Pois foi nesse contexto que chegou à região um oficial com a missão especial de coibir o que se tornava já insuportável: o roubo de cavalos. Primeiro foi enviado para Alto Rio Doce um oficial, que alguns entrevistados dizem que se chamava Messias. Isso, por volta de 1917. Em vez de prender qualquer pessoa, esse oficial usava de sua presença e fazia amizades com todo o povo. Virava compadre dos mais velhos e padrinho de muito moleque que nasceu naquele ano. Sempre convidado para um almoço aqui, para uma festa ali, ficava conhecendo a comunidade inteira. Ele foi juntando os pedaços de informações de um com fofocas de outro. E em pouco tempo, fez lista completa dos ladrões de cavalos, seus comparsas, receptadores e suspeitos. Todo mundo estava encantado com o tenente. E, com isso, ele tirava retratos, anotava nomes. Um dia foi embora. "Ainda quero voltar aqui com minha família para visitar." Assim justificava as fotos e os endereços que anotava.

O homem foi embora. O roubo de cavalos continuou do mesmo jeito. Dois sujeitos, diante da impunidade demonstrada, decidiram diversificar e organizar melhor o seu negócio. Zeca Couto era um fazendeiro rico. Era dele mesmo que os dois sujeitos, de vez em quando, abatiam uma rês, normalmente, gado falhado, que não tinha que ir sempre ao curral. O fazendeiro nem dava conta. As reses abatidas eram levadas para Senhora dos Remédios, onde os dois haviam aberto um açougue especialmente para comercializar os produtos do roubo.

Certo dia, na pressa, e no escuro da madrugada, os dois mataram um boi de carro que pastava junto das vacas falhadas. No dia seguinte, o carreiro de Zeca Couto foi fazer um transporte de lenha e não achou um dos bois. Foi aquele transtorno: a junta estava incompleta. Um boi havia sumido. Numa meia capoeirinha, acharam-se os vestígios do abate.

Zeca Couto, político influente na capital do Estado, líder dos "Manteiga", corre a Belo Horizonte e solicita o envio de uma força de repressão a Alto Rio Doce. Dizem que o Secretário Estadual ainda falou: "Vou mandar-lhes um homem, que vai deixar saudade! O roubo, com ele, vai acabar." Era um jovem oficial da Polícia Militar, claro, alto e forte, a que muitos entrevistados atribuem o nome de Fonseca. Relatos orais colhidos em Belo Horizonte sugerem que esse tenente, em torno do qual o povo construiu a imagem do repressor de cavalo, é o mesmo oficial que, depois com patente de coronel, teria participação decisiva na Revolução de 1930. Nesse evento histórico, ele era coronel da Polícia Militar de Minas Gerais e teve papel importante no cerco ao 12º Regimento de Infantaria do Exército, que durou cinco dias (3 a 8 de outubro de 1930).[47]

Vamos tratar esse oficial, daqui para frente, como Fonseca. E a imagem que esse texto tentará descrever dele será a que ficou na lembrança do povo da região: um misto de herói, de vilão e de super-homem. É o famoso Fonseca, da ótica da tradição oral, conforme a imagem que dele criou a comunidade xopotoense, a partir de sua atuação na repressão ao roubo de cavalos do início do século XX. Um dos entrevistados chega a referir-se a ele com o pré-nome Luís, que corresponde justamente ao do coronel que atuou na Revolução de 30. Os demais falam apenas de Fonseca ou, no

[47] TORRES, João Camilo de Oliveira, v. 5, p. 1.158.

máximo, Tenente Fonseca. A imagem dele se forma na interação entre a figura construída por aqueles que viam, na repressão ao crime, antes de mais nada, um grande serviço à região; e a imagem construída por aqueles que, não sendo nem donos nem ladrões de cavalos, sentiam-se ameaçados por ele, pelas ações dos ladrões de cavalo e pelo próprio processo repressivo conduzido pelo policial.

Esse lendário Fonseca teria apanhado as anotações do colega Messias, e partido para a ação. Os suspeitos de roubo do boi do Zeca Couto apareceriam, poucos dias depois, pendurados nos galhos de uma árvore, no lugar chamado Vargem Grande. Estavam lá enforcados.

As ações repressivas iniciavam-se, com freqüência, com a senha: "O galo canta, o pinto pia, agora mesmo a coisa chia". No fechamento de festas com dança, era o sinal para os auxiliares, Sansão e Ananias, entrarem em ação. Seus ordenanças[48] já a conheciam. Era hora de acionar o chicote. O crime, em casos como esses, era a própria festa; e os criminosos eram os participantes. Era o que sobrava ainda daquela mentalidade escravocrata, que via sempre perigo no lazer dos agregados e dos jornaleiros. Homens de trabalho braçal, como no tempo da escravidão, tinham que se manter ocupados. Gente parada pensa, e quem pensa inventa moda. Foi com este raciocínio que, muitas vezes, festas e bailes foram interrompidos a lambadas de chicote e tiros para cima.

Os bailes de pandeiro e sanfona eram muito comuns nos finais de semana. Sabendo desse, que se realizaria numa fazenda à beira da estrada entre São Caetano e a cidade de Rio Espera, para lá dirigiram-se o oficial e seus dois ordenanças. No terreiro, um homem que, por precisão, saía,

---

48 Alguns depoentes se referem a Sansão e Ananias também como soldados, como guarda-costas ou ainda como bate-paus.

mas "tensionava" voltar, não os reconhecendo no escuro, falou assim para os três: "O baile já começou e tá muito bão. O sanfoneiro é batuta, e tem muita moça". O tenente subiu as escadas para "conferir". Era um batuque e tanto, e o assoalho até balançava. Os dois praças fizeram luxo cá embaixo e não quiseram subir. Os de dentro maliciaram e começaram a descer para ir embora, pois a fama dos homens andava por todo lado. Essa reação forçou os ordenanças a cercarem a escada para ninguém escapar. Com isso, todo mundo percebeu que eram "os homens" que haviam chegado, e o tenente não pôde esperar muito para cantar a senha. Primeiro, obrigou o sanfoneiro a parar aquele rifinfim e cantar com ele: "O galo canta, o pinto pia, agora mesmo a coisa chia". Ao escutarem isso lá embaixo, os homens começaram a descer o chicote, começando pelos que se acumulavam na escada. As lambadas passaram a ser distribuídas indiscriminadamente, no meio escuro do terreiro, atingindo qualquer um que estivesse por perto e se lançando na direção dos que arredavam para os cantos das cercas. Enquanto isso, todo mundo tentava escapar de qualquer jeito, causando uma confusão danada. Só o que se via era gente rolando pelas escadas. Outros saltavam pelas janelas altas da frente, e eram recebidos embaixo na ponta do látego. Quando Fonseca virou o revólver para o alto, e disparou o tiro de aviso que a operação estava concluída, nem os donos da casa ele viu mais. Só um ou outro cachorro gania, acuado pelos fundos do quintal. Quem estava lá nunca esqueceu: "Foi uma noite de horror, baile dos infernos!", como se expressou um dos entrevistados.

Com a repressão rigorosa ao roubo de cavalos, os ladrões se dispersaram, estabelecendo-se nas cidades vizinhas. Isso obrigou o oficial a fazer inúmeras viagens a Mercês, a Senhora de Oliveira, a Senhora dos Remédios, a Senador Firmino, a

Dores do Turvo, e a outras cidades. A cada viagem, correspondia uma façanha.

Pelos lados do Córrego da Brejaúba, prenderam e espancaram um tal de Pedro Percidina, que, em conseqüência da surra, veio a falecer alguns dias depois. Em Capela Nova, um sujeito ficou manco para o resto da vida, após o interrogatório que sofreu. Em Abreus, dizem que morreu, também em conseqüência da repressão, um tal de Targino. O Juca do Hortogamino, depois de morto, teve amarrados seus pés e suas mãos num pau e levado para São Caetano. Ao Caixotinho, na estrada de Rio Espera, foi dada fuga e, pelas costas, foi atingido por vários tiros, e depois teve a boca entupida com o queijo que ele comprara e levava para casa. O mais comum era o acusado de roubo de cavalo ser pego e não chegar vivo a São Caetano ou a Alto Rio Doce. Dizem que alguns corpos eram atirados no Rio Xopotó. E para que as pessoas parassem de importunar, indo à delegacia dar conta de corpos que desciam sobre as águas do rio, o tenente avisou a um desses delatores de defunto que o próximo seria o corpo dele próprio. De Conselheiro Lafaiete, foi levado um funcionário da estrada de ferro para Alto Rio Doce. Tendo chegado morto nas proximidades da cidade, o tenente mandou que ele fosse amarrado a um coqueiro dentro da fazenda de Custódio Mota. Este, quando achou o defunto, procurou a autoridade policial. Dela ouviu o seguinte: "Se estava na sua fazenda, a responsabilidade é sua". E Custódio Mota teve que se submeter a interrogatórios policiais e a processo criminal.

Um dos prisioneiros – parece ser o mesmo Juca do Hortogamino – passou duas vezes pela casa do delegado de São Caetano, que na época era Zeca Heleno da Zina. Na primeira, ele chegou vivo e foi preso no cepo que havia debaixo da casa do Luís Heleno (32), ao lado da residência do delegado (34). Depois de ficar sem comida e sem água, no dia seguinte, ele foi retirado dali e amarrado em cima de um cavalo, para dar uma volta pela roça, possivelmente como guia delator. Mais tarde, voltou num bangüê, carregado por dois homens, e já estava morto. Todos os entrevistados são unânimes em isentar Zeca Heleno de participação nesses atos violentos. O que ele fazia, segundo os depoentes, ele o fazia só por obediência, uma vez que "Zeca não tinha que concordar nem discordar. Ele era o delegado, e tinha que obedecer ao Fonseca", explicou um dos entrevistados.

No Heleno, certa feita, o Fonseca e seus soldados vinham trazendo, de Senhora de Oliveira, um preso com o calcanhar todo esfolado das pisadelas do cavalo do policial que o conduzia. É que o Fonseca, antes de fazê-lo preceder a montaria, arrancara os botões da calça dele para que, tendo ocupadas as mãos segurando a roupa, não tivesse como fugir.

Um outro, também pelos lados de Senhora de Oliveira, por ter feito mal a uma moça, foi castrado, vindo a morrer pouco tempo depois. Esse era de Santana dos Macacos.

Os crimes, a critério do tenente, deveriam ser punidos em graus diferentes de intensidade conforme sua gravidade e certeza: assim, alguns eram punidos com advertência, outros com espancamento. Os casos mais graves eram punidos com execução sumária, em geral, sob alegação de que o preso resistira à ordem de prisão ou tentara fugir. Como, em São Caetano, não havia cadeia, a prisão, quando era feita, dava-se no tal cepo que ficava debaixo da casa de Luís Heleno, e ainda era relíquia do tempo do cativeiro. Neste cepo, as vítimas eram presas pelos pés e pelas mãos. Dobradas as duas peças do cepo, prendia-se uma a outra com um cadeado. O prisioneiro ficava o tempo todo encurvado. Nenhum preso resistiria, naquela posição, por muito tempo, sem ficar com a coluna irremediavelmente comprometida, segundo os relatos.

A saga do Fonseca, muitas vezes, é narrada como uma brincadeira de gato e rato. Nas proximidades do Chalé (hoje

Bairro Vargem Alegre), havia muito sapé. Um rapaz do Logra havia pegado, como empreitada, arrancar uns feixes para cobrir um rancho de outro sujeito também do Logra, e vinha amontoando o sapé, em amarrados, na beira da estrada, encostando-os no barranco perto de uns bicos-de-papagaio que havia ali. Enquanto isso, se aproximava do distrito um multado lá dos lados do Buraco-do-Paiol. Era um sujeito que não gostava de serviço de jeito nenhum. Não se julgava um vagabundo, porque, no caso dele, essa ojeriza por trabalho era, segundo ele, por fraqueza, motivada pela opilação. Era até um moço ladino, reflexivo, talvez, mesmo por ter muito tempo para pensar. Enquanto matutava uns assuntos aleatórios, ouviu tropéis de cavalos. Era o Fonseca que já vinha perto e já o havia visto, e era preciso um espediente rápido. Foi quando ele viu o monte de sapé encostado na árvore de bico-de-papagaio. Ele se curvou rápido, pegou o maior feixe, jogou nas costas e acelerou o passo, assobiando.

"Isso é que é gente nossa", o tenente falou para o mulato com o rosto cheio de alegria, mesmo antes de dizer uma saudação. "Tem que trabalhar mesmo. Nego forte. É assim que se faz!" Dizem que ainda deu uma talada no feixe e continuou seu elogio ao trabalho, enquanto se distanciava. E antes de chegar à curva lá na frente, dizem que ainda jogou para o mulato uma cédula de alguns mil réis, e gritou: "É pra ajudar na construção do seu rancho!"

Mal ouviu isso, o multato, vendo que Fonseca já ia longe, atirou ali mesmo o feixe de sapé e seguiu, na sua vagabundagem, para o distrito, seco para beber umas cachaças.

Zeca Vieira da Aguada foi dos poucos a serem presos e julgados. Cumpriu cerca de quatorze anos de prisão. Para humilhá-lo, de vez em quando, o Fonseca o visitava na cadeia e o obrigava a proclamar-se para todo mundo ouvir, até os que passavam na rua: "Zeca Vieira: ladrão de cavalo!"

Embora a maioria dos entrevistados fale do roubo e da repressão como de uma luta entre o bem e o mal, com bandidos de um lado e "justiceirosos" de outro, claramente definíveis, percebe-se, aqui e ali, que essa história é bem mais complexa. Havia outros ingredientes, e até questões políticas também. Foi justamente isso que nos contou um entrevistado de Senador Firmino, que viveu a infância em Abreus. Diz ele que sabe muitas coisas, porque ouviu de sua mãe; e que ele sempre foi um observador das coisas e sempre gostou de contar casos do passado. A primeira afirmativa dele é que os roubos não aconteciam somente nas cercanias de Alto Rio Doce, numa região assim tão bem delimitada. Segundo, que o confronto não era simplesmente entre a marginália e a lei, porque havia também disputa de poder e de interesses entre os próprios ladrões. Entre estes, havia ainda alcagüetes. Alguns, que todo o mundo sabia serem ligados a grupos de ladrões de cavalos, acabavam de ser presos hoje, e apareciam em liberdade uma semana depois, dez dias... Não se sabe graças a quê ou a quem, eles apareciam sempre soltos. Outra novidade ainda é que todo mundo pensa que os roubos eram só de cavalo, e não eram. Todos se recordam do boi do Zeca Couto, como se fosse uma exceção, e também não era. Há notícia de que, em Senhora dos Remédios, houve, na época, assalto à casa de família e até roubo de dinheiro.

Esse entrevistado, que hoje mora em Senador Firmino, assim descreve o clima de insegurança então vigente: "Aqueles fazendeiros todos prali afora adoraram ele (o Fonseca), porque não tinham mais jeito nem de dormir. A pessoa deitava na cama, tinha um dinheirinho, o sujeito aparecia, arrombava a casa, entrava, amarrava o morador, e levava tudo."

6. Negros outra vez

A primeira explicação que devo dar vem responder a uma pergunta que o leitor já deve se estar fazendo: por que separar os negros dos brancos? A resposta é simples: é porque há duas memórias que correm paralelas: a dos negros e a dos brancos. Observei, durante minha pesquisa, que, na tradição oral, a história do branco desconhece quase sempre a presença do negro, e a história do negro também desconhece grandemente a história do branco. Alguns, quando reconhecem a participação do outro, fazem-no, freqüentemente, em tom jocoso. Para mostrar isto, evoco aqui duas situações: primeiro uma anedota, mostrando que cada um tem seu mundo, até quando se trata de religião.

Antônio Pedro Emiliano andava por ali tirando esmolas para a festa de São Benedito e de Santa Efigênia, santos negros como ele próprio. Na roda de conversa, estava um grupo prestigiado de senhores do distrito. Neca Teixeira, fazendeiro, deu ao Antônio Pedro um tostão.[49] Zeca e Totônio Teixeira, comerciantes, deram também um tostão cada um. José Mansueto ofereceu também um tostão. Quando a sacola chegou ao Zé Bento (negro), este deu uma moeda de 400 réis. Ninguém entendeu. Neca Teixeira, então, observou para os dois primos, Totônio e Zeca: "Está errado isso. O Zé Bento, logo o mais sacrificado das finanças, dando esmola maior do que nós..." Enquanto isso, Antônio Pedro saiu desejando bons

[49] Era uma moeda de 100 réis, a de menor valor que circulava então.

augúrios: "Que Santa Efigênia e São Bendito ajudem vos mecês". O Zeca não se conteve e virou-se para o filho (Mansueto) e os dois primos, para explicar: "Você não vai entender. É coisa deles aí. Zé Bento também é dono da festa. O santo é deles... Por isso é que deu mais."

Mas a anedota não vem de um lado apenas. Vários entrevistados me contaram esta. O caso se deu na comunidade negra da Leoa. Caetano Honorato tinha um burro famoso. Só a Congonhas de Campo, acompanhando romaria, como burro de caldeirão, dizem que ele fora trinta anos seguidos. O que chamava a atenção nesse burro tão longevo é que, apesar de tudo, ele não comia. Todo mundo que o conhecia, conhecia-o de olhos morteiros e fechados, preso a um cabresto ou, às vezes, sem cabresto, debaixo de um pé de café, na porta da cozinha de Caetano Leoa (ou Caetano Honorato). Caetano não tinha terra, por isso, toda vez que perguntavam a ele onde era o pasto do bicho, ele respondia sempre com a mesma explicação: que o burro comia pouco, contentava-se, quase sempre, com as moitas de capim das beiras de barranco, quando saía nele de viagem. Quem tinha os melhores pastos em volta da comunidade era José Francisco Heleno (Zé Miguel), que andava desconfiado. Passou a chegar de surpresa em sua propriedade, evitando estalar as porteiras, e variando a chegada por atalhos. Esses expedientes em nada alteravam o quadro. Toda vez que chegava a seu terreno, olhava para as bandas da casa do Caetano Leoa. E o burrinho estava sempre lá: quietinho, sob o cafeeiro, imóvel como uma escultura, fincada ali desde a eternidade. Coletando as entrevistas, um sobrinho de Caetano Leoa explicou, com os lábios marotos de quem esconde o riso: o burro era tão sabido que conhecia o Zé Miguel até pelo cheiro. De qualquer ponto do pasto, ele sentia a aproximação de Zé Miguel. Antes de ser visto, ele disparava sobre o capim e, em poucos segundos, estava ali sob o cafeeiro, até sem respirar, para não chamar a atenção.

Assim como lemos a relação dos brancos entre si, usando como balizas dois grupos, o dos fala-feio e o dos fala-bonito, também os negros nos parecem constituir-se de dois grupos, que lançam suas raízes no 13 de maio de 1888. Vamos usar, neste trabalho, os termos "agregado" e "comunitário". O agregado, para os propósitos deste trabalho, abrange o empreiteiro e uma figura comum nos anos que se seguiram à abolição: o negro que continuou morando com o senhor, como Tia Dora, Tia Mena, Chico Banguela e Sebastião Carreiro, entre outros. O comunitário é aquele que, após a Abolição, saiu das sedes das fazendas e acabou formando as comunidades negras, que existem até hoje na região, como a dos moradores da Leoa, a dos Luzia, a do Córrego. Os primeiros se viram dominados por um maior sentimento de dependência e de medo diante da nova situação e preferiram, desde o primeiro momento, agregar-se em torno do fazendeiro. Os mais velhos permaneceram na própria sede da fazenda, e os outros passaram à condição de empreiteiros, morando nas terras do antigo senhor. Viveriam como meeiros nos roçados e jornaleiros nos eitos do antigo senhor, transmudado agora em patrão. O segundo grupo é formado pelos negros com maior sentimento de solidariedade em relação a seus pares de raça e de destino.

A origem dos comunitários lança suas raízes naqueles grupos que, ao tomarem conhecimento da Lei Áurea, saíram pelas estradas, propagando a abolição e conclamando os demais a abandonarem seus afazeres e a se juntarem a eles, como muita gente flagrou em 1888 durante a construção da casa do Professor Leandro Werneck. Nesse momento, os negros jogaram por terra vigas que tentavam erguer, entornaram caixotes de massa e deixaram sem barro as paredes de pau-a-pique. Devem ter sido os mesmos que, atravessando o distrito, e avançando na direção de Alto Rio Doce, encontraram Tia Dora na estrada da Boa Vista, evocando-lhe não a alegria da liberdade, mas o desespero da velhice e o abandono de não mais ter por dono um proprietário e senhor.

Depois de andarem estrada afora como arautos da libertação, a noite caiu e, junto com ela, a compreensão terrível da realidade. Alforria sem terras, sem dinheiro, sem para onde ir, não passava de um grande blefe. Com certeza, a multidão parou em alguma encruzilhada. Alguns xingaram, outros choraram e, por fim, decidiram voltar, cada grupo cabisbaixo, para a fazenda de origem, procurar o seu ex-dono e negociar. Um terrível fracasso, que só não foi maior do que o daqueles que haviam ficado, realizando o acordo da primeira hora, tornando-se agregados. A caminhada desses festeiros ousados foi sofrida, mas não foi em vão, embora curta. Para os fazendeiros, seus ex-escravos, agora em grupo de libertos, eram motivo de temor; mas suas fazendas não sobreviveriam sem o seu concurso. Daí nasce a idéia de assentá-los em alguma grota encostada do terreno, lugares em geral de acesso difícil e expansão impossível, como deve ter acontecido no caso dos fundadores da Leoa. Aí, pela proximidade física de irmãos de raça e de sorte, foi possível criarem comunidades raciais e culturais, aumentando a solidariedade, especialmente pelo cultivo de tendências e artes ligadas à mãe África.

O trabalho em grupo foi um deles. Havia negros fortes, negros fracos, negros velhos, negros novos, experientes e novatos, bons e ruins de serviço, mais habilidosos e menos habilidosos. Se a morte de um escravo era antes um prejuízo, o fim de um agregado agora não tinha mais sentido econômico, razão pela qual era preciso que cada um cuidasse de seu sustento. E para que todos trabalhassem, criaram o sistema de trabalho em nau. Um negro dentre os mais velhos se interpunha entre o trabalhador e o fazendeiro contratador de seu trabalho. O fazendeiro diria o número de homens de que precisava, sem direito de escolha, e o chefe da nau compunha o conjunto: uma nau inteira ou meia nau. Aí se misturava de tudo: velhos e novos, bons e ruins de serviço, experientes e aprendizes, e todos defendiam seu sustento. Enquanto isso, o pessoal do Córrego organizava a dança do Congo, que é tradicional, e tudo indica que nunca teve solução de continuidade em São Caetano, incorporando convidados da Leoa e da Chácara da Ponte de Ferro. Nos fins de eito, cantava-se o jongo, e no fim das colheitas, representava-se a bandeira.

Enquanto isto, os agregados iam perdendo, aos poucos, sua própria identidade, sem serem totalmente absorvidos pelos brancos. Serve de exemplo o destino que tiveram as gerações descendentes de Tia Dora e o pequeno patrimônio amealhado por Zuína e Guilherme, e o fim de muitos outros que não citamos aqui, que se perderam no mundo.

Uma vez estabelecidos, iniciou-se a formação das famílias, tendo como modelo a família branca. Alguns de uma comunidade se casavam com membros de outras comunidades. Havia também casamentos de negros comunitários com negros agregados e o conseqüente deslocamento, quase sempre, do setor comunitário para o setor agregado. Não observei nenhum caso de deslocamento do setor agregado para o comunitário nas entrevistas que realizei. A solidez das famílias foi-se firmando com o passar do tempo. E hoje se percebe que há uma preocupação dos comunitários em transmitir a seus descendentes as ligações sanguíneas entre os diversos grupos, e mesmo com as famílias agregadas.

Padre José Pinto Carneiro era de origem negra e agregada. Era parente de Diolina, que eles tratavam como Diola, moradora da comunidade negra da Leoa. Diola era irmã de Maria Cândida, a mãe do Padre Pinto. Havia, na região do Heleno, um negro chamado João Vitório. Maria Cândida era irmã de Olívia, que era casada com esse João Vitório. Estes eram negros agregados de Miguel Heleno, vítimas de inúmeras chacotas por parte dos filhos dos fazendeiros do lugar. Mudaram-se todos, e não deixaram rastros na região. Honorato velho, por sua vez, era irmão do Honorato da Leoa, que era pai do caçula Atílio, dançador de congo, e do andarilho Agostinho, esse mistério que morreu sem se deixar compreender.

À pergunta sobre quem teriam sido os donos da escrava Maria Leoa, uma espécie de matriarca que deu nome à comunidade, o entrevistado Atílio[50] foi mais eloqüente do que outros entrevistados. Ao invés de responder simplesmente "não sei", como todos os outros antes dele, a quem fiz a mesma pergunta, ele insistiu em responder com o silêncio. Narração sem palavra é a melhor resposta para uma página obscura da história. Os agregados pereceram ou sumiram, e só deixaram na memória alguma história aqueles que optaram por escrevê-la em comunidade. Mas o entrevistador, que sou eu, não se contentou com o silêncio de Atílio, e insistiu na pergunta: "Afinal, que fazendeiro foi dono de seus antepassados?" Ele, a contragosto, e de cabeça baixa, respondeu o que eu já suspeitava: "Acho que eram da família de vocês mesmos. Dos mais antigos, né, gente". Um encontro curioso entre dois braços de um mesmo rio que, durante a escravidão, correram em direções divergentes.[51]

[50] O nome completo de Atílio é Atílio Angelino. Foi casado (agora é viúvo) com Isabel Catarina, que era também parente do pessoal da Leoa, mas morava no Pina (município de Rio Espera), localidade em que ele foi entrevistado.

[51] O entrevistador e autor deste trabalho é descendente dos antigos donos dos escravos ancestrais referidos por Atílio. São ainda irmãos de Atílio, portanto filhos do Honorato: Conceição (Ceição da Diola) e um tal Ezequiel, que trabalhou como meeiro de alguns Helenos. Também Geralda, casada com João Eva. Essa Eva me parece que era uma mulher negra que morava nas proximidades de Rio Espera.

Ao ser questionado por meu acompanhante, que conheceu todos esses negros, sobre Ezequiel, que o acompanhante achava meio “lerdo”, o Atílio explicou: “É o sangue, o pessoal é da raça africana e gosta de fazer as coisas direito”. Com isso, Atílio explicava que o que parecia lerdeza, em Ezequiel, era apenas retidão, que não era compreendida por causa da barreira da raça: é uma questão de sangue. Pareceu-me que o acompanhante queria significar leso e atenuou a pergunta, empregando lerdo, o que provavelmente Atílio entendeu, pois seus contemporâneos achavam lesos, não só o Ezequiel, mas também o Agostinho e outros irmãos dele. Depois, ele confirmou o parentesco de sua família com um pessoal da Serra do São Bento (Gambá), com o Padre José Pinto e com os membros da comunidade dos Luzia e do Córrego. Só depois de muita insistência, é que Atílio, que hoje é evangélico e abandonou a dança do Congo e evita falar de certas coisas, concordou em dizer algumas palavras que denunciam crenças e visões do mundo semelhantes às que veremos da parte de José Profeta (o Bié).

> **Atílio:** – Na hora de fazer as embaixadas... O Padre Argemiro, ih... ele gostava de assistir. Chamava tudo quanto é ponto desses matos aí: Caxerenguém... Ih...
> **Autor:** – Que é Caxerenguém?
> **Atílio:** – Chamava a fulia. A fulia é aquele bichinho que sobe pelo pau afora. Eles é um punhado. Falava Caxerenguém, vem cá, vem fulia. Sinhô, andô, andô mê arei. Porque toquê tá duru zoê dirigatô. Quer dizer: era ativo, né.
> **Autor:** – Repete, que eu não entendi.
> **Atílio:** – Andô, andô mê arei. Quando Preto Veio tá na rua zoiando aguirirado. Quer dizer: tem que andar ativo. Tá de olho pra ver o que está se passando.
> **Autor:** – Você acha que é uma recordação do tempo do Chico Rei? Desses tempos da escravidão?
> **Atílio:** – É mesmo.

Acompanhante[52]: – Não tinha um negócio assim (ele fala, mas eu não compreendo).
Atílio: – Tinha sim, essas coisas. Mas de duas que se tava conversando é que ela vinha. Ponto virado!
Acompanhante: – Murumbundo...
Atílio: – Se é murumbundo de guerra, banco guerra mais é guerra, se é murumbundo de festa, banco festa mais é festa. O ponto é pesado. É da África, né.
Autor: – Dizem que o pessoal tinha um poderzinho...
Atílio: – Tem. Tem poder sim.
Autor:– Poder para o bem e para o mal?
Atílio: – Pra mim, só para o bem.
Autor: – Estou apenas perguntando, não estou acusando nada não.
Atílio: – O povo era...
Autor: – Você era o que na embaixada?
Atílio: – Eu pegava na embaixada. Pegava sim. Quem estivesse no meio tinha que pegar. Tinha que pegar sim...
Autor: – Tinha um negócio de vender escravo, como é que era?
Atílio: – Isso é o ponto mesmo dos cativos.
Autor: – Então, como é que era?
Atílio: – Um compra, o outro vende, aquela coisa. Depois destravava a bater bengala uns nos outros. "Deixa de arenga. Arenga não é bom não". Tudo batendo e dançando. Mas era para acertar mesmo. A gente tinha que saber que tirar a porretada. O porrete jogava no ar assim. Joga o pé, joga as pontas. Um tira, outro joga, aquela coisa.[53] E dançando à volta.

---

[52] O acompanhante é o Sr. Albertino Heleno, filho de Miguel Heleno. Atílio diz que foi colega de escola de Albertino, quando a professora era Maria Guilhermina Dias, prima de Albertino, por ser filha de Dona de João Cirilo, filha de Perciliana.

[53] Parece-me que há nessa dança com os paus, uma espécie de treino para uma possível luta, como se identifica na origem da capoeira. É uma questão que merece uma pesquisa.

Autor: – Tinha um refrão assim: Ô lê lelê nguliá. Como é que era?
Atílio: Agora, gente boa, eu não trabalho nesse ponto não.
Autor: Eu sei. Só estou querendo saber como é que era. Você sabe por que eu estou querendo saber isto? As gerações novas não sabem mais como é que era isso. Eles não sabem nada disso que você sabe não.
Atílio: – A banda de Congado de São Caetano é muito antiga...
Autor: – Você conhece a história do congado? Dizem que a história foi com Chico Rei... de Ouro Preto.
Atílio: – Ah... É isso mesmo.
Autor: – E quem falava isso pra vocês?
Atílio: – O Chico Tropeiro mais o Zé Delfino é que conversavam nesta linha.
Autor: – Ele falava que era originário do Chico Rei?
Atílio: – Falava.
Autor: – Você sabe quem foi Chico Rei, né?
Atílio: – Chico Rei...
Autor: – Foi um negro que foi rei em Ouro Preto.
Atílio: – É isto mesmo. Eu li em livro lá em São Caetano.
Autor: – Mas Chico Tropeiro também falava nisso...
Atílio: – Falava. Falava sim. Eu passei pra outra lei mesmo. Porque tinha dia que eu passava o dia inteiro sem comida, pedindo proteção aos outros. Eu pensei: 'Certas coisas eu ainda não entendo direito. Eu estou querendo aprender. E vou passar para outra lei.'[54] "

A tristeza e o abandono em que Atílio se sentia coincidem com sua saída da comunidade de Leoa, para morar

[54] Passar para outra lei significa trocar a religião católica por outra. Atílio, depois que mudou de religião, não dançou mais congado, o que ele fizera desde mais ou menos 1930 até 1993. Deve-se lembrar que Atílio é de origem comunitária. O afastamento da "tribo" pode ter influído em sua tristeza, que o teria levado a procurar consolo na mudança de religião.

no Pina, onde herdara um terreninho: conseqüência provável de sua perda da vida comunitária.

Os parentescos apontados por Atílio Honorato já haviam sido antes revelados pelos entrevistados da comunidade dos Luzias, ouvidos dias antes. Segundo Nivalda, daquela comunidade, todos são parentes do pessoal do Córrego e do pessoal da Leoa. Uma de suas avós, Maria Leonora, era do Córrego e era parenta também de Blandina (irmã de Paulina, agregada de Miguel Heleno, casada com Apolinário, migrante em companhia de boiadeiros). Maria Luzia era filha de Maria Leonora, que era filha de José Luzia Velho, que deu nome à comunidade, pois foi dono das terras em torno do que constitui hoje a comunidade. Chica Curta, parenta de Padre José Pinto, era parenta também dos Luzias. E como têm parentes no Gambá (Serra de São Bento), Nivalda admite a possibilidade de parentesco com Zé Chiquinha.

Nivalda se vangloria pelo fato de sua avó Maria Luzia ter guiado cavalo para o Tenente Fonseca, demonstrando a mesma desenvoltura de um fala-bonito ou de um "Manteiga" ante o terror da região. João Luzia, irmão de Nivalda, também diz que conheceu Fonseca. Segundo eles, Maria Luzia chegou a arrear o cavalo para o Fonseca, porque não tinha medo dele. Dizem ainda que o Fonseca não gostava de ver os negros se divertindo. Os irmãos de Maria Luzia ficavam tocando sanfona, e quando Maria Luzia notava isto, sempre os alertava: "Oh, cuidado! Olha o cuia!" Todo mundo sabia: cuia é soldado, e soldado, naquele tempo, era sinônimo de Fonseca.

Um dia chegou o Fonseca procurando os rapazes:

– Cadê os meninos?

– Os meninos não estão aqui não, – ela respondeu, protegendo-os. – Estão trabalhando.

O oficial, meio desconfiado, fez que ficou satisfeito de ver que os meninos trabalhavam e pediu um animal emprestado. Nivalda sublinha o *pediu* como uma honra, partindo de quem partia, do Fonseca, que não costumava pedir, mas simplesmente lançar mão do que precisasse, inclusive de animais de sela, como dizem outros entrevistados.

Me empresta aquela besta ali – com essas palavras, ele se dirigiu a Maria Luzia, que gritou para o filho, que se encontrava na roça perto:

– Ô João, tão pedindo a besta emprestada.

E o João, muito cioso, respondeu de lá mesmo:

– Não empresto, não vendo e não dou.

– Mas é o Cuia que está pedindo.

– Então, pode levar.

Ela pôs o cabresto na besta. O Fonseca mandou um bate-pau arrear. Mas Maria Luzia se antecipou, jogando as mantas em cima e o baixeiro, depois o casco do arreio. Deixou só uma coisa por fazer, apenas como pretexto para dar ordem ao Fonseca:

Apertar a barrigueira, ocê agora aperta. Ocê que é homem. Pra depois, quando cê cair do cavalo, não dizer que eu tenho culpa!

E virou as costas. Mas o Fonseca não a deixou ir embora, e a provocou assim:

– Aposto que, numa sala de baile, você é mais esperta ainda – pensando que ela ia jurar em cruz que nunca havia dançado na vida dela.

– Eu danço mesmo. Danço até com o senhor – respondeu sem medo nenhum, justamente por saber da fama do oficial, que detestava diversão e lazer, e fechava a taladas todos os bailes que sabia estarem acontecendo.

Alguém da comunidade, cujo nome não pude anotar, contou o seguinte episódio da saga da repressão. O ter ouvido de terceiros é certamente a razão de também ele omitir a figura do negro Ulisses. Segundo o narrador, o Juca Carola se encontrava foragido havia muitos dias na região da Mata. E o Fonseca – era uma questão de honra prender a todos – partiu em sua perseguição. Pegando uma informação aqui, outra ali, toparam, ele e os dois ordenanças, um sujeito de prosa boa que seguia a cavalo na mesma direção. Foram juntos beirando 2 léguas. O Fonseca ia muito agradável e conversado, na certeza de que encontraria alguma pista de seu perseguido. O sujeito tinha estampa de fazendeiro e devia ser do lugar, melhor ainda. O outro, indagado, não negou nem contradisse o oficial. Confirmou já ter ouvido muito falar sobre esse tal que eles procuravam, Juca Carola, um ladrão de cavalo perigoso que andava pelas zonas de Alto Rio Doce, num lugar até longe dali. Mas ele próprio conhecia mais era a fama do tenente, muito mais do que a desse tal de Juca. Sabia de ouvido que o tenente era homem durão no cumprimento da lei e de suas obrigações. A fama dele estava no mundo inteiro, e já havia chegado até ali, que o homem não era brincadeira mesmo. E aquele serviço de limpeza que o tenente fazia no Alto Rio Doce precisava ser feito ali na Mata também. Estava havendo muita morte matada... "Se eu não estivesse indo ver umas vacas que tenho intenção de comprar, eu ia até chamar o tenente e os dois companheiros para pernoitarem na minha casa". Despediu-se, mas não sem antes inventar ainda uma história de pastos para os cavalos, uma fazenda com nome e tudo, casa de dois andares para o oficial ficar à vontade com seus comandados, se pudesse convidá-lo.

Na encruzilhada havia uma venda, onde pararam o oficial e os ordenanças, enquanto o sujeito seguia em frente. Como de costume em casos assim, Fonseca não entrou logo no assunto. Deixou passar um tempo. Trocou umas conversas bobas com o vendeiro. Jogou verde praqui, deu uns vomitórios pra ver se pegava alguma pista, sempre tomando o cuidado de não falar o nome de Juca Carola, para não atrapalhar a investigação. O nome é a última coisa que sai, depois de ter algumas certezas. Enquanto isso, esqueceu-se do "comprador de vacas" que já devia andar longe. Falou que queria comprar uns cavalos (Juca era conhecido por causa justamente dos cavalos). Se o vendeiro não tinha algum, ou se não conhecia alguém que vendia ou fazia barganha. Por fim, entrou onde queria desde que chegara ali: "Eu soube de um cara que eles tratam de Juca, e que gosta de barganhar cavalos, e que costuma ter boas montarias pra negócio..." Antes de acabar a pergunta, o vendeiro o interrompeu: "É aquele moço que veio com vocês e se apartou na encruzilhada".

"Pelo amor de Deus", falou o Fonseca com seus ajudantes. Nem acabou de beber um copo que tinha sobre o balcão. Esporearam os cavalos atrás daquele baixote bom de prosa, que era difícil de acreditar que fosse o Juca Carola. Teve o homem nas mãos e o deixou escapar por entre os dedos.

Sobre os congados, conversei com José Profeta (Bié),[55] atual responsável pelo grupo sediado no Córrego. Segundo ele, o grupo de São Caetano nunca sofreu interrupção. Atílio, que teve como primeiro mestre Manuel Delfino, admite que o grupo tem ligações culturais com o grupo de Chico Rei, e afirma ter ouvido isto mais de uma vez dos mais velhos. Bié começou a participar com Chico Tropeiro, por volta de 1938, e se lembra de figuras importantes como, além de Chico Tropeiro, de seu próprio pai Minervino e de José Benedito.

---

[55] José Profeta, tratado por Bié, é casado com uma irmã de Manuel Bernardo, filha de José Bernardo, antigo empreiteiro da família Pedrosa. Os Bernardo são descendentes de índios que vieram da Bahia. Manuel, por sua vez, é casado com Maria, que é filha de Isolina e sobrinha de Zé Chiquinha.

Há uma força preservadora, quando eles se agrupam, o que se percebe da conversa com os Luzias, com Atílio e com o Bié. Além de, pela vida em comunidade, resolverem certos problemas próprios, como a questão do trabalho pela organização das naus, eles constroem sua própria história e não correm o risco de repetirem a trajetória triste dos descendentes de Tia Dora, ou do patrimônio de Guilherme e Zuína, ou mesmo a frustrada tentativa de promover socialmente seus familiares próximos, empreendida pelo Cônego José Pinto Carneiro, que lançou mão tão-somente de recursos próprios da cultura predominante. Atuando como franco-atiradores, os agregados estão quase sempre condenados ao fracasso. Esse método de ação individual, que deixa de lado laços culturais, tem demonstrado, também entre os brancos, que é pouco frutífero. Em São Caetano houve atuação forte dos Grossi e passagem superficial de algum Filardi, todos de origem italiana. Quase nada deles restou, depois que foram embora, certamente por falta de alimentarem uma cultura comum. Compreende-se que isso seria difícil em São Caetano, em razão do número reduzido de imigrantes que ali aportaram. Os efeitos econômicos e culturais de sua atuação não foram suficientes para imprimir uma marca mais profunda na região, como ocorreu em outros lugares, como no sul do Brasil. Os Grossi não conseguiram estabelecer uma tradição mais arraigada e duradoura. Com isso, também não conseguiram superar, como outras comunidades o fizeram, os reveses próprios da marcha da história, permanecendo em São Caetano.

O Brasil sobreviveu independente como Império, depois sob o regime republicano, pelo fato de a burocracia, os fazendeiros e os primeiros industriais se terem aliado em torno da Nação. Sem esse corporativismo, provavelmente o país se teria fragmentado como a América espanhola. A mesma aliança – lógicicamente, nas dimensões módicas de um distrito

– os xopotoenses não conseguiram realizar naquele tempo. Fazendeiros isolados de um lado, industriais de outro, comerciantes de outro, não tiveram a força necessária para puxar o ramal Piranga da estrada de ferro até ali. Não havendo prosseguimento das conquistas econômicas, o apogeu da indústria do Alberto Grossi e o comércio que movimentava a pensão do Juvenino Araújo tornaram-se coisa do passado. Por algum tempo, os burros das tropas supriram a falta do trem, mas chegou um dia em que os motores a explosão bateram à porta. Os primeiros caminhões, no início a gasolina, depois a diesel, os desbancaram em definitivo. Para não ver o fim do sonho, Romualdo foi morrer em Juiz de Fora (1910). Alberto foi morrer em Mercês (1919), Os fazendeiros, estes, ficaram sem voz e expressão.

Mas voltemos aos negros,[56] agora para estudar o episódio Zé Chiquinha, que envolveu um negro, agregado da família Pereira Neves. Como aventura individual, só poderia desaguar onde desaguou. No entanto, há três faces interessantes na história por ele protagonizada: seu lado de artista nato, a visão lírica que dele apresenta uma das entrevistadas, negra como ele (e até sua prima), e a coincidência do traçado de sua história com a trajetória de Riobaldo e Diadorim do romance *Grande Sertão: Veredas*, de João de Guimarães Rosa.

Uma síntese bem simplificada da história de Zé Chiquinha pode ser assim expressa: entre 1930 e 1934,

---

[56] Eu apresento, neste trabalho, negros e brancos, quase sempre em contraste. Cumpre lembrar que o que pretendo acentuar não é o contraste de raça, mas os traços culturais que distinguem uns dos outros por motivos históricos. Não gostaria que este trabalho servisse para acentuar divergências racistas, mesmo porque tento tratar a uns e a outros em pé de igualdade e reconhecer, em cada grupo, como elementos positivos, as suas diferenças.

aproximadamente, na região de Abreus, distrito de Alto Rio Doce e capela da Igreja de São Caetano, um homem conhecido como Zé Chiquinha, filho de Chiquinha do Domiciano, atirou no padrasto, José Anacleto, na época em que eles moravam em terras de Juscelino Dias dos Anjos na localidade de Lavra. Com medo da polícia, Zé Chiquinha fugiu para Ponte Nova, onde conheceu uma mulher, da qual se tornou amante. Cometeu, em seguida, um homicídio, matando um homem (que alguns dizem que era um cunhado seu), pondo seu corpo dentro de um balaio, atirando-o no Rio Xopotó. Descoberto o crime, Zé Chiquinha sai de Ponte Nova, levando consigo a amante, que ele faz vestir-se de homem, e volta com ela para a região de origem, Abreus, mais especificamente, para a localidade de Ribeirão. Nesse córrego,[57] depois de muitas peripécias, como aquela narrada por Eugênia Isabel, acaba sendo preso, conduzido para cumprir pena, primeiro na cadeia de Alto Rio Doce, naquele mesmo lugar (o prédio é outro) em que foram mortos Juca Carola e Ulisses. Em seguida, foi transferido para a Penitênciária de Ribeirão das Neves. Após o cumprimento da pena, ele voltou para São Caetano onde terminou o restante de seus dias como um homem comum.

Este é o núcleo comum de sua história, subjacente à maior parte dos relatos. Esse núcleo comum, entretanto, cada narrador povoa de um sem-número de detalhes.[58] Às vezes, o detalhe contado por um entra em contradição com o narrado por outros. É um caso típico desses a questão da pessoa que teria sido morta por Zé Chiquinha e atirada no rio. A maioria fala simplesmente de um homem, mas não sabe mais nada

---

[57] Córrego está usado como sinônimo de região.

[58] Acredito que os relatos sobre Fonseca e sobre outras figuras estejam também recheados de detalhes que são fruto da criatividade popular.

sobre ele. Outros afirmam que esse homem assassinado por Zé Chiquinha era um irmão da amante. Uns poucos afirmam que era de uma mulher o corpo que ele atirara no rio. Há ainda os que dizem que ele não matara um homem apenas, mas um grupo de homens. Sobre a amante, pouca coisa consegui apurar com certeza. Houve um depoente que afirmou até que a amante era uma filha do próprio Zé Chiquinha. Com exceção do apelido – João –, seu nome verdadeiro e sua origem exata ninguém sabe. É um ser misterioso, que entra na vida de Zé Chiquinha, e dela desaparece sem deixar vestígio. A violência deste homem, cada entrevistado pinta com as cores de seu próprio imaginário. Segundo o relato de uma pessoa próxima, ele quis devorar cozida a própria irmã. Segundo outro, ele enterrou a mãe até a cintura, e só não concluiu o sepultamento porque houve intervenção de vizinhos. Alguns dizem que ele extorquia produtos do comércio de São Caetano, que os proprietários, por medo, não ousavam cobrar. Para antigos patrões, ele foi sempre valentão, malandro e perigoso. Essa imagem meio monstruosa que ficou de Zé Chiquinha não impede, no entanto, que todos, inclusive os que lhe pintam a violência de caráter com as cores mais pesadas, reconheçam nele um exímio artesão do laço e da esteira de taquara.

O depoimento mais humano e comovente é o de Eugênia Isabel, filha de Paulino Mariano (Paulim Luca), do Córrego Ceco, que deu pousada a ele e à amante quando de voltava à região, após o crime de Ponte Nova. Na casa de Paulino, ele se escondia da polícia. Eugênia era ainda criança, quando o pai acoitou Zé Chiquinha. Da parte dessa menina de ontem, é que se ouve o depoimento mais lírico, cheio de sentimento: compreensão, percepção e a solidariedade de uma lembrança que traz à tona a mesma raça e a mesma exclusão que vem da escravidão. Zé Chiquinha faz parte daquele mesmo grupo social donde emergiram, cerca de dezessete anos antes, as principais vítimas da repressão ao roubo de cavalos.

Quando Eugênia Isabel repete os versos de Zé Chiquinha com a mesma intensidade afetiva de seu primeiro ator, ela só consegue ir até o verso "Você mesma é culpada". Aí ela acrescenta de suas próprias palavras: "O resto eu esqueci. Quando chega no ´culpado´, aí é que eu esqueci." Há, pois, uma censura, um corte, a interrupção que erige talvez a parte mais interessante do relato. Nesta interrupção, nesta falha da memória, nesta ausência da palavra, surge a verdadeira história. De modo que, enquanto para falar da história oral regional é necessária a evocação de uma centena de entrevistas, para falar de toda a história, basta o silêncio de Eugênia, como em outro ponto, erigiu-se o silêncio de Atílio. Nesta lacuna, está toda a história de um país, a história de um mundo dividido entre oprimidos e opressores – não só na relação negro-branco, mas em qualquer tipo de relação opressiva –, entre descendentes de escravos e descendentes de fazendeiros, entre a "Casa-Grande" e a "Senzala" . O oprimido é quase sempre o culpado. Culpado por pertencer ao lado pobre da sociedade, de ter sido solidário e ter acoitado o primo Zé Chiquinha, que transgride – como tantos outros refugados – o *status quo* da sociedade que o oprime. O sem-expressão é o indício da verdade, porque transforma em fragmentos um mundo organizado e dividido em sua "totalidade" entre fala-feio, fala-bonito e as outras falas, as excluídas.

"Oi, Geralda; Oi, Geralda!
Eu vou pro serviço
E cê ia me chamar.
Eu sou malandro.
Cê mesma é que é culpada."
(Cantiga de Zé Chiquinha, segundo Eugênia Isabel.)

Vale a pena reproduzir um trecho maior da fala de Eugênia relativa a Zé Chiquinha, esse anti-herói que, além das personagens Diadorim e Riobaldo de Guimarães Rosa, lembra ainda a irreverência de Quincas Berro d'Água, de Jorge Amado.

Esta entrevista que fala de Zé Chiquinha é a mais ficcional de todas, e aquela em que se demonstra menos medo em relação a ele. Pelo contrário, a entrevistada tinha medo é da polícia. Em contrapartida, admira totalmente Zé Chiquinha, referindo-se a ele num tom sempre repleto de lirismo:

> **Eugênia Isabel:** – ...Eu sempre me alembro duma música dele.
>
> **Autor:** – Como é que era a música?
>
> **Eugênia:** – Acredita que nós passou tanto aperto, nós era tudo criança, mas nós passou tanto aperto. Escondendo debaixo da cama...
>
> **Autor:** – Com medo dele, ou com medo da polícia?
>
> **Eugênia:** – Com medo da polícia. Uai, a polícia queria pegar ele. Aí chegou lá, ele tava tocando lá. Fazia muito frio. E nós acendia o fogo no chão, e ele ficava lá cantando.
>
> **Autor:** –E tocando a sanfona?
>
> **Eugênia:** – Tocando. Acompanhando. "Oh, Geralda!..." A Geralda era a mulher dele.
>
> **Autor:** – A que estava vestida de homem?
>
> Eugênia: – Ela amarrava o cabelo juntando em cima, e amarrava um lenço para parecer homem.
>
> Autor: – O nome dela? Era Geraldo?
>
> Eugênia: – Era Geraldo. Mas acho que não era Geraldo não. Ficou Geraldo para ninguém entender que era mulher. Aí ele ficava assim: "Oi, Geralda/ Oi, Geralda/ Eu vou pro serviço/ E ocê ia me chamar. \\ Eu sou malandro/ Ocê mesma é que é culpada/ .... O resto eu esqueci. Quando chega no "culpada", aí é que eu esqueci..." Ele ficava cantando isso e tocando sanfona. De vez em quando, ele perguntava pro

meu pai: "Será que não tem perigo não?" Meu pai falava: "Ah, não tem não". Mas quando chega meia-noite, olha aí os polícias chegando. Os policial chamando ele. Cada homem dum tamanho, que Nossa Senhora! Aí foi aquela correria. Corre prali corre pra aqui. Nós passou um aperto danado. A gente saía de casa também e virava aqueles morros lá pro outro lado. Praquelas barranceiras abaixo. Um capim desse tamanho assim, e nós correndo dele.

Autor: – Correndo dele, ou correndo da polícia?

Eugênia: – Correndo da polícia. Da polícia, uai! Nós tava com medo é da polícia. Ele tava lá dentro de casa com nós. Mas nós, né... Dizem que ele tinha matado uma mulher, né?

Autor: – Mulher ou homem?

Eugênia: – Diz que era uma mulher. Matou a mulher,[59] jogou dentro do rio e pegou outra e saiu com ela.

Autor: – Que isto? Essa mulher que estava com ele, ela era de onde?

Eugênia: – Não sei. Não sei de onde ela era não. Só sei que ela acompanhava ele, mas não sei de onde não.

Autor: – E ela era bonita?

Eugênia: – Não era feia não. Era bonita.

Autor: – E era carinhosa com ele?

Eugênia: – Era! Ih... Nossa Senhora!... Só você vendo como é que eles eram!

Autor: – Era branca ou preta?

Eugênia: – Era branca.

Autor: – E ele era preto...

Eugênia: – Era preto. E ele gostava muito dela. E ele dizia que é a mulher que gostava muito dele.

Autor: – Ela devia mesmo gostar muito dele, para topar fugir com ele daquele jeito.

---

[59] Aqui há uma divergência. Os demais entrevistados falam que ele matou um homem, e não uma mulher.

Eugênia: – Acompanhava ele mesmo. Em qualquer lugar que ele enfiava, ela enfiava junto com ele. No meio daqueles mataréus tudo, ela enfiava junto com ele. Depois que chegou lá no Zé Ricardo. Tinha uns Ricardo que moravam lá...

O conteúdo informativo não apresenta grandes discrepâncias com relação às outras entrevistas, exceto o sexo da vítima de Zé Chiquinha que, segundo Eugênia Isabel, era uma mulher. O medo da polícia, a mulher vestida de homem, o gosto de Zé Chiquinha pela sanfona, o apelido da mulher, e tudo mais é confirmado por outros relatos, mas há um quê de arte, que é próprio do grupo em transe de solidariedade. É a presença marcante da sensibilidade, da ficção que se reflete na maneira de tornar verossímil a narrativa. Os fatos são os mesmos, mas a presença ficcional torna seu texto inconfundível, em comparação com os outros, e também humanamente mais verdadeiro. Se nenhum dos outros relatos se confundem entre si, a posição relativa de Eugênia Isabel é marcante, enquanto diametralmente oposta àquelas que apresentam Zé Chiquinha apenas como malandro, valente e perigoso. “(Ele) era bom da cabeça sim, mas nasceu para malandro”, e sua filha era “meio luada”, “uma cabritinha conversadeira”, declara um dos entrevistados sobre Zé Chiquinha e a filha. “E ele gostava muito dela. E dizia que é a mulher que gostava muito dele”, diz Eugênia. Há uma certa delicadeza ingênua nesta Eugênia, quando atualiza seus sentimentos de empatia daquele momento passado, misturados ao temor, não do assassino, mas da polícia. Como se percebe, a truculência de Zé Chiquinha é como uma visão em espelho da mesma truculência da força repressora.

A referência que fizemos acima a Guimarães Rosa não é gratuita e nem fruto de qualquer ufanismo bairrista. Inclusive não se pode afirmar com certeza que os fatos o tenham inspirado. O que não se pode descartar é uma tal possibilidade. As personagens Diadorim e Riobaldo[60] correm mundo nas inúmeras traduções do *Grande Sertão: Veredas*, narrativa das mais conhecidas da literatura brasileira, que se desenvolve em torno da figura de Riobaldo admirador de Diadorim. Este se passa por varão em todo o percurso da narrativa até no fim, quando Riobaldo descobre tratar-se de uma mulher, a quem ele estivera ligado, sem o saber direito, por autêntico sentimento de amor.

Há alguns fatos históricos que reforçam a possibilidade de a história de Zé Chiquinha e da amante João Geraldo ter inspirado as figuras de Riobaldo e de Diadorim. O 9º Batalhão de Polícia Militar de Minas Gerais, sediado em Barbacena, foi criado, em razão da Revolução Constitucionalista de 1932, com a finalidade, entre outras, de fazer frente às tropas paulistas, que se rebelavam contra o governo federal. Era da jurisdição do 9º Batalhão todo o nordeste de Minas Gerais e a Zona da Mata, incluindo Alto Rio Doce e os distritos de São Caetano e de Abreus, como também a cidade de Ponte Nova. Essas localidades constituíram o palco principal das façanhas de Zé Chiquinha. O Dr. Guimarães Rosa, justamente no ano de criação do 9º Batalhão, alistara-se como médico voluntário, ao lado das tropas de Minas, condição em que permaneceu até 1934, quando foi nomeado, em 25 de maio daquele ano, para o posto de capitão médico do 9º Batalhão.[61] Permaneceu efetivo até 8 de setembro do mesmo ano, quando foi desligado a pedido. Como se vê, ele permaneceu na Polícia mais tempo como voluntário do que como efetivo, mas o tempo bastante

[60] Familiares de Dr. Teobaldo Tolendal, de Barbacena, alegam que o nome Riobaldo tem uma associação com o de seu amigo Teobaldo.

[61] Esses dados foram extraídos dos Boletins nº 103 do Estado Maior da Força Pública de Mins Gerais, de 25-5-1934, e do nº 200 do Comando Geral da Força Pública de Minas Gerais, de 8-9-1934.

para tomar conhecimento dos fatos relativos a Zé Chiquinha. Segundo informações do Dr. Júlio Campos Rosa,[62] médico que prestou idênticos serviços na Polícia Militar, vinte anos depois, em seu tempo era ainda atribuição do oficial médico, entre outros afazeres, o de realizar perícias e autópsias, o que mais uma vez torna provável o conhecimento, por Guimarães Rosa, da vida de Zé Chiquinha e de João (ou João Geraldo, como afirmam alguns).

Trecho de entrevista com Dr. Júlio Campos Rosa

Autor: – Na sua época, o senhor era o único médico no Batalhão de Polícia de Barbacena?
Júlio Campos Rosa: – Era só eu. Era uma miséria. Aqui eu atendia todo mundo. Tinha um coração muito grande, e era só pedir.
Esposa de Júlio Campos: – E a qualquer hora do dia ou da noite.
Autor: – Ponte Nova pertencia, naquele tempo, ao Batalhão daqui (isto é, de Barbacena)?
Acompanhante[63] (a Júlio Campos): – Na época em que o senhor entrou, o 9° Batalhão abrangia toda aquela Zona da Mata, né, Dr. Júlio?
Autor: – Em 1934, ou um pouco antes, houve um crime em Ponte Nova: um homem matou um outro, cortou-o em pedacinhos, pegou os pedaços, pôs dentro de um balaio, e jogou no rio. Se o senhor fosse médico do Batalhão naquele tempo, seria o caso de o senhor ser requisitado pelo comandante para ir lá?

---

[62] Júlio Campos Rosa é natural de Alto Rio Doce, e foi ouvido em entrevista, dia 10-9-1997, em sua residência em Barbacena.

[63] Meu acompanhante é oficial de alta patente da Polícia Militar, ex-Comandante do 9° Batalhão, e professor de História, razões que tornam muito relevantes suas informações.

Júlio Campos: – Podia ser.
Acompanhante: – Naquele tempo, quase não havia policial civil. Era tudo resolvido pela Polícia Militar, né?
Júlio Campos: – Quando convocado, a gente tinha que ir, porque, se não fosse, eles davam parte da gente. Hoje melhorou muito.

...

Autor: – Vou perguntar uma coisa, de novo, ao senhor: a atribuição do médico da Polícia era fazer qualquer coisa?
Júlio Campos: – Tinha que fazer. Dentro do limite da Polícia propriamente.
Autor: – E quem é que mandava?
Júlio Campos: – Quem mandava era o oficial de dia. Quando era uma coisa forte, como aquele caso lá de Urucânia, vinha ordem do Comando Geral. Agora, aqui, não. Era o oficial de dia mesmo que mandava. O oficial de dia requisitava a gente a qualquer hora.
Autor: – Se houvesse um crime num bairro aqui, por exemplo?
Júlio Campos: – A gente tinha que ir.
Autor: Fazia perícia?
Júlio Campos: – Fazia a perícia.
Autor: – Fazia o laudo?
Júlio Campos: – Fazia o laudo.
Esposa: – Ele foi fazer um laudo aqui perto, em Correia de Almeida. Foi com tocha de bambu, porque não tinha luz.
Júlio Campos: – ...Como a Polícia Civil se restringia praticamente à capital, o interior ficava todo por conta da Polícia Militar. Os delegados do interior eram geralmente oficiais da polícia. E naturalmente usavam os trabalhos da própria Polícia Militar para tocar os trabalhos em frente. Para fazer perícia na cadeia pública, era com Dr. Júlio. A vida aqui do médico, no passado, era dura. Às vezes, meia-noite, 1 hora, 2 estava chovendo, chegava o oficial de dia e mandava o enfermeiro vir, e eu tinha que ir. Senão o sujeito,

que precisava de mim, dava parte de mim. Aí o comandante é que vinha para cima de mim.

Júlio Campos ocupou o mesmo cargo (aproximadamente de 1957 a 1980) que Rosa (aproximadamente 1932 a 1934) ocupara uns vinte anos antes. É provável que as funções de médico da polícia pouco tenham mudado nesse espaço de tempo. Dessa forma, as informações da entrevista de Júlio Campos mostram que é bastante provável que Rosa tenha atuado como perito no crime praticado por Zé Chiquinha. Embora essas circunstâncias, por si mesmas, não tenham nenhum peso na grandiosidade do romance de Rosa, pois se sabe que o que faz a grande obra literária não é o tema, mas a maneira de tratá-lo, não deixa de ser instigante a possibilidade de personagens inspiradas em pessoas da região de São Caetano estarem imortalizadas na literatura.

7. Emancipação

São Caetano era o distrito mais antigo do município de Alto Rio Doce, mais antigo mesmo do que a sede, tendo tido suas bases lançadas em 1711. A data histórica mais antiga que se refere a Alto Rio Doce, por outro lado, é de 1759, embora o lugar possa ter sido visitado anteriormente, logo após 1711. O distrito de São Caetano sempre teve vereadores atuantes na Câmara de Alto Rio Doce, e candidatos disputando o cargo de prefeito, com chances de serem eleitos. Esse destaque, em relação aos outros distritos, explica-se por vários fatores, como a proximidade de São Caetano com a capital Ouro Preto, e o desenvolvimento intelecto-cultural daí resultante, por influência especialmente do Seminário de Mariana. As terras mais férteis da região, situadas às margens dos rios Xopotó e Brejaúba, compartilhadas por fazendeiros do distrito e da sede, devem ser, também, levadas em conta. Muitas das famílias mais prestigiadas, tanto do distrito quanto da sede do município, não por coincidência, estavam entre aquelas que compartilhavam terras situadas nas margens dos dois rios. As famílias Couto, Pereira Neves, Teixeira Guimarães, Moreira e Moreira dos Reis são algumas delas. Esse compartilhamento facilitou, sobremaneira, os acordos que possibilitaram a emancipação do distrito, como se depreende do que narra Geraldo Barroso, em seu livro *Cipotânea: uma história alegre.*

Em 1948, formara-se a primeira comissão encarregada de elaborar o projeto de emancipação. O Governador do Estado era, então, Milton Campos, e o seu vice, Pedro Aleixo, ambos da UDN. Essa era a sigla sob a qual se abrigavam os fala-bonito: líderes do subgrupo Pedrosa (José Dias Pedrosa, Divino Gonçalves Heleno, José Teotônio Guimarães, Arlindo Pereira e outros). Nessa época, compunham também a UDN local os líderes de outro subgrupo dos fala-bonito: José Inácio de Carvalho, Padre Argemiro de Carvalho, José Mansueto de Carvalho, entre outros. Sem compor explicitamente a sigla UDN, mas simpatizantes do subgrupo de José Inácio, contavam-se ainda os padres José Geraldo das Mercês, Benjamin Araújo, José Nicomedes Grossi, Justiniano Teixeira e José dos Reis Alvim. Consta que Padre José Pinto Carneiro, convidado, não quis cerrar fileiras com seus conterrâneos, o que facilmente se explica. Primeiro, José Pinto acabara de ser designado para vigário de Alto Rio Doce. Essa paróquia vinha tendo problemas seguidos com seus vigários, em razão do que, os que o haviam antecedido permaneceram pouco tempo ali. Cônego José Pinto Carneiro temia ser mais um de passagem efêmera. Além disso, a nomeação para vigário da sede do mesmo município, que o vira nascer tão pobre, era, para ele, o coroamento da uma grande trajetória. Ele não queria, evidentemente, pôr em risco essa honraria e nem colocar abaixo seu projeto familiar. É possível que, nos bastidores, tenha havido alguma influência local na escolha de Padre José Geraldo para substituto de Padre Pinto, uma vez que os perfis de um e de outro se opõem quase ponto por ponto. Dessa forma, ele preferiu não tomar uma atitude que pudesse descontentar qualquer parcela de seus paroquianos. A segunda razão era tão mais forte quando se sabe que Padre Pinto, a rigor, mesmo sendo padre, não seria considerado plenamente um fala-bonito, por ser de origem muito pobre, condição agravada, provavelmente, por sua condição negra. Ele seria, antes, o vetor de uma outra força, que corria paralela, ligada à ascensão social do negro, que, aos poucos, ainda que de maneira lenta, assumia sua condição cidadã, como nos referimos, de passagem, no final do capítulo quarto.

Ainda que de forma precária, as condições que a lei exigia para a emancipação do distrito pareciam estar atendidas, como mostra Geraldo Barroso (CARVALHO, 82, p. 106). Considerando o partido a que pertenciam o Governador do Estado e seu vice, a mesma UDN dos fala-bonito, o desfecho que se esperava era o melhor possível. Mas o primeiro projeto de emancipação de Cipotânea (o de 1948) foi vetado na Comissão de Divisão Administrativa, que era, em sua maioria, do PSD (Ibidem). Essa circunstância acabou reservando o sucesso para o segundo projeto (o dos fala-feio-PSD), em 1953. Os primeiros frutos da emancipação ficariam com Juscelino Dias dos Anjos, Levindo Moreira das Neves, José Gonçalves Moreira (Juca Moreira do Gambá), José Arantes Moreira e Hermínio Viana, entre outros.

O fato de o governador, na primeira tentativa da emancipação (1948), pertencer à UDN não garantiu o sucesso do que se pretendia. E os resultados só foram favoráveis na segunda tentativa (em 1953), com a união de pessedistas locais (predominantemente fala-feio) e udenistas (predominantemente ou, pelo menos, historicamente, fala-bonito). Os primeiros resultados dessa união de forças frutificou em proveito especialmente dos fala-feio, que elegeram o primeiro prefeito do novo município.

Em 1953, desde o início do ano, uma figura destacada dos fala-bonito – José Inácio de Carvalho, representando os demais correligionários fala-bonito-UDN – tece um acordo com o Prefeito Municipal de Alto Rio Doce, João Moreira dos Reis (natural de São Caetano, mas do PSD), sob a condição de os dois partidos lhe darem apoio para disputar a Assembléia Legislativa de Minas. Num primeiro momento, a união de José Inácio com o PSD poderia parecer uma capitulação em proveito dos fala-feio, ainda mais tratando-se de um fala-bonito de formação, descendência e ocupação. É possível, entretanto, que José Inácio já tivesse antevisto o segundo lance, que guindaria o grupo Carvalho, da condição de sub-grupo fala-bonito para controlador dos fala-feio. De fato, passado o processo, os fala-bonito tinham-se rachado. A família Pedrosa se manteve na UDN-fala-bonito, e os fala-bonito-Carvalho, que, num primeiro momento, pareciam cooptados pelos Fala-feio-PSD, ao ingressarem no PSD, tornaram-se os controladores desse grupo.

O grande sonho da emancipação se completou em 12 de dezembro de 1954, com a Lei número 1.039. São Caetano deixa a condição de distrito e é elevado à categoria de município. Em seu primeiro ano de existência, o município foi governado pelo Sr. Raimundo Tibúrcio Henrique, nomeado intendente.

Em outubro de 1954, foi eleito o primeiro prefeito da cidade: José Inácio de Carvalho, que tinha como vice, José Arantes Moreira (Crioulo). Como vimos acima, José Inácio provinha da UDN e Crioulo, do PSD. Em janeiro de 1955, horas antes da posse, falece José Inácio. Teve-se que promover nova eleição. O cargo de vice permaneceria com José Arantes Moreira, sem ter que se submeter novamente às urnas. Como a coligação responsável pela emancipação já estivesse desfeita, José Dias Pedrosa candidata-se pela UDN. A nova força fala-bonito-PSD ficou profundamente atingida e enfraquecida pela morte de José Inácio. Nesse momento, emerge dos bastidores Padre Argemiro, que tenta remendar a situação, e não deixar ir por terra um projeto de poder que vinha desde os tempos do Coronel Galdino. Para manter a ascendência dos fala-bonito-ex-udenistas sobre o PSD, Padre Argemiro leva o PSD a lançar o Sr. Levindo Moreira das Neves, com seu apoio explícito. Levindo vence o pleito e torna-se o primeiro prefeito eleito, a governar o município. São contados como apoios decisivos para este último resultado os de José

Vidal, José Teotônio Guimarães, Joaquim Teixeira Primo (Guimarães) entre outros.

Na eleição seguinte (1958), a prefeito candidataram-se pelo PSD-fala-feio Manuelito Couto; e pelo UDN-fala-bonito, José Dias Pedrosa, tendo como vice João Moreira dos Reis. Vencem estes últimos. Por meio da eleição de 1962, volta ao poder um descendente dos fala-bonito-PSD, ainda sob a liderança de Padre Argemiro, Luís Carlos Barroso de Carvalho, filho de José Inácio. Este era farmacêutico, como o pai, tinha um temperamento semelhante e gozava de simpatia quase idêntica à do pai junto ao povo. Deve ser somado às qualidades pessoais de Luís (a herança moral de José Inácio e a simpatia junto ao povo) também o prestígio de Doutor Carlindo, de Rio Espera, sogro de Luís Carlos, médico muito conhecido e estimado em São Caetano. Luís Carlos[64] não exerceu o mandato até o fim. Completou-o seu vice, José Teotônio Guimarães. A partir da eleição seguinte, o governo do município não saiu das mãos dos fala-bonito-Pedrosa, sendo o Poder Executivo exercido alternadamente por um Pedrosa (José Dias, o pai, ou o filho Jonathas, após a morte daquele) e por Antônio Jerônimo Dias, até a eleição de 1992, que teve um resultado que fugiu a essa disputa estritamente local. Elegeu-se o médico Valdomiro (Mirinho), apoiado por Antônio Jerônimo. Este tentou reeditar a cooptação de 1953 do PSD-fala-feio por José Inácio de Carvalho, e rompeu sua aliança antiga com a família Pedrosa.[65] Perde a disputa o jovem Benício Pedrosa. Na eleição de 2000 (mandato previsto: 2001-2004), vence Eli Pereira (neto de José Dias Pedrosa).

---

[64] É dado como motivo de sua renúncia uma doença em membro da família.

[65] O candidato que disputou com João Reginaldo é descendente, pelo lado materno, dos Fala-bonito, e pelo lado paterno dos Fala-feio.

O mérito principal da emancipação deve ser creditado, não obstante o esforço conjunto de todas as lideranças fala-bonito, aos fala-feio, aliança viabilizada especialmente a partir da cooperação de João Moreira dos Reis, PSD de Alto Rio Doce, correspondente ao grupo fala-feio de São Caetano. A pragmática do subgrupo Carvalho dos fala-bonito, articulada por Padre Argemiro, possibilitou a aliança com os fala-feio-PSD, marcando, com estes, esse precioso ponto, compartilhado nas disputas entre as duas facções. Se no episódio "Cristo nas escolas" o destaque coube especialmente aos fala-bonito, a disputa em torno dos times de futebol (Xopotoense e Brasil, Cap. 2) terminou empatada, a relevância cabe agora, de modo especial, aos fala-feio.

8. PSD E UDN OU FALA-FEIO E FALA-BONITO

No final do século XIX e início do XX, os seminários eram freqüentados especialmente pelos filhos da elite local. Além disso, em torno do vigário, formava-se sempre uma pequena corte. É o que se observa em relação ao Padre Pedro Pedrosa, que chegou a São Caetano por volta do ano de 1889. Em sua companhia, trouxe o irmão, Antônio Ferreira Pedrosa (Tonico Pedrosa), que se casou com Francisca Augusta Nogueira (Dona Chiquinha),[66] irmã de Neca Dias, conhecido pela fama de rico e emprestador de dinheiro. Em 1916, veio substituí-lo o Padre Alfredo Alves Fernandes, em companhia do qual vieram Alcides Alves Fernandes, Leco (Gilberto Alves Fernandes) e Zico[67] Fernandes. Em 1936, foi a vez do Padre Benjamin assumir a paróquia, mas este já era da cidade, filho do lugar, vindo, neste sentido, apenas completar a condição de fala-bonito de seu pai, o maestro Juventino Araújo.

Na pequena corte centralizada no padre, o dom principal é justamente a oratória, a fala do Evangelho e, por

---

[66] Eram irmãos de Dona Chiquinha: Rosa; Maria Augusta, casada com Zeca Heleno do Morro (Tia Mana); Jove (todas irmãs de Neca Dias). José Dias Pedrosa, filho de Dona Chiquinha e de Antônio Pedrosa, casa-se com Virgínia Alves Fernandes (Nhanhá), irmã de Padre Alfredo. São filhos do casal: Jonathas Pedrosa, José Pedrosa Filho, Antônio, Virgílio e Maria Pedrosa.

[67] Há referências a três pessoas tratadas como Zico, que não devem ser confundiadas: Zico do Crioulo, Zico Milagres e Zico Fernandes, além de um Zizico.

extensão, a fala bonita. E os familiares colhiam, juntamente com ele, os frutos advindos desse prestígio. Além disso, em famílias de padres, era comum haver também ex-seminaristas, pois, desde aquele tempo, nem todos que experimentavam a formação clerical, a concluíam. Nem é descartável a hipótese de que alguns candidatos a padres tenham sido movidos mais pela formação que poderiam receber do seminário, acompanhada da promoção social equivalente, do que pelo desejo real de se tornarem sacerdotes. José Dias Pedrosa, que viria a ser um importante líder na facção dos fala-bonito, sobrinho de Padre Pedro, foi um desses que experimentou a formação clerical. Por volta de 1910, ele estava no Seminário de Mariana. Na década de 1920, outro filho importante da terra, neto do Coronel Galdino, passa também pelo seminário de Mariana: José Inácio de Carvalho, outro futuro líder dos fala-bonito (José Inácio saiu do seminário em 1925). A ele somar-se-ia ainda a circunstância de ser irmão, primeiro, de Padre Argemiro, depois de Padre Joaquim e, por fim, de ser tio dos padres Vicente Carvalho e José de Assis Carvalho. José Mansueto de Carvalho foi outro que passou pelo seminário e se destacou justamente por fazer discursos, especialmente nas festividades religiosas.[68] Todos foram, na origem, representantes da ala Carvalho dos fala-bonito. Por oposição a todos esses, os outros eram chamados de fala-feio, não porque falassem necessariamente pior, mas por mera oposição ao primeiro grupo, dos fala-bonito. Essa divisão nunca é totalmente compartimentada e rígida, como observamos alhures.

Menção especial merece aqui o Professor Leandro da Silva Werneck, um dos que se encontram na origem da facção,

---

[68] José Mansueto é o único Fala-bonito que deixou para a posteridade seus discursos, todos de cunho religioso (*Homenageando o Sacerdócio: alocuções*, 1987. Trata-se de um opúsculo de 39 páginas. Não consta cidade nem editora)

e que, após estudar no Seminário de Mariana e em Ouro Preto, chegou a São Caetano em 1888, nomeado professor pelo Estado de Minas Gerais.

Fala-feio e fala-bonito são formas tipicamente xopotoenses de estabelecer as identidades político-econômico-sociais locais. Equivaliam aproximadamente à divisão de que se tem notícia na sede do município, que era então Alto Rio Doce, onde existia a ala dos "Manteiga" e a dos "Pão-duro". Aos "Manteiga", liderados especialmente pela família Couto, correspondiam, grosso modo, entre nós, os fala-bonito. Nossos fala-feio se reportavam ao Sr. Levindo Barbosa, dos "pão-duro". Eram ainda "pão-duro" o Zeca Marinho e o Major Silvino. Da mesma forma que em São Caetano, o que menos importa nesses nomes que designam as facções, "Manteiga" e "pão-duro", é a conotação depreciativa que possa evocar algum deles.

Como resultado da rivalidade dessas duas facções alto-rio-docences, são apontados até crimes, como aquele em que um tal Beijinho da Conceição, da política dos Manteiga, teria sido assassinado a mando de gente ligada aos Pão-duro, e ainda o episódio em que homens ligados à repressão ao roubo de cavalos (homens ligados aos Manteiga) teriam deixado amarrado, na propriedade de um fazendeiro de tendência política contrária, o corpo de uma vítima de sua repressão, trazendo-lhe alguns problemas com a Justiça. Em fatos menores, fica claro o medo que Fonseca causava ao pessoal ligado aos Pão-duro, pois temiam receber o mesmo tratamento truculento que o militar costumava dispensar às pessoas comuns. Certa feita, conta-se, os filhos de Bernardo Marinho (Pão-duro) estavam, lá pela meia-noite, indo para Alto Rio Doce, quando, já próximos da cidade, ouvem tropéis de cavalos, e desconfiam que eram da trupe do Fonseca. Sem perda de tempo, assustados ante a possibilidade de receberem o mesmo tratamento dado a qualquer vadio, atiram-se nas águas do Rio Xopotó, dentro daquele mesmo rio que, de vez em quando, trazia flutuando em sua superfície os cadáveres das façanhas repressoras.

A divisão das forças políticas de São Caetano, sob as denominações fala-bonito e fala-feio, remontam, no mínimo, ao início do século XX, com a possibilidade de haver nascido no século anterior. Não se trata de uma divisão rigorosa, um divisor de águas que separe rigidamente uns dos outros, mas nomes que enfeixam conjuntos de traços mais ou menos recorrentes no que diz respeito à relação com o clero, à profissão, ao tipo de atividade econômica e ao parentesco. Parece-nos movida mais pelo objetivo de auto-afirmação e identidade pessoal dos fala-bonito. A referência mais antiga que ouvi aos nomes fala-feio/fala-bonito remete a 1932, aproximadamente. Foi quando se inaugurava a primeira usina hidroelétrica de São Caetano. O técnico responsável pelos serviços teria perguntado ao Professor Leandro Werneck o que significava esse "negócio" de fala-feio e fala-bonito. O professor, então, se teria resvalado da questão e remetido o problema aos fala-feio: "Isso são coisas do Juscelino Dias dos Anjos e dos filhos dele".

Em São Caetano, devem ser reconhecidos como figuras exponenciais dos fala-feio, próximos portanto do grupo alto-rio-docense de Levindo Barbosa: Juscelino Dias, José Arantes Campolina (Coco), José Arantes Moreira (Crioulo), José Teotônio Guimarães, Levindo Moreira das Neves e, até recentemente, Geraldino Arantes Campolina (Sô Dino). A divisão, em certos momentos, foi tão marcada, que no tempo do Sr. Laurindo Soares, havia uma banda de música para cada uma das facções, sendo a dos fala-bonito regida pelo maestro Juventino e a dos fala-feio regida por Laurindo.[69] Existem

[69] O Sr. Laurindo, embora ligado por casamento, aos Fala-bonito (Dona Chiquinha Pedrosa era casada com ele em segundas núpcias), não era bem aceito pela família da esposa, segundo alguns depoimentos que colhi.

muitos episódios na história de São Caetano que testemunham a fluidez dessa divisão. Cito apenas alguns. O Professor Antônio Benedito de Carvalho, que seria indiscutivelmente um fala-bonito de sua época, pertenceu à banda de música de Laurindo Soares. Na segunda eleição do município recém-criado, o prefeito eleito era um fala-bonito, enquanto o vice-prefeito era um fala-feio, João Moreira dos Reis.

Os arranjos políticos, algumas vezes, misturavam uns e outros sob uma mesma legenda partidária, como ocorreu no processo que culminou com a emancipação do distrito em 1953, ocasião em que fala-feio e fala-bonito se haviam agrupado em torno do prefeito de Alto Rio Doce, João Moreira dos Reis (PSD).

Os fala-bonito defendiam posições políticas conservadoras mais condizentes com o espírito da UDN. Era natural, assim, que um político formado no seio do clericato, como era o Padre Argemiro de Carvalho, adotasse as posições defendidas pela UDN, e defendesse para a Presidência da República, um candidato desse partido, como ficou demonstrado no episódio "Conflito na igreja". Padre Argemiro, ainda, reunia em si as circunstâncias de ser filho de Honório Teixeira e neto do Coronel Galdino. Seu grupo político estava, então, recolhido sob o manto da UDN. Na mesma agremiação, encontravam-se os Pedrosa fala-bonito, bem como outros cidadãos da família Carvalho e Teixeira de Carvalho. Além desses, muitos amigos das duas famílias, que eram muito prestigiadas na comunidade xopotoense, seguiram a tendência udenista.[70] Deu-se aqui um caso quase perfeito

---

[70] Pessoas do círculo mais próximo do Padre José Geraldo das Mercês relatam que ele próprio (tão indiferente ao poder temporal) nutria simpatia pela UDN, donde se vê que ele próprio não escapava desse grupo mais íntimo do poder

de identificação das correntes locais com as siglas partidárias nacionais. Na UDN, apoiando a candidatura de Eduardo Gomes a presidente da República, ficaram: José Inácio de Carvalho, Padre Argemiro (pároco, então, em Senhora dos Remédios), José Dias Pedrosa, Divino Gonçalves Heleno,[71] Antônio Justiniano Teixeira (Tonico Piranga), José Mansueto de Carvalho e outros. Apoiando a candidatura de Eurico Dutra pelo PSD, estavam José Arantes Moreira (Crioulo), José Arantes Campolina (Coco), o líder Juscelino Dias dos Anjos, além de outros, como Henrique Araújo (Reque), Pascoal Valle (casado com Maria Guilhermina Dias), José Germano da Costa, Levindo Moreira das Neves, José Teotônio Guimarães, José Teixeira de Carvalho (Zequinha Alferes).

Em nível nacional, o PSD representava as oligarquias rurais, enquanto a UDN as oligarquias urbanas. Mas pouco sentido faziam tais distinções numa localidade onde a atividade econômica era, antes de tudo, rural. Mesmo os homens dedicados ao comércio filiados à UDN praticavam concomitantemente atividades rurais. Padre Argemiro, representando o lado clerical do "Conflito na igreja" ao lado da UDN, era proprietário rural na época. José Dias Pedrosa também o era, como era José Arantes Moreira, o Crioulo, do lado do PSD, que apoiava Dutra. Embora fartamente conhecido, recordaremos resumidamente o episódio.

Padre José Geraldo das Mercês fazia uma de suas costumeiras viagens sem dia de volta, e Padre Argermiro era vigário em Senhora dos Remédios. Unindo o útil ao agradável,

---

clerical, como um Fala-bonito. A amizade com a Família Carvalho e com Dona Chiquinha Pedrosa também influenciariam positivamente na construção de sua imagem simpática.

[71] Divino Heleno viria a ser vereador representando o distrito nos anos de 1950 e 1954.

ele substituía Padre José Geraldo e supria sua ausência na igreja de São Caetano. Na hora da homilia, aproveitando-se do púlpito, teceu fartos elogios ao candidato da UDN a presidente da República: "O Eduardo Gomes é um homem muito bom, muito católico e merece os votos dos católicos", teria proclamado o padre. Alguns dizem que ele apenas declarou seu próprio voto. Seja como for, o efeito seria quase o mesmo. José Arantes Campolina (Coco) e José Romão (Zico do Crioulo), que se encontravam próximos da porta principal da igreja, de lá mesmo, interpelaram-no, aos gritos, por causa da distância: "O Eduardo Gomes é tudo isso... E o Dutra não é nada disso?" Seguiu-se uma mistura de espanto e pânico, a começar da parte do próprio padre, que não esperava ser retrucado, ainda mais dentro da igreja daquele pacato distrito, sua terra natal. As pessoas começaram a correr desorientas à procura das portas de saída. Dizem que, na correria, houve até gente que se machucou seriamente. E as mulheres, para abafarem o tumulto, puseram-se a cantar "Bendito louvado seja o Santíssimo Sacramento".

Um rapaz, que assistia à missa e viu tudo, assim se refere hoje aos fatos:

> "Na hora da missa das 10, o padre Argemiro falou abertamente na igreja para o povo votar no Eduardo Gomes, porque o Eduardo Gomes era um homem muito bom, que era um homem muito católico, e falou um monte de coisas do Eduardo Gomes. E o Coco,[72] primo e correligionário de Crioulo Moreira, estava encostado na divisória que separava os espaços dos homens do das mulheres, na igreja. O padre, no púlpito, e o Coco, no meio da igreja. O padre continua a falar bem do Eduardo Gomes, para o pessoal votar no

[72] Os entrevistados apontam, ora Coco, ora Zico como o mais exaltado no confronto com o padre. Alguns, no entanto, não fazem essa distinção e atribuem a palavra a ambos.

Eduardo Gomes – porque o Padre Argemiro era um udenista apaixonado mesmo. O padre Argemiro era. O Coco se levantou no meio da igreja e levantou a mão: 'Por ventura o senhor prova que o Eurico Gaspar Dutra é comunista?' E aí, quando o Coco falou isso, o povo disparou dentro da igreja, e parecia o fim do mundo. O cara gritava e gritava com o padre no meio da igreja. Foi uma correria tremenda. Saía correndo, caía gente, outro pisava por cima. Eu estava ali na porta, no lado voltado para a casa do Crioulo. Tinha ali um altarzinho de São Vicente. E naquela porta, quando eu vi que o povo vinha depressa, vi que não tinha jeito de eu sair, porque vinha gente demais. Todo mundo, procurando a porta para sair para a rua. Eu estava com uns 17 anos por aí. Eu entrei atrás da porta, e o povo vinha depressa e não tinha jeito de sair, porque vinha gente demais. Todo mundo procurando a porta, e o povo veio e começou a me apertar atrás da porta. Quando vi que ficava prensado atrás da porta, porque eu estava bem na frente ainda, eu saí fora da porta e entrei numa porta da sacristia que existia paralela ao altar de São Vicente. Pulei pela janela da sacristia e saí para a rua."

A missa não terminou. O padre desceu do altar e, em seguida, formaram-se dois aglomerados de pessoas, prestando solidariedade, uns ao padre, em frente à casa da mãe dele, Maria Galdina (17), no lugar onde está edificado hoje o prédio da Prefeitura; outros ao Zico (José Romão Moreira), em frente à casa de seu pai, José Arantes Moreira (14), ambas simetricamente colocadas em relação ao templo, ficando uma à direita e a outra à esquerda. Esses fatos se deram em 25 de novembro de 1945. A eleição seria no dia 2 de dezembro seguinte.

Divergências de interesses políticos entre a família Pedrosa e a família Carvalho apontam para o fim da convivência das duas subfacções num mesmo partido político, mas essa questão bipolar dos fala-feio e dos fala-bonito não deixa, em momento algum, de perpassar toda a história local, desde as brigas de meninos na rua, até o enfrentamento das questões mais decisivas da comunidade, passando, ainda, pelo futebol.

No Andaraí[73] (por volta de 1930), jogava indiscriminadamente toda a juventude xopotoense. Além de figuras representativas das lideranças políticas, como José Pedrosa Filho, José Inácio de Carvalho, os filhos de Anselmo Augusto dos Anjos, Juquinha e Juju, José Dias e Miro (ambos filhos de Juscelino Dias dos Anjos), Lourival Pereira (Lô do Artur Pereira), faziam parte do time: João Bernadeta, Kilin (sobrinho de Sá Elvira), Geraldo Seleiro, Calixto, Pedro Pereira do Logra, Geraldo do Duque, Tião da Balduína, Zé Nico, além de Pascoal R. Valle, Antônio do Zeca Moreira, Albertino Heleno, um tal Benedito, tocador de tropa do Juscelino Dias, e Chico Gonçalves. Esse time, cujo campo era no Boqueirão, em terras do Juscelino Dias, perto do Lava-pé, durou mais ou menos até 1938, quando Juscelino Dias vendeu o terreno para um homem da Prata, que meteu arado na quadra. Em protesto, o time ainda fez um jogo no meio dos torrões, mas o novo proprietário deu queixa policial em Alto Rio Doce, e o time teve que procurar outro lugar. Bastariam a presença dos filhos de Juscelino Dias e a circunstância de ser este o proprietário do campo, para mostrar que o Andaraí era um time dos fala-feio. Depois da venda, o time foi para o terreno do fala-bonito José Mariano (Zé Dentista), na Rua do Buraco (atual Cap. Gomes). Para a inauguração do campo, programou-se um jogo festivo, com coroamento da Rainha da Bola. Esta deveria dar o pontapé inicial, o primeiro naquele campo. Surgiram duas candidatas: uma do time controlado pelos fala-feio, e a outra dos donos

---

[73] Este Andaraí é mais antigo do que o time de igual nome existente na cidade de Barbacena.

do terreno para onde se havia transferido o campo, que eram fala-bonito. Os primeiros apresentaram a Lilia do Juca, moça muito bonita, filha de Juca e de Zica, neta do João Cirilo Dias e de Dona. Os donos do campo apresentaram Júlia, então namorada do José Mansueto de Carvalho, havia pouco saído do seminário. A escolha recaiu sobre Júlia, com o que os fala-feio não concordaram, alegando ter havido fraude na votação. José Dias (Zé do Inhô), filho de Juscelino Dias dos Anjos, José Arantes Campolina (Coco) e José Arantes Moreira (Crioulo), líderes dos fala-feio, saíram da agremiação e trataram de levar seu time para outro campo, embora com outro nome, ou melhor, sem nome, porque o nome só viria cerca de 60 dias depois. Da divisão, surgiram dois times: o Brasil, que permaneceu no terreno de José Mariano, e o Xopotoense Futebol Clube, assim batizado por José Arantes Moreira. O campo do Xopotoense foi construído na região onde se localizara antes o Andaraí, mas agora nos terrenos de Luís Heleno, ao lado do Chacrinha. Jogaram nesse time, entre outros: Hildebrando, José Joana, Geraldo Duque, Vicente Barroso, Gabriel, José Bárbara, um tal Luizinho, Elói Apolinário. No Brasil ficaram: Zé Anselmo (filho de Anselmo Augusto dos Anjos, um dos líderes do movimento Cristo nas Escolas), Geraldo Seleiro, Avelino Sapateiro (de Senhora de Oliveira), José Nico Araújo, Corjesu do Colin Dias, João Guilherme, Tão da Regina, Albertino Heleno, Jonathas (Tatá Pedrosa), Antônio do Zeca Moreira, Luís Bernadeta, Chico Gonçalves.[74] A composição dos times é eloqüente e fala por si. O Xopotoense preservou o perfil fala-feio, enquanto a maioria dos filhos de fazendeiros, os parentes de Juventino

---

[74] A maioria das informações sobre o futebol de São Caetano me foram oferecidas por José de Assis (irmão de Caetano de Assis; não confundir com José de Assis Carvalho).

Araújo e os filhos de José Dias Pedrosa ficaram no Brasil. Os dois times duraram pouco. São Caetano ficou sem futebol durante um bom tempo, até surgir o Nacional.

9. Instrução

Apesar de existir essa divisão de forças em torno das duas linhas principais – fala-feio e fala-bonito –, São Caetano viveu momentos de profunda união entre as duas facções, construindo uma forte unidade identitária. Dentre os momentos que marcaram essa união, destacam-se os episódios "Cristo nas escolas", o da Emancipação e o curto tempo de existência do time de futebol chamado Brasil. "Cristo nas escolas" pôs em evidência o poder dos fala-bonito. A emancipação pôs em evidência a capacidade de articulação política de parte dos fala-bonito e a liderança dos fala-feio. Na fundação do time Brasil, houve empate.

A valorização do discurso (conseqüentemente, da escrita, da fala) levou os xopotoenses, no final do século XIX e em todo o século XX,[75] a se interessarem muito pelo estudo e pela aprendizagem. Em tempos mais distantes, essa aprendizagem foi buscada no conhecimento dos professores ambulantes. Eles eram semelhantes aos mascates, que levavam às fazendas os lançamentos em adereços e em tecidos para as moças. Como aqueles, esses viajantes também percorreram a região inteira, oferecendo sua mercadoria, especialmente aos filhos homens dos fazendeiros. Sua mercadoria era o conhecimento, que ofereciam, em temporadas de ensino, nos sobrados mais prestigiados. A fazenda que acolhia o professor ambulante, enquanto durava

[75] Esse é o período abrangido pelas informações de meus entrevistados. Não estou afirmando ou negando nada, sob esse aspecto, em relação a outros períodos.

a temporada de ensino, tornava-se o lugar de convergência dos meninos das outras fazendas em torno. Os professores ambulantes mais antigos de que falaram os entrevistados foram: Joaquim Manuel, Sólon, Juca Novato e José Januário. Joaquim Manuel ministrou aulas na sede da fazenda do Coronel Joaquim Teixeira, na Brejaúba. Dois entrevistados que foram alunos dele observaram o fato de esse professor ser negro. Esse Joaquim Manuel deu aulas, entre outros, para José Teixeira Guimarães (Juca Teixeira), Vicente Teixeira Guimarães, ambos filhos do Coronel Quinca Teixeira. Além deste, lecionou ainda na fazenda do coronel um tal Sólon que, dizem, era um sujeito bastante jovem, bonito e de cor branca. Ele tinha estado antes numa temporada na fazenda de João Moreira, da localidade dos Costas. Depois, ele foi professor de José Moreira (Zeca Moreira), filho de Joaquim Moreira de Abreu. Depois de Sólon, esteve na fazenda um tal de Juca Novato (aproximadamente em 1915).[76] Este, ao contrário de Sólon, dizem que era um senhor mais velho. De José Januário, não consegui informação alguma.

Os filhos dos fazendeiros mais abastados costumavam acompanhar esses mestres ambulantes de uma fazenda a outra, quando as distâncias entre elas permitiam o deslocamento a cavalo. Desta forma, eles reforçavam o aprendizado obtido numa fazenda, freqüentando a temporada da fazenda seguinte, sob a orientação do mesmo mestre. O aluno era dado como "formado", quando soubesse ler a cartilha, entendesse os principais talhes de manuscrito, soubesse escrever e dominasse as quatro operações matemáticas: soma, subtração, multiplicação e divisão.

---

[76] Parece que era comum atribuírem ao português recém-imigrado a alcunha de Novato, como fizeram em relação ao português Antônio Bernardes, pai de Artur Bernardes.

Juntamente com essas matérias teóricas, alguns mestres ensinavam também etiqueta e boas maneiras. Um dos entrevistados relata que um desses mestres ensinava que, quando um visitante fosse almoçar ou jantar na casa de outrem, ao servir-se na mesa ou no fogão, devia pôr no prato o feijão, os legumes, o angu e alguma outra coisa que houvesse. Fazia parte das boas maneiras não se servir do arroz. Este era comida nobre, que marcava a distinção do convidado. Cabia, por isso, ao anfitrião tomar a iniciativa de fazer o agrado, solicitando ao convidado que se servisse também do arroz. Não era de bom-tom, nem o convidado servir-se de arroz sem ser solicitado e nem o anfitrião deixar de oferecer o arroz, como forma de agradar ao convidado. Normalmente, a temporada de instrução desses mestres ambulantes tinha a duração de seis meses. Era comum, no entanto, depois de certo tempo, eles retornarem à mesma fazenda. Seus dois instrumentos principais de trabalho eram a cartilha e a palmatória. O aluno, por sua vez, devia munir-se de uma lousa e de um caderno. A palmatória, geralmente, só era utilizada quando autorizada pelo pai do menino, ou pelo fazendeiro anfitrião. A presença da palmatória era bastante para, como símbolo de autoridade e poder, impor todo o respeito. Na fazenda, durante as temporadas, os mestres tinham quarto próprio, alimentação, salário e o convívio com os da casa, como se da família fossem. Freqüentaram mais de uma temporada do mesmo professor os meninos da época: Juca Teixeira, José Timóteo Sobrinho e seu irmão Geraldo, o Sr. João Carangola, Vicente Teixeira, entre outros.

Enquanto aos meninos era dada a regalia de poderem freqüentar as aulas até por mais de uma temporada, às meninas só era permitido freqüentar os mestres ambulantes enquanto estes estivessem na própria fazenda, residência da menina. Era-lhes proibido deslocarem-se de suas casas para terem aulas em outro lugar. Isso não impediu, entretanto, que, graças à força de vontade de muitas, elas, de certa forma, burlassem essa restrição e aprendessem a ler e a escrever tão bem quanto os meninos-varões. Cito aqui dois exemplos apenas: Geralda Augusta Nogueira, filha de Neca Dias; e Edith da Conceição Heleno, filha de José Ferreira Goulart. Enquanto existiu escravidão, os escravos foram excluídos da alfabetização e do ensino em geral. Passado esse período, houve negros que se destacaram no aprendizado, como Atílio Honorato (filho do velho Honorato da Leoa), que foi um aluno destacado do Professor Werneck, e José Pinto Carneiro, que se tornou padre.

Durante muito tempo, esses cursos dos ambulantes foram ministrados paralelamente aos cursos oficiais oferecidos na sede do distrito pelo Professor Leandro Werneck, para os meninos, e pela Professora Dona Alzira (esposa de Anselmo Augusto dos Anjos), para as meninas. Nas escolas desses dois, passaram muitas gerações de xopotoenses. Além das citadas acima, houve outras escolas, como a de Dona Maroca (Maria Ribeiro de Freitas, mãe de Antônio Jerônimo), que teve entre seus alunos o Bispo Dom José Nicomedes Grossi[77] e o Padre José Justiniano Teixeira; a de Maria Marceneira, na localidade do Souza para as bandas de Abreus, etc. Na escola de Marceneira, estudou o Sr. Antônio Goulart,[78] que viria a ser o primeiro escrivão de Abreus. Além de Dona Alzira, professora pública da escola das meninas, havia sua irmã Alice que, embora não fosse efetiva no cargo, alternou muitas vezes com Dona Alzira na regência da sala de aula, além de uma outra

[77] Inicialmente, a escola de Dona Maroca funcionou atrás da igreja, no sobrado que pertencia a Juscelino Dias, depois sua escola se transferiu para a zona rural.

[78] Antônio Goulart era irmão de José Ferreira Goulart.

Alzira, filha de Tote Heleno (Teófilo Gonçalves Heleno), que lecionou algum tempo na fazenda do pai, na localidade de Heleno. Por causa de um incidente grave, vamos enfocar, com algum detalhe, a escola do Sr. Ló (casado com Nhá, filha de Zeca Heleno e de Zina), irmão de Padre Alfredo. Esta escola era particular, noturna e destinada a adultos. Como a do Professor Werneck e a de Dona Alzira, era esta também uma escola ligada aos fala-bonito, uma vez que o dono e mestre era irmão de padre e, além disso, casado com uma neta de Alberto Grossi, sobrinha, portanto do Mestre Werneck. Esta escola funcionou na Rua de Baixo (mapa, 57 a 59), depois da casa de Júlia do Aniceto[79] indo na direção da Prata. Ló morreu muito novo. O episódio que passo a focar é justamente o assassinato de um aluno dentro da sala de aula.

Foi por causa desse fato desagradável que a escola do Ló ficou mais conhecida. Não posso afirmar se a angústia desse acontecimento teria influído na morte prematura de Ló, mas a relação não é de todo descartável. Quem matou o colega foi Antônio Rouco, um dos irmãos mais velhos de José Vítor dos Santos, que, após o crime, teria fugido para o Rio de Janeiro, de onde só retornaria trinta anos depois, para visitar os parentes. Esta é a versão dada por familiares seus ainda vivos. Outros entrevistados, no entanto, fazem referência a um outro Antônio, que viveu na mesma época em Senhora dos Remédios e que, pelo perfil, parece-nos ser o mesmo que cometeu o crime em São Caetano. A vítima foi um tal José Luquinha. É importante o diminutivo para que ninguém o confunda com outro José Lucas, sobrinho de José Pinto Carneiro.

Usando uma pequena faca artesanal, feita de arco de barril, Antônio Rouco apunhalou José Luquinha na barriga.

---

[79] Júlia era descendente do Ganda velho já referido.

O motivo – até aqui a questão da fala aparece – teria sido o fato de José Luquinha se recusar a cantar em sala, e Antônio Rouco queria que ele cantasse a todo custo. Esse dado nos leva à conclusão de que o crime se deu enquanto se realizavam atividades escolares dentro da sala de aula. A vítima era um rapaz órfão, que morava com João Pereira das Neves,[80] que foi boticário em São Caetano. Foi uma agonia lenta e sofrida dentro da casa de João Pereira. A casa de João Pereira era no lugar onde hoje existe a casa da família de Pedro Moreira das Neves (nº16, do mapa).

Outro episódio desagradável, também ocorrido no ambiente escolar, foi a morte de Rafael Barroso (casado com Zizinha, filha de Crispiniano Urbano Alvim, pai do Padre José Alvim Barroso). A morte de Rafael, então com apenas 25 anos de idade, foi praticada em Abreus por um primo seu.

Com o passar do tempo, os professores ambulantes foram-se tornando cada vez mais escassos,[81] e muitos meninos da zona rural preferiram freqüentar as escolas "da rua", como eram chamadas as instituições da sede do distrito, situadas no perímetro urbano. Muitos dos pais, no entanto, fazendo coro com Neca Dias, que dizia que menina, como não compra

---

[80] João Pereira das Neves: pai de João Moreira dos Reis, da facção dos "pão-duro", que eram o equivalente aos Fala-feio de São Caetano. João Moreira dos Reis e Pedro Moreira das Neves (conhecido também como Pedro Pereira) são irmãos entre si e primos de Crioulo Moreira. O atual prefeito de São Caetano é neto de João Pereira. Pode-se dizer que é uma fusão, em partes iguais, dos Fala-feio e dos Fala-bonito.

[81] No final da década de 1940, ainda se encontrava um ou outro arremedo desses cometas. Só que, em vez de professor, em geral, quem ministrava aulas era alguma menina do próprio córrego ou das vizinhanças. Na localidade de Heleno, por exemplo, desempenharam essa função uma moça chamada Conceição, filha de Chico Cláudio, na casa de Chico Pratinha, e uma outra, chamada Efigênia, filha de Beijo Carlota. Algumas dessas vieram a efetivar-se como professoras municipais, como Odete Trindade no Heleno e Rosária, no Souza.

nem vende nada, não precisa ir à escola, criavam todo tipo de empecilhos à alfabetização das meninas. Apesar disso, muitas delas cntinuaram, no entanto, desenvolvendo, por si mesmas, a habilidade da leitura, principalmente usando como texto a *Bíblia* e um livro religioso muito popular na época, que era referido como *Goffiné*.

O ginásio local foi obra dos fala-bonito-PSD, liderados pelo vigário Padre Argemiro de Carvalho. Com a ajuda de Antônio Benedito, seu irmão, influente professor em Juiz de Fora, as gestões na Inspetoria Seccional de Ensino, ocupada à época pelo Professor Manuel Lamas de Andrade, não foram difíceis, e os trâmites burocráticos foram logo vencidos. A autorização para funcionamento do ginásio foi publicada no *Minas Gerais*, órgão oficial do Estado, em 21 de abril de 1967. Seu primeiro diretor foi o professor Adair Eustáquio Moreira. Este tinha foros de fala-bonito, por ter estudado no Seminário de Mariana e chegado próximo à ordenação, mas era ligado aos fala-feio tradicionais, como filho de Levindo Moreira das Neves (primeiro prefeito de São Caetano: 1955-58). Inicialmente mantido pelas Obras Sociais Maria Galdina de Carvalho, foi posteriormente transformado em escola estadual.

"Cristo nas escolas"

Em todo o mundo, observa-se, no século XIX, um esforço muito grande no sentido de se separarem os assuntos de Estado dos assuntos religiosos. Essa postura vinha dos iluministas e ganhara novo alento a partir dos positivistas. Essas idéias vieram a refletir-se, de modo especial, na educação, sob a forma de laicização do ensino oficial. No início do século XX, em Minas Gerais, essa tendência se manifestava de duas maneiras. Às vezes, apresentava-se sob uma forma branda. O

Estado, neste caso, simplesmente se omitia em matéria de ensino religioso, deixando às escolas que o quisessem a liberdade de ministrá-lo. Outras vezes, numa ação mais extremada, o Estado proibia, sob qualquer modalidade que fosse, que o ensino religioso fosse ministrado nas escolas públicas. O episódio em que se envolveu a comunidade xopotoense se deu no bojo de uma crise surgida na localidade de Estiva, município de Pouso Alegre, no Sul de Minas.

Mário de Lima (LIMA, 1929, p. 57-58) conta que, em 1908-1909, inspetores estaduais percorriam o interior do Estado de Minas, ordenando que se retirassem os símbolos religiosos das escolas públicas. Essa exigência não havia, até então, gerado problema algum, porque normalmente as ordens não eram cumpridas. O problema se agravou em Estiva, porque, dessa vez, a ordem foi dada por instrumento legal dirigido nominalmente ao Professor Custódio Bueno da Costa, por meio de expediente da Secretaria do Interior, de 14 de maio de 1909, publicado no *Minas Gerais*. Tal publicação provocou uma quantidade tão grande de protestos vindos de toda parte, que o presidente do Estado, Doutor Wenceslau Braz, prometeu solucionar a crise, de conformidade com a Constituição. A ordem de retirada dos símbolos religiosos das salas de aula pecava por inconstitucionalidade, principalmente pelo fato de as escolas públicas funcionarem, na maioria das vezes, na própria residência do professor, como era o caso da de São Caetano. Enquanto residência particular, a Secretaria não podia exercer o mesmo poder que pretendia ter sobre o espaço público. Seguir a Constituição seria, neste caso, solucionar o problema e deixar as coisas como estavam.

Tendo tomado conhecimento do que acontecia em Estiva, o povo de São Caetano não se contentou apenas em protestar contra o arbítrio exercido sobre a escola daquela comunidade. O xopotoense foi além, quando acrescentou ao protesto uma provocação: decidir entronizar os crucifixos nas duas escolas públicas da comunidade. Mais ainda: numa atitude de desafio, no dia 8 de setembro de 1909, a decisão foi solenemente cumprida. Esse fato teve como resultado a mais dura reação do governo contra a comunidade do distrito. Suas escolas foram fechadas, e seus dois professores, o mestre Werneck e Dona Alzira, foram transferidos. Os meninos e as meninas de São Caetano ficaram sem seus mestres por um longo período.[82]

Em São Caetano, o fato passou à história como o episódio "Cristo nas escolas". Esse episódio deve ser compreendido dentro de uma polêmica que perpassava, naquele momento, todo o mundo ocidental, nascida das idéias iluministas. Era uma tendência caracterizada pela defesa da ciência e da racionalidade crítica, contra a fé, contra a superstição e contra o dogma religioso. Essa tendência se viu reforçada posteriormente pelo positivismo de Augusto Comte, segundo o qual, em sua história evolutiva, a humanidade devia passar por três etapas: a teológica, a metafísica e a positiva, ou das ciências positivas. Para os defensores desse pensamento, as duas primeiras etapas da evolução já estavam ultrapassadas e, juntamente com elas, evidentemente, a preocupação religiosa. No Brasil, essa postura ganhava a mais clara atualidade, a partir, especialmente, do esforço das lideranças políticas responsáveis pela consolidação do regime republicano, que substituíra o imperial, e do interesse dos herdeiros políticos da transformação de um regime de governo

---

[82] Alguns entrevistados informam que as escolas continuaram a funcionar no período em que estavam oficialmente fechadas, mas não esclarecem se com professores voluntários, ou se com os mesmos professores transferidos. O episódio "Cristo nas escolas" é narrado por Mário de Lima, Antônio Benedito de Carvalho e Geraldo Barroso.

em outro. À inaugurada separação entre a Igreja e o Estado, juntou-se o esforço por tornar o ensino público condizente com as posturas positivistas. Entre nós, essa querela se traduziu especialmente na polarização entre o Estado leigo e a Igreja Católica. Esta defendia o ensino religioso nas escolas e procurava entendê-lo, antes de tudo, como ensino do Catecismo Católico. Por essa razão, junto à defesa do ensino religioso, assiste-se, com freqüência, a uma forte reação da Igreja Católica contra os protestantes, considerados por ela excluídos do processo catequisador do índio. A Igreja evocava para si o mérito de ter, com a catequese, garantido a unidade nacional brasileira, processo ao qual os protestantes estariam alheios.

Na introdução ao livro *O Bom combate,*[83] de Mário de Lima, Dom Joaquim Silvério de Souza, bispo de Diamantina, parte, na estruturação de seus argumentos contra a laicização do ensino, de uma atitude pessoal combativa, de modo duro e implacável, das palavras de Danton.[84] "É tempo de estabelecer o grande princípio, que parece se quer desconhecer: os meninos pertencem à República antes de pertencerem a seus genitores. Nas escolas republicanas é que o menino há de sugar o leite republicano... A República é una e indivisível. E a instrução deve se dirigir para este centro de unidade" (LIMA, 1929, p.12). Depois evoca a Alemanha de Bismark, como inimiga ferrenha da civilização verdadeira (a católica), país que, segundo o religioso, dirige suas leis contra

[83] LIMA, Mário de. *O bom combate;* subsídios para a história de 20 anos de ação social católica em Minas. Belo Horizonte: Imprensa Oficial, 1929.

[84] Georges Jacques Danton (1759-1794) teve participação destacada na Revolução Francesa. Morreu guilhotinado.

os católicos, atribuindo ao Estado o direito absoluto e exclusivo de velar sobre todas as escolas e inspecioná-las (LIMA, 1929, p. 15). Os líderes católicos que participaram dessa polêmica do início do século no Brasil entendiam como ensino religioso somente o ensino da "religião nacional do Brasil, a que formara a nacionalidade, a que concorrera para a própria unidade da pátria" (LIMA, 1929, p. 39). Essa religião era somente a católica. Pouco à frente, na mesma obra, Mário busca, para seu próprio ponto de vista (católico), palavras de Rui Barbosa, quando, em 1903, refutara, segundo o autor, peça por peça, o preconceito positivista. Em seguida, ele atribui esse mesmo preconceito a que se refere o orador ao governo João Pinheiro, responsável, em Minas, pela reforma do ensino de 1906, que proibia o ensino religioso nas escolas públicas.

Em São Caetano, esse foi um dos momentos marcados pela mais intensa convergência entre as forças fala-feio e fala-bonito. Em nome da religião e dos valores culturais do xopotoense, puseram de lado suas divergências e abraçaram a causa comum da comunidade. Foi um processo de união tão sólido, que só alguns anos depois se verá outro igual, por ocasião da emancipação do distrito. Entre os signatários do manifesto contra a retirada dos símbolos religiosos da escola de Estiva, encontram-se: o industrial Alberto Grossi, o maestro e dono de hotel Juventino José de Araújo, o comerciante Honório Teixeira de Carvalho, entre os fala-bonito; e o comerciante Juscelino Dias dos Anjos pelos fala-feio, além de muitos outros de uma e de outra facções.[85] Tanto no

[85] Antônio Benedito de Carvalho, no livro *O velho São Caetano do Xopotó* e Geraldo Barroso de Carvalho, no livro *Cipotânea: uma história alegre*, afirmam que foram 205 os signatários do manifesto. Mas o próprio Professor Antônio Benedito, depois, retifica esse número para 154 assinaturas, o que se aproxima

episódio de 1909 quanto no de 1948-1953, as forças atuantes são as mesmas: fala-feio, fala-bonito e, no centro, a religião católica.

Foi uma atitude independente, ou mesmo dissidente, em relação às tendências político-filosóficas daquele momento, tanto em termos estaduais como nacionais, e até internacionais, mas que demonstrava a firmeza da fé xopotoense. Era uma postura tão ousada a do xopotoense, que o próprio episcopado mineiro, talvez até um pouco acovardado diante da contundência do movimento xopotoense, procurou manter-se à margem dos acontecimentos. A hierarquia católica do Estado preferiu não envolver-se diretamente nas questões que diziam respeito tanto à localidade de Estiva quanto ao distrito de São Caetano. As expressões que usaram em relação a uma possível intervenção junto ao governo João Pinheiro, no sentido de demovê-lo da decisão de retirar os símbolos das escolas públicas, são do tipo: "amistosa intervenção", "solução conciliatória", "respeitosa reclamação" (LIMA, p. 41-42), discurso muito menos direto e corajoso do que o do próprio povo envolvido. Um ato de bravura, sem dúvida, mas que teve um alto preço, pago pelos professores da cidade e pelo povo que os apoiou. Leandro Gomes da Silva Werneck e Alzira Augusta de Oliveira foram transferidos para outras cidades. O povo de São Caetano ficou privado, por bom tempo, de seus mestres.[86] Além disso, o episódio pôs em risco o prestígio pessoal dos professores, tanto o de Dona Alzira

do número apontado por Mário de Lima, que se baseia em documento com 153 firmas reconhecidas pelo tabelião Franklin Zacharias Trindade (LIMA, p. 60).

[86] Sobre o fechamento das duas escolas, tenho depoimentos orais segundo os quais, com ajuda de pessoas da comunidade, as escolas não ficaram fechadas nesse período em que os professores foram mantidos em transferência.

quanto o do Professor Werneck, prestígio que ultrapassava os limites do distrito. Professor Werneck era um homem instruído que mantinha correspondência com pessoas da mais alta posição política e intelectual de seu tempo, como Bernardino de Senna Figueiredo, José Bonifácio, Irineu de Mello Machado, Napoleão Reys, Arthur Bernardes e Rui Barbosa.[87] E o Sr. Anselmo Augusto dos Anjos, esposo da Professora Dona Alzira, era outro líder do movimento, que também gozava de ótimas relações na época, especialmente com o pessoal do Partido Regenerador, ligado à ação católica, como se vê de correspondência por ele mantida com Furtado de Menezes, principal redator do jornal *O Regenerador*, de Ouro Preto.[88]

Os atos de rebeldia da população de São Caetano continuaram ecoando por muito tempo em toda a imprensa mineira, como se pode ver no *Estrela Polar*, de Diamantina; em *O Regenerador*, de Ouro Preto; em *o Farol*, de Juiz de Fora; e em outros jornais. Cumpre lembrar também que o sentido dos fatos não se esgota no puro desentendimento religioso em que católicos queriam a prerrogativa de ensinar o Catecismo nas escolas públicas e o governo queria a escola leiga. Havia outros interesses em jogo. O Doutor Furtado de Menezes, grande aliado dos católicos e, em especial, dos xopotoenses, na questão das imagens, era o fundador do partido Regenerador, "uma grande força política, que dispunha das simpatias de todo o episcopado mineiro"

[87] Estas informações foram extraídas dos trechos de correspondência mantida pelo professor com essas personalidades, publicadas por Jandira Werneck, sob o título: "Professor Leandro Gomes da Silva Werneck: homem/personalidade". In: MOREIRA, José Graciano. "Professor Leandro Gomes da Silva Werneck, o patrono da 13ª Cadeira. Barbacena: Academia Barbacenense de Letras, 1982.

[88] CARVALHO, Antônio Benedito de. *O Velho São Caetano do Xopotó*: subsídios para a história do atual município de Cipotânea. Juiz de Fora: Esdeva, 1980.

(LIMA, 1929, p. 61) e diretor do jornal com o mesmo nome. Com isto, percebe-se que a questão religiosa e a questão política, às vezes, confundiam-se, enquanto lutas de poder, tanto em São Caetano com seu fala-feio e seu fala-bonito, quanto no âmbito da política nacional. Além disso, não é por acaso que os fala-bonito tenham tido como respaldo, na questão "Cristo nas escolas", as mesmas opiniões do grande orador Rui Barbosa (um dos correspondentes do Professor Werneck), referido por Mário de Lima como o grande contestador das idéias positivistas.

Os fatos foram repercutindo, como ecos, em muitas cidades e jornais e acabaram por contribuir fortemente para a realização do Primeiro Congresso Católico Mineiro de Juiz de Fora no ano de 1910. Esse congresso nasceu de proposta do Doutor Furtado de Menezes. Durante as atividades do congresso, ocupou posição privilegiada o tema: "A educação e a instrução católicas". Aí foram relembrados fartamente os episódios de Estiva e de São Caetano, e dentre as conclusões que se tiraram desse congresso, deve-se citar uma, que acabou refluindo novamente sobre São Caetano: a conclusão 5. Esta propunha a "criação de escolas noturnas para adultos, por intermédio de associações católicas, conferências de São Vicente de Paulo e Apostolado da Oração, cumprindo aos católicos auxiliar, com esmolas e donativos, a manutenção dessas escolas, necessárias para o ensino católico do proletariado" (LIMA, p. 85). Possivelmente, a decisão, por parte de Ló (irmão de padre Alfredo, casado com uma sobrinha do Professor Werneck), de criar uma escola para adulto em São Caetano encontre suas raízes nas recomendações do 1º Congresso Católico Mineiro, reunido em Juiz de Fora, entre 1º e 6 de janeiro de 1910.

Espelhando a mesma posição cautelosa do episcopado, o vigário Padre Pedro Ferreira Pedrosa benzia os crucifixos a serem entronizados, presidia a cerimônia de ação de graças do *Te Deum*. No entanto, as cerimônias desafiadoras das autoridades – acompanhamento da procissão, entronização dos crucifixos, discursos de solidariedade religiosa aos líderes do movimento – ficavam a cargo do seminarista José Pinto Carneiro, o futuro Cônego Pinto. Esses paradoxos, em termos de São Caetano do Xopotó, não se esgotam aí. Quanto à origem, o seminarista José Pinto Carneiro se encontrava entre os homens mais humildes do distrito. Quanto à posição social, na época em que estourou a crise chamada "Cristo nas escolas", ele estava às vésperas de ocupar uma das posições mais invejáveis como padre. Em José Pinto Carneiro, estava prestes a se reunirem os dois pólos extremos daquela comunidade: a condição de padre, que em breve ele assumiria e que o colocaria, em importância, ao lado das mais eminentes figuras fala-bonito do lugar; e sua inserção social de origem, que estava abaixo das duas facções dominantes (fala-feio e fala-bonito). Era justamente essa contradição viva que presidia as cerimônias: o negro humilde de São Caetano que, em trajes de cerimônia e detentor da palavra, ocupava o ápice, naquele momento, da hierarquia fala-bonito. "Cristo nas escolas" fez o seminarista José Pinto aprender tão bem certas nuances políticas, que, no caso da emancipação, quase meio século depois, ele preferiu fazer como a hierarquia eclesiástica, e não meter a colher em assunto de "gente grande". Recusou-se a assinar em favor da causa da emancipação.

Semana do Fazendeiro

Ligada ainda ao problema da Instrução, merece destaque a freqüência assídua do xopotoense a Viçosa. A Universidade Rural fora criada pelo conterrâneo Artur Bernardes, que se tornara presidente da República, e escolhera Viçosa para ser sua cidade natal, como vimos nas p. 71 e seguintes. Desde suas primeiras versões, um dos maiores grupos sempre presentes à Semana do Fazendeiro era o dos xopotoenses, como se pode ver nas ilustrações das páginas 161 e 164. Um dos grandes incentivadores dessa presença era Padre José Geraldo das Mercês, vigário de São Caetano de 1939 a 1952. Ele não apenas estimulava com palavras, mas oferecia sua própria presença na "Semana", ao lado de seus paroquianos.

Outra atividade instrutiva que se atribui ao Padre Geraldo é a campanha junto a seus paroquianos, no sentido de se aplicarem à confecção de cestas de palha, habilidade que ele percebera em seus fiéis, logo que tomara posse na paróquia. Essa foi, das sementes por ele plantadas, certamente, uma das que mais frutifica até hoje, constituindo-se ainda a atividade econômica talvez mais importante do atual município de Cipotânea (nome que substituiu o de São Caetano do Xopotó a partir de 17 de dezembro de1938). A lembrança do Padre José Geraldo é tão marcante na memória dos artesãos locais, que muitos deles atribuem a ele não só o incentivo à feitura das cestas, mas até o ensino do próprio processo de confecção. Foi uma visão de rara perspicácia a de Padre José Geraldo. Embora seja a cesta um produto de preço baixo, a renda que garante aos artesãos e à região como um todo não é nada desprezível. Segundo dados da EMATER, citados por Fernanda Vasques,[89] o município de Cipotânea produz anualmente 52 mil peças artesanais em palha de milho, que correspondem a uma renda anual de R$3 milhões. Essa renda só não é maior porque grande parte do produto artesanal sai da região em estado semi-acabado, para se tornar artigo de luxo a partir de outros adereços que lhes acrescentam as grifes e as butiques das cidades grandes. Por outro lado, para a produção dos artigos de palha, não há importação de nenhum insumo, o que torna o preço da venda lucro líquido para a região. A matéria-prima (palha de milho) é mero subproduto do milho, abundante na região.

[89] VASQUES, Fernanda. "Artesanato é destaque em Cipotânea".

SEMANA DO FAZENDEIRO
(Fotografia cedida por Albertino Heleno, autor desconhecido, ano provável, 1939)

Atrás (da esquerda para a direita): *1. Elói Heleno, 2. Quilombo, 3. Conterrâneo de Padre José Geraldo, 4. José Honorato, 5. Pedro Pereira, 6. Dote Barroso, 7. Vicente Antônio, 8. ?, 9. ?, 10. João Moreira (do Zeca Moreira), 11. Joaquim Barroso, 12. Maia (de Brás Pires), 13. Ivo Heleno, 14. Eleutério Moreira, 15. Albertino Heleno, 16. José Teotônio Guimarães, 17. Zé do Bem (José Gonçalves de Oliveira).*

Na frente: *1. Zezeca Moreira (Rio Espera), 2. Zequinha Pereira, 3. Joaquim Teixeira Primo, 4. Antônio Viana, 5. Juca Moreira, 6. Conterrâneo do Padre José Geraldo, 7. Padre José Geraldo das Mercês, 8. Professor da Escola de Agronomia de Viçosa, 9. Um padre de Caratinga, amigo do Padre José Geraldo, 10. Henrique Araújo (Reque), 11. Levindo Moreira das Neves, 12. Antônio Moreira (filho de Zeca Moreira), 13. Divino Gonçalves Heleno, 14. Filho de Maia (B. Pires).*

Para falar sobre a Semana do Fazendeiro, passo a palavra a um cidadão xopotoense que freqüentou a cerca de 30 dessas semanas, segundo depoimento dele mesmo. Trata-se de José Inácio Pereira, mais conhecido como Zé do Quinca do Barro.

> "Acho que a Universidade de Viçosa começou suas atividades em 1929.[90] Eu devo ter freqüentado a umas trinta semanas. No início, era tudo gratuito, tanto os cursos como a estadia e as refeições. Nas primeiras, eu fui de caminhão; depois, a gente ia de outras conduções, como Fusca, Jeep e ônibus. Nas primeiras, o semaneiro podia estudar o que bem entendesse. Podia assistir a aulas de horta, de criação de boi, de porco, de plantação de pomar, de milho, do que quisesse, enfim. Depois, implantou-se o sistema de inscrição, em que o semaneiro tinha que optar por um ramo de atividade rural e ficar só nele. No início a freqüência era grande, 3 mil e tantos, e a Universidade acolhia esse povo todo. Depois passou para mil e poucos, e assim foi caindo, principalmente quando os cursos passaram a exigir inscrição, chegando, nas últimas a que fui, a 300 presenças no máximo.
>
> No ano das Bodas de Ouro da Universidade, o Juscelino Kubitschek era governador do Estado e estava lá. Nós tínhamos até uma foto com ele: eu e o Tatão Barão (Sebastião Gonçalves Barroso). Nós estávamos entrando no refeitório, e o Juscelino pegou a fila lá atrás como um semaneiro qualquer. O reitor acudiu logo, mandando que ele passasse à frente. Ainda insistiu: 'Faça o favor, Governador'. Aí ele entrou pertinho de onde nós estávamos, eu e o Tatão. Foi quando ele se virou para o Tatão perto de

---

[90] As atividades da Escola Superior de Agricultura e Veterinária (ESAV), criada por Artur Bernardes em 1922, enquanto Presidente do Estado de Minas, tiveram início em 1926, com sua inauguração, pelo mesmo Artur Bernardes, já Presidente da República. Em 1928, teve início o Curso Superior de Agricultura. Sua Federalização – como Universidade Federal de Viçosa – ocorreu em 1969.

mim e falou assim: 'Oh! Fazendeiro tem que lutar, tem que freqüentar escola para melhorar a produção'. O Barão, justamente ele que de fazenda nunca entendera nada, nem nunca pôs a mão numa enxada, ficou todo metido. Quase não teve aula naquele ano. Passamos o tempo todo quase só em comemoração da presença do Governador."

Apesar desse incentivo de um fala-bonito tão querido e tão dedicado a São Caetano, como foi o Padre José Geraldo das Mercês,[91] sua marca, que ficou tão bem impressa no artesanato local, não conseguiu os mesmos frutos nas atividades rurais. Apesar da grande fertilidade das terras e da fartura de águas para a irrigação,[92] as condições adversas de uma região serrana tão acidentada, como é a de São Caetano, dificultam a prática da agricultura intensiva. Mesmo assim, são dignos de nota os filhos de José Vidal, como Vicente, cultivador de batata e campeão de produtividade do milho em diversos torneios patrocinados pela Emater. Seu irmão, Raimundo Vidal, que se mudou para a vizinha cidade de Brás Pires, tornou-se conhecido como grande produtor de batata e chegou a ser o prefeito da cidade.

---

[91] Embora não nascido na região – ele era de Caratinga –, Padre José Geraldo deve ser considerado um Fala-bonito ligado à facção Carvalho.

[92] São Caetano é banhada por três rios. Se se chamasse Mesopotâmia, não seria com impropriedade, pois os rios praticamente a circundam: o Espera, o Brejaúba e o Xopotó.

SEGUNDA FOTO DA SEMANA DO FAZENDEIRO
(Fotografia cedida por Albertino Heleno, autor desconhecido, ano provável, 1938)

Frente (da esquerda para a direita): *1. Padre Gomes, 2. Albertino Heleno, 3. José do Neca, 4. Vicente Moreira (filho de Quinca Moreira), 5. Levindo Moreira das Neves, 6. Divino Gonçalves Heleno, 7. Padre José Geraldo das Mercês, 8. Professor da Escola de Agronomia de Viçosa, 9. Eleutério Moreira, 10. Henrique Araújo (Reque), 11. Geraldo Seleiro, 12. Arlindo Pereira, 13. Manuel Barroso (Niquinha).*
Na fila do meio: *1.Chico de Freitas, 2. José Gonçalves de Oliveira (Zé do Bem), 3. Quilombo, 4. José do Beijo Barbosa, 5. José Honorato, 6. José Dias (filho de Juscelino Dias), 7. Vicente do Quinca Moreira, 8. Zé Dodô (Pereira Neves), 9. Conterrâneo do Padre José Geraldo, 10. João Moreira (filho de Zeca Moreira).*
Fila de trás: *1.José Moreira de Abreu (Zeca Moreira), 2. Juca Moreira (sobrinho de Zeca Moreira), 3. ?, 4. ...... Barreto, morador da Brejaúba, 5. Hermínio Viana (Dote), 6. José Arantes Moreira (Crioulo), 7. José Pereira (da Bocaina), 8. Juca Barroso, 9. José Donato Araújo (Nego), 10. Joaquim Barroso, 11. Chico Heleno, 12. Antônio Justiniano Teixeira (Tonico Piranga). O reconhecimento das personagens da foto se devem também a Albertino Heleno, que a conserva até hoje em seus guardados).*

10. Geografia do poder

Atualmente, a estrada principal de São Caetano é a que liga a localidade a Alto Rio Doce, e daí a Barbacena, a partir do setor sul. Sua planta-baixa, vista com o norte voltado para cima, portanto a partir da igreja, sugere um homem correndo na direção oeste, coincidindo com a marcha da ocupação territorial brasileira. As pernas são a Rua do Caminho (antiga entrada principal da cidade, pela Ponte de Ferro, hoje Rua São José), e a Rua do Buraco (Cap. Gomes, hoje a entrada principal da cidade). Seus braços são as duas estradas: a que liga São Caetano à localidade de Heleno e à cidade de Rio Espera, e a que liga à localidade de Prata e às cidades de Senhora de Oliveira e de Brás Pires.

A cabeça deste corpo é o Logradouro, a parte mais pobre de São Caetano, pelo menos quando tinha ainda esse nome. Como é um setor excepcionalmente plano, para um arraial serrano, hoje o local é valorizado e conta com belas casas. É a região, juntamente com toda a Rua de Baixo, em que se concentra o maior número de artesãos da cesta de palha. O poder está no ventre, mais precisamente no baixo-ventre, onde a força de dominação e o desejo, inclusive o do poder, manifesta-se com maior intensidade.

Se no mundo há de fato acaso, este é um deles: o formato desta cidade, sua marcha para o oeste, seu corpo em posição de avançar, suas pernas dando passos largos e seus braços agitados ao vento. Sua face voltada para a esquerda, para onde também se inclina todo o corpo e pulsa o coração.

A cidade está dividida em dois grandes setores, limitados pela ponte dos moinhos (ou Ponte de Baixo), ficando ao norte a Rua de Baixo, que vai até o Logradouro, a via pública por excelência; e ao sul o Largo.

A Rua de Baixo

A rigor, o Largo é apenas aquele retângulo contido entre os muros do Adro, as duas filas laterais de casas (16 a 30, a Oeste, e 19 a 27, a Leste) e a casa da família de Juquinha Arantes (irmão de José Arantes Campolina). O povo denomina Largo, em sentido restrito, a essa parte da cidade. Mas, quando se analisa a divisão da cidade, do ponto de vista econômico-social, acentua-se como Largo, em oposição à Rua de Baixo, tudo o que está ao sul da ponte dos moinhos. Isto ficava muito claro nas décadas de 1940 e 50, quando os garotos criavam seus times de futebol ou realizavam brigas em grupo. Quem estivesse ao sul da Ponte de Baixo (dos moinhos) pertencia de direito à turma do Largo. A estes se juntavam ainda muitos moradores da Rua do Caminho e da Rua do Buraco. Tudo o que estivesse ao norte da Ponte constituiria a Rua de Baixo, que incluía o Logra (ou Logradouro). As crianças, sendo mais espontâneas, não escondiam esta divisão.

Um dos entrevistados, originário do Logradouro (ou Logra), onde viveu sua infância e juventude, ao falar do futebol xopotoense das décadas de 1930 e 40, identifica, com sua visão de hoje, o time Xopotoense como formado predominantemente por moradores da Rua de Baixo, em oposição ao time Brasil, a equipe formada pelos jogadores mais identificados com o Largo. Aqueles que apoiaram José Mansueto de Carvalho na escolha da Rainha da Bola pertenciam ao Largo. Antes da subdivisão dos times, os jogadores do Largo e os da Rua de Baixo tinham compartilhado a mesma equipe. O equilíbrio se explica. Nesse pequeno espaço de tempo (enquanto existiu o Andaraí), o campo se encontrava em terras de um fala-feio (Juscelino Dias dos Anjos). E as terras de Juscelino se encontravam nas proximidades do domínio das classes mais pobres (na Rua de Baixo). A organização do time, por outro lado, estava nas mãos dos fala-bonito (moradores do Largo). Quando, em seguida, criou-se o time Brasil, este teve seu campo em terras de José Mariano, fala-bonito, na Rua do Buraco. Num primeiro momento, conviveram nessas duas agremiações os dois grupos. No entanto, como tanto a organização do time quanto o campo pertenciam ambos aos fala-bonito, houve grande desequilíbrio de poder e a coexistência acabou sendo efêmera. O pessoal mais ligado à Rua de Baixo construiu, então, um outro campo, nas proximidades desse setor do distrito, no lugar chamado Chacrinha. A divisão entre Rua de Baixo e Largo, ou entre fala-feio e fala-bonito, nunca se manifestou com tanta nitidez.

O Adro

A fonte do poder fala-bonito é o clericato, como já vimos. O fulcro dessa divisão, projetada na geografia, é o templo, a igreja, assinalado na planta baixa com o número 1. Em volta do templo, agregam-se os representantes mais destacados das duas facções. À direita da igreja, em posição privilegiada, está a casa da família Pedrosa (11), fala-bonito, e um pouco abaixo, a casa da família Honório Teixeira de Carvalho (17). Esta casa foi ocupada mais tarde pela farmácia de José Inácio de Carvalho, filho de Honório. Em seguida, residiu ali, em companhia de sua mãe Maria Galdina, o Padre Argemiro de Carvalho, evidentemente um fala-bonito.

Simetricamente, ao lado esquerdo[93] da igreja, encontra-se a casa da família de José Arantes Moreira (14), pai de José Romão e primo de José Arantes Campolina, o Coco; e a de João Pereira, pai de João Moreira dos Reis (16). No episódio "Confronto na igreja", essa simetria ficou patente, quando os grupos de apoio (alguns entrevistados os classificaram como comícios) se formaram, depois do bate-boca dentro do templo. Ficou um grupo reunido em frente da casa de José Arantes Moreira (14), apoiando José Romão, e outro em frente da casa de Maria Galdina, apoiando Padre Argemiro (17).

Atrás da igreja, encontra-se outra figura de destaque entre os fala-feio: Juscelino Dias dos Anjos, ocupando um belo casarão (3), com sua morada em cima, e a loja de tecidos embaixo, e um pouco à esquerda (9), outro fala-feio: Hermínio Viana, o Dote.

O templo é um referencial de poder tão importante que Miguel Heleno, considerado um dos representantes ricos da família Heleno, quis ascender na escala geográfica da cidade, saindo de sua casa ao norte do Largo (36). Ele deixou para trás seu cunhado Marciano Gonçalves (34), seu primo Luís Heleno (32) e o aglomerado de herdeiros de Joaquim Heleno da "Casa Nova" (30), para construir, por volta de 1907, sua casa no Largo, bem perto da igreja (18), logo abaixo da casa de José Arantes Moreira e de frente para a casa da família Honório Teixeira, bem próxima das escadas do Adro. No presumível Projeto Coronel Galdino, foi um ato profundamente simbólico o que fez Honório Teixeira. Ele transferiu a sede do projeto, da última casa do lado esquerdo

[93] Para convencionar esses lados, imaginei um homem de costas para a igreja, olhando na direção da Rua de Baixo.

da Rua de Baixo em sentido estrito (28 do mapa), onde morara o Coronel Galdino, para o lado direito do mesmo Largo, rente à igreja (17), onde passou a residir. Com isso, Honório corrigiu a desvantagem em que ficava a residência de Galdino em relação à do outro coronel, o Joaquim Teixeira (12), ao lado esquerdo do templo. É provável que esse paralelo entre a geografia e o poder, tendo como centro de referência a igreja, nem seja intencional. Entretanto, o estabelecimento do Padre José Pinto Carneiro, também ao lado da igreja (13), logo que ele ascendeu ao clericato, ajuda a confirmar nossas conclusões. Ele, como um neoparticipante do convívio fala-bonito, procurou estabelecer-se justamente no miolo do poder, ao lado direito da igreja, entre a casa da família Pedrosa e a de Honório Teixeira, dois fala-bonito de destaque. Essa nova casa de Padre Pinto pertencera antes ao Padre Alfredo, igualmente um fala-bonito. São Caetano hoje é a terra de um número muito grande de padres ainda vivos e de alguns bispos. Ser a cidade dos padres pode ter parte de sua explicação nesse poder clerical que ficou tão profundamente arraigado na cidade, que produz até hoje abundantes frutos na opção profissional de seus cidadãos pela vida religiosa.

O Largo

A parte norte do Largo estava ocupada especialmente pela família Grossi. Era, claramente, o espaço dos detentores do poder industrial. À esquerda encontrava-se o casarão construído por Francisco Grossi (filho de Alberto.1), o mesmo Francisco que construíra o Chalé (66), onde esperava fosse estabelecida a estação do ramal ferroviário. Este casarão do Largo veio, depois, a pertencer a Antônio Teixeira de Carvalho e a seu irmão Zeca, que ali comerciariam por muito tempo. Em seguida, localizava-se uma outra casa, de história bastante rica, que pertencera a João Grossi. Essa casa (mapa nº 24), tempos depois, seria adquirida por José Inácio, que a usaria para residência e comércio. Na parte da frente, ficou a farmácia, e na parte dos fundos, a residência. Foi aí que ele morreu, horas antes de assumir o cargo de primeiro prefeito eleito do recém-criado município. A casa seguinte (nº 26) foi residência de Alberto Grossi, o pioneiro: uma casa de dois andares, que veio a pertencer a Bela de João Viana (Belmira Teixeira Guimarães), ao lado da qual estava a casa de Coronel Galdino. Esta casa, bastante tempo depois, veio a pertencer a uma filha do coronel, chamada Madalena, que era também neta de Romualdo Grossi (28). Em frente, no outro lado do Largo, estariam depois as casas de Marieta Grossi (27), filha de Olívia e neta de Alberto, e a de Nega Grossi, esposa de Gilberto Alves Fernandes (Leco, irmão de Padre Alfredo, nº 25 do mapa). Seguindo a direção norte, logo abaixo do Largo propriamente dito, havia duas casas, ambas pertencentes ao Professor Leandro Werneck, casado com Maria Augusta Grossi (nºs 33 e 35). Numa dessas casas moraram Zeca e Zina, como vimos no capítulo primeiro. Depois, vinha a casa de Romualdo (39), sócio e irmão de Alberto, uma verdadeira chácara dentro do arraial, tal a abundância de frutas que ele cultivava ali. Esta casa passou depois à propriedade de sua filha, Raquel Grossi, casada com Herculano Heleno. Nas proximidades, morou ainda Gustavo Grossi, filho de Alberto. E, por fim, já na beira do Rio Espera, antes de atravessar a ponte dos moinhos, localizava-se a indústria dos irmãos Alberto e Romualdo. Simetricamente às casas dos Grossi, do lado esquerdo, a partir da do Coronel Galdino, muitas casas da família Heleno, como numa formação de batalha para assistir ao confronto de Ambrosina Grossi e Perciliana Rodrigues-Heleno.

Zona Rural

Dentre os córregos que formam a zona rural de São Caetano, o mais prestigiado é, sem dúvida, o Córrego da Brejaúba. Se imaginarmos as faixas de poder como círculos concêntricos, veremos que o círculo central foi sempre desempenhado por uma subfacção fala-bonito, enquanto a outra subfacção fala-bonito ambicionava a primazia. Foi assim, quando a tríade formada por Grossi-Werneck-Padre Pedro detinha o mesmo poder ambicionado por Coronel Galdino. Quando se desdobram os fala-bonito em dois subgrupos, a força fala-feio passa a constituir a terceira faixa. Ambas as subfacções fala-bonito (houve uma época em que uma era representada pelos Pedrosa e a outra pelos Carvalho) ambicionavam cooptar essa terceira faixa (a dos fala-feio), uma vez que, com ela, conseguiriam desequilibrar o poder em seu favor. Padre Argemiro e José Inácio de Carvalho enxergaram claramente isto e, no momento em que conseguiram sua cooptação, obtiveram o controle do poder. Como conseqüência, elegeram como prefeito José Inácio e, em seguida, Levindo Moreira das Neves. Algo semelhante volta a acontecer com Antônio Jerônimo Dias, com algumas conotações diferentes. Em vez de radicalizar-se com o subgrupo Pedrosa, como fizeram Padre Argemiro e José Inácio, Jerônimo pactuou com ele num rodízio.

Esta terceira faixa, que nos capítulos anteriores nós identificamos como parte dos fala-feio, tem sua liderança especialmente no meio rural, principalmente nas regiões que margeiam os rios Brejaúba e Xopotó. A participação no poder municipal da parte de José Teotônio Guimarães, de Levindo Moreira das Neves, de José Vidal, de Joaquim Teixeira Primo, de membros da família Pereira, como José Faustiono Pereira (José Jusa), Geraldo Estêvam Pereira (Geraldo Jusa), Hamílcar

Teixeira de Carvalho e Divino Pereira confirmam isto. Como os Carvalho, subgrupo fala-bonito, conquistaram o poder para si, por meio da cooptação desses líderes, Antônio Jerônimo fez algo semelhante mais recentemente.

Pode-se explicar essa proeminência da Brejaúba, principalmente por dois fatores, o mais importante dos quais é, sem dúvida, a fertilidade das terras, que favorece economicamente seus proprietários. Isso mostra como o poder econômico e político andam normalmente juntos, também em São Caetano. O segundo fator é a proximidade dos córregos que margeiam os dois rios, em relação a Alto Rio Doce. Essa circunstância acaba privilegiando a qualidade da estrada que liga São Caetano e Alto Rio Doce. Isso facilita a comunicação das populações desse entremeio, tanto com a sede do distrito quanto com a sede do município e, posteriormente, entre as duas cidades. Há ainda um outro fator, que não passa de conseqüência dos anteriores. É a ligação por laços de família entre os moradores das localidades que margeiam o Rio Brejaúba e o Rio Xopotó e muitos dos habitantes, tanto de São Caetano quanto de Alto Rio Doce.

Posição inversa é a que ocupa, por exemplo, a localidade de Heleno, que, tendo sido uma região muito próspera no passado, caiu recentemente na escala de poder, em razão de ter sido desmembrada do município de São Caetano, vivendo hoje uma situação ambígua: administrativamente ligada a Rio Espera e socialmente a São Caetano. O outro fator negativo é a erosão provocada pelo Córrego do Heleno, afluente do Rio Espera, que degradou as terras mais férteis da localidade.

11. Esboço de uma conclusão

Este trabalho pretendeu entender São Caetano (hoje Cipotânea), a partir da localização do templo católico no centro do lugar e da fala de seus habitantes. Limitamos nosso enfoque ao século XX, uma vez que o que a tradição oral revela além desse limite costuma vir envolto em muitas indefinições. Usamos como parâmetros principais, portanto, duas linhas: uma lingüística e a outra geográfica. Esta segunda linha, a geográfica, apóia-se na verificação de que o poder local se distribuía em torno do templo, e tinha neste a fonte de sua legitimidade. A segunda linha, a lingüística, parte da interpretação dos nomes com que se designavam, no início do século XX, os xopotoenses, em relação a seu maior ou menor envolvimento com o poder clerical sediado na igreja (fala-feio e fala-bonito). Ambas as linhas se complementam, uma vez que uma e outra têm o mesmo ponto de origem: o clericato. Uma se manifesta na língua, a outra na geografia do distrito.

Com base especialmente na linha de raciocínio apoiada na dupla de alcunhas, procuramos explicar os episódios locais, a partir das relações de aproximação e distanciamento dos grupos pertencentes a uma e a outra. Nenhum dos dois rótulos (fala-feio e fala-bonito) têm contornos rígidos. E neste trabalho, em momento algum, pretendem assumir qualquer conotação elogiosa ou depreciativa. Eles são tomados aqui como fórmulas usadas por quaisquer dos lados para definir o outro. O fala-bonito, como observamos, encontra sua raiz no púlpito, o maior poder de então. O púlpito tinha a mesma força da televisão de hoje. Era o único lugar de onde se podia falar a um grande número de pessoas ao mesmo tempo, e com uma certa constância. Afinal, ir à missa, pelo menos, aos domingos, é um dos mandamentos da Igreja. Na realidade, o fala-feio é o outro, visto pelo ângulo de quem, do ponto de vista da proximidade com o clericato, julga-se acima. Não tendo limites rígidos, tanto o grupo fala-feio pode ser perpassado pelas forças fala-bonito, quanto os fala-bonito pelas forças fala-feio.

Em Roma, a retórica era um dos principais diferenciadores do cidadão importante, em relação aos demais. Era geralmente definido como orador o "homem bom, habilidoso no bem discursar". Havia duas palavras latinas muito usadas para significar "falar": *loqui* e *dicere*. O verbo *loqui* expressava a habilidade de falar, no dia-a-dia, a língua latina. Já o *dicere* significava falar o latim de uma maneira especial e distinta, como fazia o orador. Como se vê, o modo de falar foi sempre uma medida para classificar os cidadãos; e o falar bem, desde Roma, era associado ao bom cidadão.

Ser bom, no entanto, tanto em Roma quanto em São Caetano é, quase sempre, um ponto de vista, em geral, ligado a quem estabelece o que é bom e o que não é bom. Sem cair num relativismo absoluto, muitas vezes, o que é bom para um grupo social pode não sê-lo para outro. Essas últimas considerações servem para reafirmar que a questão da fala, como a tratamos neste trabalho, não tem uma conotação avaliativa.

São Caetano é uma cidade *sui generis*. Muito do que ocorreu e ainda ocorre ali encontra suas origens na influência recebida diretamente de Ouro Preto, a vizinha capital do Estado até o ano da transferência para Belo Horizonte. Após 1899, o lugar entrou numa espécie de Idade Média econômica, pelo menos até a construção da estrada de rodagem (de terra ainda), na segunda metade da década de 1950. Esse fato atenuou bastante o isolamento de São Caetano, mas, por outro lado, substituiu a cidade-pólo, a que o distrito esteve ligada até então, que era a dupla Ouro Preto-Mariana, pela cidade de Barbacena, a que a cidade de Cipotânea mais se reporta. Hoje, a região está ligada, quase em condições de igualdade, a Barbacena, a Conselheiro Lafaiete e a Ubá.

Seu movimento de imigração e emigração é interessante. Sua população mais antiga originou-se, em sua maioria, dos excedentes populacionais das regiões auríferas que se iam tornando exauridas. Ilustra isso a origem de algumas famílias, como a dos Teixeira de Carvalho, a família Goulart, a Oliveira, a Pedrosa, etc. O movimento emigratório, por sua vez, encaminhava-se para as novas regiões do estado de Minas Gerais, que começavam a ser desbravadas, especialmente as do Vale do Rio Doce. As cidades-destino dos emigrantes eram, entre outras: Ponte Nova, Caratinga, Governador Valadares, Manhuaçu, Manhumirim, Aimorés. As famílias xopotoenses não são muitas e se encontram entrelaçadas e ligadas às famílias das cidades vizinhas.

Numa perspectiva mais universal, as entrevistas que coletamos em São Caetano e as conclusões que delas formulamos mostram que qualquer comunidade humana tem sua história. Não importa se se trata de uma pequena ou de uma grande cidade, ou de um distrito. O que vale é o encontro de sentido para as ações dos homens dessas comunidades. Não pretendo ter a palavra final sobre nenhuma das personalidades que citei, nem sobre os fatos que as envolveram e nem sobre os sentidos que lhes atribuí. Avalio tudo isso que escrevi como um esforço, muito mais do que como uma realização grande ou média. Enfrentei muitas limitações para realizar este trabalho. Não contei com nenhum financiamento, a não ser com os oriundos de meus próprios recursos. O universo de pessoas ouvidas é bastante pequeno, o que, sem dúvida, pode limitar sua abrangência. O que mais me satisfaz, no entanto, é que realizei um pequeno ensaio histórico. E nenhuma história é menos importante do que a outra. Pelo contrário, sem as histórias locais, a história geral, quer seja a de um país, a de um continente, ou a do próprio mundo, não acontece. São em lugares como São Caetano que os fatos ocorrem. Quem nasceu numa comunidade desse porte leva uma grande vantagem sobre as outras pessoas: poder, com certa facilidade, abranger-lhe o sentido de conjunto. Não há dúvida de que os jogos de força que comandam a história de um lugar como São Caetano são basicamente os mesmos que comandam a história do mundo, embora possam receber, em cada lugar, diferentes denominações. O homem é um ser cuja universalidade ultrapassa qualquer peculiaridade regional ou individual.

Toda história, por mais "realista" ou "verdadeira" que pretenda ser, não consegue despojar-se de sua carga ficcional. É conhecido o provérbio que diz que "quem conta um conto aumenta um ponto". E esse ponto aumentado por quem conta é o que nasce de seu próprio olhar, de sua própria maneira de narrar. A história é uma narração. É a tradução, sob a forma de narração, de coisas que aconteceram. Os acontecimentos humanos não são legendados, por isso, para terem sentido, necessitam sempre de que alguém se remeta de novo a eles e os transforme em narração. É inevitável que aí entre o ponto de vista do narrador, que é constituído pelos elementos de que dispõe, das informações que recebeu, de seu estilo de narrar e de sua simpatia por alguns aspetos, em detrimento de outros. Uma suposta verdade que transcenda aos homens, em matéria de história, é uma grande balela; assim como é uma balela a suposta imparcialidade do homem diante dos fatos que narra. A história é sempre uma construção humana, como o é a biologia, a química, a física ou a matemática, por mais exatas que se pretendam estas. Esse mundo globalizado em que vivemos não é feito de fumaça, ou de conceitos abstratos. Seu sentido nasce das ações e das reflexões dos homens que o constroem. Quando José Heleno da Divisa aconselhava seus primos, filhos de Joaquim Heleno, a, em vez de trabalhar, saírem pelas estradas para fazer negócios ou para "ver as moças", porque seria mais lucrativo, seu conselho era o item primeiro de uma cartilha que muitas vezes é ainda seguida hoje. É o mesmo que dizer "quem trabalha não tem tempo de ganhar dinheiro", ou repetir a letra de uma música que era cantada inclusive em São Caetano: "O meu patrão ficou rico; eu, pobre sem um tostão. Trabalhar, eu não, eu não". Ganha dinheiro, especialmente, quem não produz, como os grandes grupos financeiros. No conselho do José Heleno, estava contido o princípio fundamental do capitalismo. O alcance dessa frase não é menor do que aquela de Machado de Assis: "Ao vencedor as batatas" (do romance *Quincas Borba*), no qual se encontra a lei principal do liberalismo econômico, cujo princípio único é: ao vencedor tudo; aos vencidos, nem a compaixão ou, nas palavras do próprio Quincas Borba, a personagem criadora do princípio filosófico que ele chamava *Humanitas*: "Ao vencido, ódio ou compaixão; ao vencedor as batatas".

A lição dos negros é fundamental, com sua divisão entre agregados e comunitários, pois mostra, na prática, que não há salvação para quem simplesmente se submete. O Brasil, um país do tamanho que é, que optou pela agregação ou foi obrigado a agregar-se aos países ricos, cristalizou-se como "país do futuro". Em vez de viver comunitariamente para seus interesses nacionais internos, apenas se aplica em cumprir suas funções de agregado, segundo as ordens dos patrões que lhe foram impostos, ou que ele escolheu para si lá fora. O agregado pode estar destinado ao fim, a ficar, até mesmo, sem as batatas. São as pequenas comunidades negras que, no âmbito reduzido de São Caetano, trazem a lição: a preservação se faz em grupo e não se dá sem a expressão cultural da arte, da linguagem, da organização do trabalho, do artesanato. Daqui se pode, sem dúvida, extrapolar para o âmbito mundial, na relação entre os povos. São Caetano só tem um perfil próprio naquilo que reconhece e cultiva como marcas próprias. É isso que faz de seu povo um grupo marcado. A soma de outros São Caetanos é que pode formar um Estado com identidade própria, um povo respeitado entre outros povos. A grande história está dentro das pequenas histórias, como nesta de São Caetano. E o rumo da grande história, se algum dia for mudado, só o será a partir da pequena história, pois é nela que atuam os cidadãos, e não nos escritórios daqueles que se proclamam autores e atores da grande história. A construção da comunidade se faz a partir de seu próprio discurso – da linguagem, do trabalho, da arte, do artesanato – e não com os discursos transplantados. Nenhum crescimento é duradouro, quando regido pelo discurso do outro. Isso explica como trajetórias brilhantes como a de Padre Pinto ou, até certo ponto, a do projeto Coronel Galdino e a iniciada por Alberto Grossi, esfacelaram-se no tempo. Eles não tinham o respaldo de um discurso comunitário próprio. Quanto mais distante do discurso transplantado se encontra qualquer trajetória, mais qualificada está para o sucesso. No episódio "Cristo nas escolas", que projetou nacionalmente São Caetano, sobressaíram os fala-bonito, mostrando o caráter peculiar do distrito de então, ousado ao nível da desobediência civil, para se contrapor à truculência da política oficial do Estado. Na emancipação, destacou-se especialmente o fala-feio, marcado pela capacidade de rebelar-se, como aconteceu no episódio "Confronto na igreja". A independência econômica de São Caetano aponta para o original da cesta de palha e para seus cultivadores do primeiro momento: os artesãos independentes, entre os quais os "duques" e os "barões".

Escrever uma história é dar importância a fatos que parecem naturais e sem nenhum sentido. É acolher notícias e eventos, muitos dos quais sem valor, na aparência, e fazer-lhes parir o seu sentido. Muitos deles, do passado ou do presente, estão todos os dias à espera de que se lhes vasculhem as entranhas. Em geral, são muito mais ricos do que supõe sua aparente banalidade. Em São Caetano, os desentendimentos no campo de futebol, a briga de Perciliana e Ambrosina, os rótulos, à primeira vista, infantis de fala-feio e fala-bonito, ou a antinobreza dos "duques e barões", o susto da menina que vê a polícia no encalço de Zé Chiquinha, a repressão de Fonseca ao lazer, entre outros, dizem muito mais do que sugere sua aparente simplicidade.

O valor comunitário da história se explica. Assim como o autor de uma história não é livre de sua inserção na comunidade historiada, também os atores dessa história não são pessoas que, simplesmente, se tornaram importantes, em razão de suas qualidades individuais, sem nada dever à comunidade. A comunidade é o conjunto dos cidadãos que a compõem e que criam, dentro de si, suas próprias necessidades. A tendência religiosa, que é a necessidade que o homem sente de crer num valor sobrenatural, é universal, mas a escolha da religião é histórica. O xopotoense jamais seria budista ou muçulmano, nas condições históricas em que ele existe. O povo de São Caetano foi sempre católico, e desde tempos muito antigos, teve sempre sacerdotes à sua disposição. Não é necessário nenhum esforço intelectual para compreender que um sacerdote nascido na comunidade foi sempre uma idéia bem-vinda. Se esse sacerdote fosse um negro, a idéia agregaria a si um lado, talvez, curioso. O aspecto bem-vindo da idéia fica claro da parte de alguns entrevistados que reivindicam para seus antepassados o mérito de ter ajudado economicamente o seminarista José Pinto Carneiro a tornar-se padre. E o lado curioso fica claro na maneira jocosa usada por Geraldo Barroso na descrição de Padre Pinto.[94] Este autor, com sua contribuição inestimável para a preservação da memória de Cipotânea, quando fala de Padre Pinto, expressa a mesma imagem que, até hoje, muitos têm a respeito do referido padre. Ficaram, na memória de muitos, apenas o aspecto físico desproporcional do padre e seu lado cômico, milagreiro e exorcista.

O enfeixamento das circunstâncias ligadas à religiosidade da população do distrito de São Caetano, à existência de um bispo negro em Mariana e a outras circunstâncias que não dependeram da vontade individual de quem quer que seja, é que criou o espaço grávido para o surgimento de um padre negro para preenchê-lo. Quem percebeu esse espaço, ainda que de forma intuitiva, foi José Pinto Carneiro. Isso não tira o mérito do Padre Pinto, mas o reduz enquanto feito puramente individual. O mesmo raciocínio é válido, quando se estudam outros líderes da comunidade, como o Coronel Galdino, Alberto Grossi, Coronel Quinca Teixeira, etc. Há todo um contexto histórico sob medida para ser ocupado por um coronel, por um padre ou por um industrial. Essas figuras surgem justamente como resposta às necessidades da própria comunidade. De quem é a responsabilidade pela existência de um Coronel Galdino, de um Alberto Grossi industrial, de um José Pinto padre? A responsabilidade não é só de quem ocupou a função social de coronel, de industrial, de padre, mas também da comunidade que criou a função e a desejou. Não estamos falando aqui de mérito. Raciocínio semelhante vale para o caso dos antilíderes, ou líderes negativos. A responsabilidade é dupla também aqui. De um lado, a comunidade apresenta seus desequilíbrios; do outro surgem

---

[94] CARVALHO, 1997, p. 51 e ss.

indivíduos dispostos a se bater contra eles à margem da lei que os tolera. Como antes não falávamos de mérito, aqui também não estamos discutindo culpa. Tanto o mérito quanto a culpa individuais existem, mas isso não impede que muitos estudiosos modernos ponham em destaque, no ator da história, mais o papel histórico desempenhado, do que o sujeito histórico que o desempenha. Isso é uma questão que exigiria uma discussão demorada...

Para mim, a maior contribuição que tento dar com este trabalho é mostrar que a história de uma pequena comunidade pode ser lida num movimento intelectual de dentro para fora, em vez de de fora para dentro. Explico com um exemplo. No caso dos partidos políticos, o que havia em São Caetano era a divisão entre clericato e não-clericato. As siglas partidárias eram buscadas em função dessa divisão. Não era a divisão que era conseqüência da existência dos partidos em âmbito nacional. Cada grupo procurava, dentro dessa divisão, o que melhor respondia às suas pretensões. Não são as siglas que ecoavam dentro do distrito na forma de divisões internas. Trata-se de uma história ativa e não de uma história passiva da parte do distrito. Não era uma força de fora que levava o distrito a agir dessa ou daquela maneira, mas era o distrito que buscava, de acordo com suas necessidades, subsídios fora dele, no Estado ou no País, ou mesmo no mundo, para dirigir suas próprias ações.

Espero, por fim, ter dado minha colaboração para um melhor entendimento de São Caetano do Xopotó e de seus entornos, como espero ainda ter contribuído para a melhor compreensão do Estado, deste Brasil cheio de tantos outros "São Caetanos" desconhecidos. Conhecendo nosso País, talvez estejamos mais aptos para conhecer o mundo e os homens que nele habitam, entre os quais, cada um de nós mesmos.

Referências Bibliográficas

BLANSENHEIM, Peter L. As Ferrovias de Minas Gerais no século dezenove. *Locus*: Revista de História. Juiz de Fora: EDUFJF, 1996, p. 87.

CASALECCHI, José Ênio. *A proclamação da República.* São Paulo: Brasiliense, 1981.

CARVALHO, Antônio Benedito de. *O Velho São Caetano do Xopotó:* subsídios para a história do atual município de Cipotânea. Juiz de Fora: Esdeva, 1980.

——. *Memória do Povo de São Caetano do Xopotó.* Juiz de Fora: Esdeva, 1982.

CARVALHO, Geraldo Barroso de. *Cipotânea:* uma história alegre. Oliveira: Gráfica e Editora Santa Cruz Ltda, 1997.

INSTITUTO BRASILEIRO DE GEOGRAFIA E ESTATÍSTICA, Rio de Janeiro. *Enciclopédia dos Municípios Brasileiros.* FERREIRA, Jurandyr Pires (Org.). Rio de Janeiro, 1958. v. XXIV.

LIMA, Mário de. *O bom combate:* subsídios para a história de 20 anos de ação social católica em Minas. Belo Horizonte: Imprensa Oficial, 1929.

GONÇALVES, Joaquim Teixeira. *Memórias para a história de Alto Rio Doce.* Queluz de Minas: 1932.

MONTEIRO, Norma de Góis (Coord.). *Dicionário biográfico de Minas Gerais*; período republicano. Belo Horizonte: Assembléia Legislativa de Minas Gerais, 1994.

RESENDE, Maria Efigênia Lage de. *Formação da estrutura de dominação em Minas Gerais:* o novo PRM – 1889-1906. Belo Horizonte: Ed. UFMG/PROED, 1982.

TORRES, João Camilo de Oliveira. *História de Minas Gerais.* 2. ed. 5 vol. Belo Horizonte: Difusão Panamericana do Livro, s/data.

TOTA, Antônio Pedro. *O Estado Novo.* 3. ed. São Paulo: Brasiliense, 1991.

WERNECK, Jandira. *Prof. Leandro Gomes da Silva Werneck:* homem/personalidade. In: MOREIRA, José Graciano. *Prof. Leandro Gomes da Silva Werneck,* o patrono da 13ª Cadeira. Barbacena: Academia Barbacenense de Letras, 1982.

Apêndice I

Famílias de São Caetano

Este apêndice ajuda a situar certos fenômenos em São Caetano, por meio do entrelaçamento das famílias, o que interfere na composição das forças políticas do lugar. Serve ainda para que os leitores nascidos em São Caetano e seus descendentes se situem dentro de sua história. Além disso, vale como uma contribuição que dá uma continuidade às informações do trabalho de Joaquim Teixeira Gonçalves, que listou as famílias mais antigas que povoaram São Caetano do Xopotó (Cipotânea) e São José do Xopotó (Alto Rio Doce). Muitos dos sobrenomes que ele cita em seu livro estão mesclados àqueles que nossos entrevistados nos transmitem aqui, como Dias, Teixeira, Gonçalves Heleno, Gonçalves Viana, Gonçalves Guimarães, Ferreira Goulart, Dias dos Anjos, Moreira, Rodrigues, Carvalho, Vale, Couto, Barroso, e outros (GONÇALVES, 1932, p. 17-19). As informações que damos não apresentam nenhuma ordem. E a quantidade de informações por família listada não pretende significar o seu tamanho nem o grau de sua importância na história de São Caetano, mas obedece tão-somente ao conteúdo das entrevistas que coletamos. Com certeza, muitas famílias deixaram de ser listadas e, em relação a outras, muitos dados importantes foram omitidos. Não descartamos também a possibilidade de haver erros nas informações, uma vez que foram todas buscadas nas fontes orais. Quanto a isso, aceitamos, de bom grado, as correções que porventura nos queiram fazer nossos leitores. Colocamos, para tanto, à disposição, nosso *e-mail*: jgheleno@terra.com.br

Abreu

É por causa da família Abreu (que não é de São Caetano) que Abreus ficou com esse nome. Quando foi fundado o distrito em 1905, as terras em volta pertenciam a essa família: Joaquim Abreu, Antônio Abreu, Manoel Abreu. Mas quem doou o terreno da sede foi Alexandra Abreu.

Alvim

Crispiniano Urbano Alvim (ver REIS) era natural de Oliveira Fortes (antiga Livramento), donde se mudou para os Carias (hoje, Missionários). Daí foi para São Caetano (por volta de 1910) onde exerceu a profissão de farmacêutico a vida toda.

Arantes

A primeira usina hidrelétrica de São Caetano foi construída nas terras que pertenceram a Juca Arantes. Juca Arantes era parente de Neca Arantes e de João Arantes (pai de José Arantinho). Pedro Arantes era casado com Mariquinha Barroso (irmã de Inácia Egídia Barroso, casada com Neca Dias). Pedro Arantes era pai de Chico Arantes, de sô Dé. São os mesmos Arantes de José Arantes Moreira (Crioulo), de José Arantes Campolina (Coco), de Geraldino Arantes Campolina (Sô Dino). Nico Arantes (que não apurei se é parente) era uma espécie de profeta do fim do mundo. Durante conversa normal, ele disparava: “Um mil passará, dois não chegará”. As terras dos Arantes eram na Brejaúba. Juquinha Arantes (casado com Luísa, filha de Joaquim Moreira de Abreu) tinha apelido de Tadu. Quem era Arantes era sua esposa, que era filha de José Arantes Velho, o primeiro dono da casa em que depois foi instalada a venda de Juquinha Arantes, em cujo espaço, em dias mais recentes, construiu-se o salão paroquial. O filho dele, José, era conhecido como Zé Tadu e era famoso por ter dirigido seu Jeep *Land Rover* a vida inteira, como taxista, sendo paraplégico e nunca ter – segundo alguns depoimentos – tido carteira de habilitação. Juquinha Arantes (irmão de Sô Dino – Geraldino Arantes Campolina – e de Coco –, José Arantes Campolina) tinha uma venda no lugar em que padre José Geraldo construiria o salão paroquial, lugar que hoje é parte da praça central ampliada.

Araújo

Juventino Araújo, maestro da banda, teve duas filhas casadas com o mesmo genro. O genro era Alcides Alves Fernandes, irmão de Padre Alfredo. Alcides casou-se primeiro com Maria e, depois de enviuvar-se, casou-se com a cunhada, Tita. Era também filha de Juventino Araújo a senhora Noca (Minervina Araújo de Freitas, casada com Chico de Freitas). Juventino Araújo tinha um irmão – Olímpio – que era também músico e tocava pistom. Um dos homens que ajudou a transportar a ponte de ferro para São Caetano assinava Araújo. Chamava-se João Esteves de Araújo, e era fazendeiro de Carandaí. Não apurei se tinha algum parentesco com os Araújo de São Caetano. Sá Dona (esposa de Nico Araújo) era irmã de Maria Francisca (esposa de Teófilo Gonçalves Heleno – Tote), ambas filhas de Juca Laureno. Tiãozinho (o que foi escrivão) também assinava Araújo (Sebastião Alves Araújo), mas era original de Porto Firme, e não se sabe se tinha parentesco com os outros. Dizem que a família Silva Araújo é originária da região de Mariana. Dando crédito à tradição oral, esses Silva Araújo estão ligados aos Araújo de São Caetano. Dizem que um padre engravidara uma moça em Mariana, e depois comprou a fazenda do Pari, em Piranga, para onde levou a moça, que se chamava Joaquina Micaela de Seixas (irmã de Marília de Dirceu), e com ela viveu amasiado, colocando nos filhos o sobrenome de Silva Araújo. Foram os descendentes desses Silva Araújo que criaram o famoso laboratório Silva Araújo.

Assis

A personagem mais conhecida da família Assis é Carmem de Assis (natural de Carandaí, região em que tem muitos parentes). Foi casada com Vicente de Paulo Carvalho. Carmem é prima de Maria José (Zezé, filha de Anselmo Augusto dos Anjos, casada com Alberto Grossi, o dentista). Há outra família Assis a que pertencem José de Assis e Caetano de Assis. José de Assis é uma memória viva, quando o assunto é o futebol em São Caetano, de onde foi candidato a prefeito. Não devem ter parentesco com os primeiros.

Barreto

As terras que hoje pertencem aos Barreto (nos Costas) foram de Joaquim Moreira de Abreu. Segundo José Inácio Pereira (Zé Quinca), em 1886, Joaquim entrou em desentendimento com o irmão Felisberto Moreira. Por isto, comprou a fazenda do Sapo, no Ribeirão, e vendeu a dos Costas para José Barreto. O despachante foi Teopisto Gomes, (irmão de Jove do Sapo e cunhado de Joaquim).

Barroso

Zizinha (viúva de Rafael Barroso) e Elisa (casada em segundas núpcias com José Dias Pedrosa) são filhas de Crispiniano Alvim e netas de Juca Laureano Pereira das Neves. A mãe delas era tratada de Nhanhá e era filha de Juca

Laureano. Rafael, que morreu assassinado por um primo (filho de João Pereira) em Abreus, era filho de Antônio Aleixo Barroso. Este, por sua vez, era irmão de João Gualberto Barroso. Francisco, Zote e Manuel eram filhos de João Gualberto Barroso. E João Gualberto era irmão de Inácia Egídia Barroso (esposa de Neca Dias). Esses Barroso são especialmente dotados para a música, com ouvidos afinadíssimos. João Gualberto Gomes Barroso era irmão de João Elias Gomes Barroso. Francisco Gomes Barroso (Chichico, pai de Quinha, que veio a casar-se com José Inácio de Carvalho) era viajante, e ficou amigo de Honório Teixeira de Carvalho. Anos depois seus filhos se casam. Francisco Gomes Barroso era filho de João Gualberto Gomes Barroso e sobrinho de Inácia Barroso (casada com Neca Dias). Eram, pois, irmãos: João Gualberto Gomes Barroso, Inácia (do Neca Dias), Francisco Barroso (casado com uma moça da família Freitas, de Catas Altas, chamada Raimunda, que era irmã de Sô Lico, de Dona Maroca (mãe de Antônio Jerônimo Dias). Filhos de Francisco Barroso: Ana Gomes (Irmã Fidélis, diretora do asilo de velhos de Ouro Preto), João de Freitas (Nonô), Geraldo de Freitas, Dom Barroso. Todos nasceram em Rio Espera, com exceção de Quinha Barroso (casada com José Inácio de Carvalho). Eram irmãos de Francisco Barroso (o pai de Maria, ou Quinha): Manuel Barroso (Niquinha, casado com Donana, filha de Zeca Moreira de Abreu e Carolina Heleno), Zote Barroso, Mariquinha, Alberto Gomes Barroso. Era da mesma família Joaquim Barroso (casado com Alzira, filha de Teófilo Gonçalves Heleno) e Juca Barroso (casado com Isabel – Belinha – também filha de Teófilo G. Heleno). Não apurei se os Barroso de Sô Nem e do Tatão Barão são da mesma família.

BERNARDES

O Bernardes mais conhecido foi Artur (8/1875 – 3/1955), aquele que se tornou Presidente da República. Seu pai, Antônio da Silva Bernardes, era português, por isso tinha o apelido de Novato. Era casado com Maria Aniceta Pereira Bernardes. Do casal, nasceu na localidade de Paciência, Artur Bernardes, que viria a ser Presidente da República. São parentes de Artur Bernardes: Zeca Moreira (ver Moreira); os Pereira do Vale; a esposa de Levindo Barbosa, político de Alto Rio Doce; Dona Naná (Nair Bernardes Barbosa). Artur tinha um irmão também nascido em São Caetano, chamado Alfredo.

BIANA

O nome é esse mesmo. O mais ilustre foi o Geraldo Biana, que foi coletor estadual em São Caetano logo após a emancipação. Foi músico e seresteiro durante todo o tempo em que residiu em São Caetano. Biana é o nome por que é conhecida sua mãe, que é de Alto Rio Doce, como ele próprio. São seus irmãos: Onofre Biana e Agripino Biana. Este último foi um grande contador de casos, uma verdadeira memória viva.

CABRAL

Teve passagem rápida por São Caetano na pessoa de Aristides Moreira Cabral, que serviu como policial na cidade. Aristides, por volta de 1959, era sargento e servia em Alto Rio Doce. Foi apoio importante nas ações de José Evangelista, em Cipotânea, o Zé Soldado – ligado aos fala-feio. Aristides era filho de Cota (filha mais velha de Joaquim Moreira de Abreu), casada com Carlos da Cunha Cabral. Essa família está ligada a Brás Pires, Dores do Turvo, localidade de Ribeirão de Santo Antônio. Dizem que o apelido Cata Prego, dado a

Abreus, deveu-se a um tal de Chico Cabral, que foi visto desmanchando um circo para receber dívida dos donos que o haviam armado em sua propriedade. No lugar em que se desenvolveria Abreus, ele recolhia até os pregos velhos, para cobrir as dívidas deixadas pelos artistas. Primeiro, quem ficou com o apelido foi o próprio Chico Cabral. Depois, o apelido passou a denominar a localidade (o pessoal de Abreus não gosta do apelido!).

Carvalho

Os Carvalho de São Caetano tiveram seu início com Honório Teixeira de Carvalho (genro do Coronel Galdino), ao batizar seus filhos com o sobrenome Carvalho, suprimindo o Teixeira. Há uma família grande, na região de Senhora dos Remédios, que leva também esse sobrenome. Se houver alguma ligação destes com os Carvalhos de São Caetano, só pode ser por intermédio dos Teixeira de Carvalho, o que não pude apurar (ver TEIXEIRA DE CARVALHO). Filhos de Honório Teixeira: Vicente de Paulo Carvalho (casado com Carmen de Assis), José Inácio de Carvalho (casado com Quinha Barroso), Padre Argemiro Benigno de Carvalho, Padre Joaquim (afastou-se para casar-se), Maria José (casada com Zé Jusa, José Faustino Pereira), Isabel (casada com José Milagres, o Zico), Maria (casada com Joaquim Moreira, (filho de Zeca Moreira; Maria morreu nova), Antônio Benedito de Carvalho (casado com a filha de Juscelino Dias dos Anjos).

Couto

O Couto mais antigo referido pelos entrevistados foi Zeca Couto, do tempo do Fonseca. A família é moradora do município de Alto Rio Doce, entre esta cidade e São Caetano. Essa família foi sempre muito ligada a São Caetano. Convém fazer uma referência especial a Manuelito Couto, que foi candidato a prefeito de Cipotânea em 1958, e a Odilon de Araújo Couto (nascido em 1922), que foi diretor do DER e facilitador da construção da estrada de Alto Rio Doce a São Caetano. Odilon era filho de Neca Couto (falecido em 1938), portanto sobrinho de Zeca Couto (falecido em 1933), que era político e foi presidente da Câmara Municipal de Alto Rio Doce. Odilon Couto é casado com uma filha de Alberto Grossi (bisneta de Romualdo e neta de Anselmo Augusto dos Anjos). Ulisses Couto era neto de Zeca Couto e foi prefeito de Alto Rio Doce. A Fazenda do Arruda (uma das mais antigas de Alto Rio Doce) passou à propriedade de gente da família Couto: Gonçalves Couto. A fazenda do Cedro (pouco depois da Água Fria, região de Alto Rio Doce) também pertence a gente da família Couto. José Damasceno Couto (Juquinha do Açude) também está ligado, por parentesco, à família Couto e é filho do Zeca do Arruda. Foi dono desta, que é também uma das fazendas mais antigas da região, que passou depois a pertencer a Chico Couto.

Dias

Joaquim Dias, que era filho de Zeca Dias, casou-se mais velho com Rosinha (da família dos Moreirinha). Foi dono de uma casa que existiu entre a do Professor Werneck e a de Herculano Heleno. Foi proprietário, também, da casa em que viria a funcionar a farmácia de José Inácio (que pertencera antes a Chico Grossi, filho de Alberto.1). Não apurei se ele é parente dos Dias de Juscelino Dias dos Anjos. As duas famílias Dias, que dizem não ser a mesma, são a de Juscelino Dias dos Anjos e a de Neca Dias. Neca Dias era casado com Inácia Egídia Barroso. Era irmão de Juca Dias (pai de Chico Dias, que, por sua vez, é pai de José, Geraldo, Arlindo, etc.). Filhos de Neca Dias: José Dias, João Dias, Joaquim Dias, Maria Dias, Geraldo Dias (casado com Eni Araújo). O nome verdadeiro de Eni Araújo é Maria Geralda Araújo. Irmãos de Neca Dias: Rosa, Francisca Pedrosa (casada com Tonico Pedrosa), Maria Augusta (casada com Zeca Heleno do Morro), Jovelina, Augusta (casada, em segundas núpcias, com Francisco Dias). Augusta foi casada, primeiro, com José Machado. Isaltino da Casinha é filho de Augusta e de José Machado. Estes Machados, por sua vez, são parentes de José Ferreira Goulart. Perciliana Trindade era irmã da mãe de José Machado e de uma tal de Chica, quitandeira que morava na Rua do Caminho. Filhos de Juca Dias: José Dias, Francisco Dias, Antônio Dias, Nonô Dias. Pais de Neca Dias: José Dias e Maria Rufina. Pais de Inácia Egídia (esposa de Neca Dias): Alberto Gomes Barroso e Maria Inácia. Mãe de Cá era mãe de Juscelino Dias, de Colin, e de José Simplício. A Mãe de Lá era mãe de Conceição, esposa de Juscelino Dias. É que as duas eram tratadas de Micota e precisavam ter seus nomes diferenciados pelos netos. Há um outro tronco de Dias, ligado ao José Dias, casado em primeiras núpcias com Maria Francisca (Titi, filha de Joaquim Heleno e Ana Carolina). De José Dias e Francisca nasceram, entre outros, Francisco Dias, que se casou com Maria Augusta, que ficara viúva de Machadinho (Senhora de Oliveira). Machadinho e Maria Augusta tiveram, entre outros filhos, Isaltino da Casinha. O Machadinho era filho de Perciliana Trindade (irmã de Maria Angélica Trindade). A Mãe de Lá (mãe de Juscelino Dias, Colin, Beijo Dias...) era irmã de Elisa (esposa de Juventino Araújo, o maestro). Antônio Jerônimo Dias foi três vezes prefeito de São Caetano e uma vez vice-prefeito.

Falco

Entra na história aqui por causa do casamento de Ângelo Falco com Alcina Grossi, filha de Alberto.1.

Fernandes

Este é o sobrenome de Padre Alfredo Alves Fernandes. Com ele, mudaram-se para São Caetano: seu pai Virgílio e os irmãos Alcides, Ló (dono de escola noturna, e casado com Nhá, filha de Zeca Heleno e de Ambrosina Grossi), Leco (Gilberto Alves Fernandes, casado com Nega – Marcionília Gomes da Silva, filha de Teopisto Gomes – da família Grossi), Nhá (primeira esposa de José Dias Pedrosa).

Ferreira

Teófilo Gomes Ferreira (pai de Marieta, casada com José Donato Araújo, filho de Juventino Araújo) recebeu um dote de 600 mil réis por ocasião de seu casamento com Luísa (filha de Alberto Grossi.1). Segundo Joaquim Teixeira Gonçalves, os Goulart são, na realidade, Ferreira Goulart, e são uma das famílias mais antigas de São Caetano. Não consegui apurar a origem dos Ferreira dentro da família Goulart. Sei apenas que o nome completo de Juca Goulart era José Ferreira Goulart.

Filardi

Os Filardi são também de origem italiana. Não imigraram para São Caetano. No entanto, alguns se ligaram à cidade por casamento. Antônio Filardi casou-se com Joanita, filha do Professor Leandro Werneck. Humberto Filardi casou-se com Maria Heleno (filha de Zeca Heleno e de Ambrosina, filha de Alberto Grossi.1). Tanto Antônio, como Humberto se mudaram para Barbacena. Naná Filardi, filha de Joanita, casou-se com José Duarte e se mudou para Barbacena.

Freitas

Falam de dois ramos dos Freitas: um de origem portuguesa e o outro proveniente de Catas Altas. O português é Zeca de Freitas (pai de Bem, do Zé Domingos Grossi, ou Maria Damásia). Filhos de Zeca de Freitas: Maria Damásia de Freitas Grossi (Bem), Lourdes, Totônio, Chico (o músico). A esposa de Francisco Gomes Barroso (nascido em Rio Espera, sobrinho de Inácia Gomes Barroso, mulher de Neca Dias, e pai de Quinha e de Dom Barroso) era desses Freitas de Catas Altas. Ela era irmã de Sô Lico (Antônio Emiliano de Freitas), de Maroca (mãe de Antônio Jerônimo, nascido em 1928) e de Conceição (casada com José Salomé) e de Bárbara (casada com Divino Gonçalves Heleno). O casamento de José Inácio de Carvalho com Quinha, seguindo os costumes de então, começou com a amizade de Honório Teixeira e Chico Barroso. O mesmo já acontecera com o casamento de Antônio Justiniano Teixeira e Corina. Quinha tem duas irmãs na vida religiosa regular, e dizem que ela também, antes de casar-se com José Inácio, pensara em seguir esse caminho.

Ganda

Eu ouvi o nome assim. Talvez seja Gandra... Os Ganda de São Caetano são originários da região Rio Espera-Lamin. Era uma família rica que foi dona de grande parte das terras que vão da Vargem Grande até São Domingos, na estrada São Caetano-Rio Espera. (A parte de São Domingos veio depois a pertencer a Luís Heleno, irmão de Chico Heleno.) José Ganda era casado com uma irmã de Ofertina (esposa de Francisco Heleno, o Chico Heleno). José Ganda morou na casa que veio depois a pertencer a Remígio Teixeira de Carvalho, na Rua do Caminho. Bento da Cunha era filho de José Ganda e pai de Américo do Bento, que era carpinteiro. Júlia de Aniceto (morou na primeira casa depois do Rio Espera, no lado direito de quem desce do centro de São Caetano) era descendente dos Ganda antigos. Foi uma família rica que experimentou a decadência econômica total.

GOMES

Jovelina (Jove do Sapo, casada com Joaquim Moreira de Abreu) era irmã de Teopisto Gomes, ambos filhos do Capitão Gomes (Joaquim Gomes Ferreira). Sá Mariana (neta do Capitão Gomes e irmã de Tomé Gomes) foi casada com Benjamim (Beijo Heleno). Houve cerca de cinco filhos de Mariana casados com filhos de Carlota (do Zeca Trabanda do Heleno). Capitão Gomes foi sepultado no adro da igreja. A esposa de Neca Dias era, além de Barroso, Gomes: Inácia Egídia Gomes Barroso. O Capitão Gomes tinha fazenda perto da Cachoeira do Piranga. Teopisto Gomes era genro do Professor Werneck, casado com Luísa Grossi, e era pai de Marieta, casada com José Donato Araújo (Nego). Diferentemente dos outros Grossi, que preferiram o Largo, este possuiu um chalé na Rua do Buraco (perto da casa do João Timóteo). O gosto pela víspora cultivado por Minervina Araújo de Freitas (Noca do Chico de Freitas) vem do tempo da Luísa Grossi, que o herdara de Maria Augusta Werneck, ambas aficionadas por esse jogo.

GONÇALVES

Os Heleno assinam Gonçalves desde o Vidal, o primeiro, que se chamava Miguel Vidal Gonçalves Heleno. Outros que assinam assim são os descendentes de Marciano Gonçalves, o segundo marido de Francisca (Titi do Marciano): Silvino, Geraldo, Joaquim Gonçalves, Maria (casada com José Francisco Heleno, pai dos bispos Dom José Heleno e Dom Hélio, Alípio, Geraldo, Messias, Zizinha). Francisco Gonçalves (nascido em 1922) foi grande jogador (goleiro) do time de futebol Andaraí, no qual começou a atuar com apenas 14 anos de idade, em 1936. Francisco (mais conhecido como Chico Gonçalves) nasceu no lugar chamado Retiro, entre São Caetano e Senhora de Oliveira. Hoje ele mora em Barbacena, desde que jogou futebol pelo Andaraí local (que foi fundado por volta de 1942, ou 43). A família Gonçalves é originária de Piranga. Pelo lado materno, Chico Gonçalves é Grossi (neto de Joaquim Gonçalves e de Maria Clara, a Mariquinha Grossi, filha de Romualdo Grossi.1). Em Alto Rio Doce, era conhecido um senhor de origem portuguesa, tratado por Sô Gonçalves, que era escrivão. Provavelmente, não tinha parentesco direto com os Gonçalves acima referidos. Conhecia-se, também, um viajante chamado Ari Gonçalves, de Ubá, que periodicamente ia a São Caetano tirar medidas de ternos para os filhos dos fazendeiros. Os ternos vinham do Rio Grande do Sul. Isso no fim da década de 1930.

Goulart

Embora pareça o contrário, consta que nem os Goulart de São Caetano são de origem francesa, nem os Werneck são de origem alemã. O pai de José Ferreira Goulart (Goulart velho, pai de Juquinha, de Joaquim,etc.) chamava-se Joaquim Filipe e era casado com Maria Cândida (filha de José Teixeira de Carvalho e irmã de Antônio Teixeira de Carvalho, o Alferes). Tendo ficado viúvo, casou-se com Maria Angélica Trindade (viúva de Camilo Pereira do Vale). Joaquim e Cândida tinham um filho chamado José Ferreira Goulart. Camilo e Maria Angélica tinham uma filha chamada Maria Margarida de Jesus. Embora irmãos de criação, após o casamento dos pais, os enteados casaram-se também entre si. Filhos de José Ferreira Goulart e de Maria Margarida: José Ferreira Goulart (Juquinha, casado com Maria Augusta, filha de Jove Lopes), Joaquim (casado com Ana Prodígia de Jesus, filha de Teopisto Gonçalves Heleno), Dodona (casada com Ildefonso Teixeira de Carvalho, irmão de Remígio Teixeira de Carvalho), Efigênia (casada com Remígio Teixeira de Carvalho), Clotilde (casada com Joaquim Moreira, filho de Marciano Moreira, dos

Moreirinha), Edith de Conceição (casada com Albertino Heleno, filho de Miguel Heleno e de Ana Carolina de Almeida), Nenega (casada primeiro com Amantino Pereira, filho de Joaquim Pereira – o Quinca do Barro – e, em segundas núpcias, com João Mulato).

José Ferreira Goulart tinha dois meios-irmãos: João Goulart e Antônio Goulart (este é pai de Clermont, que se tornou prefeito de Silverânia por mais de uma vez), que se mudaram para a região de Governador Valadares. Filhos de Antônio Goulart: Clermont Dias Goulart (Silverânia), Zizico, Ildefonso, Jorgina, Glorita, Alcmena, Efigênia (mudou-se do Brasil), Totônio. João Goulart (casado com Mariquinha, filha de Zequinha Pereira) morreu com menos de 30 anos morando em Tarumirim. Deixou apenas três filhos. Consta que Joaquim Filipe está ligado, por parentesco, à família Machado, de Senhora de Oliveira. Zeca Machado seria pai de José Machadinho, que era pai de Isaltino da Casinha (mudou-se para Belo Horizonte). A esposa de Zeca Machado chamava-se Perciliana Trindade, e era irmã de Maria Angélica Trindade. Há uma família Cruz, em Rio Espera, que é também ligada por parentesco a esses Machados. Em Senhora de Oliveira há uma família que assina Goulart, mas também não verifiquei se há relação de parentesco.

Os Goulart eram muito ligados à família de Chico Marceneiro (pode ser de alguma família Dias, se se levar em conta o nome de Clermon, filho de Antônio Goulart e uma filha de Chico Marceneiro). Além do Antônio Goulart, que era casado com uma filha dele, Juquinha (filho de José Ferreira Goulart e Maria Margarida de Jesus) adquiria ouro bruto de um filho dele – Oscar Marceneiro – extraído na região da Prata (lugar que pertenceu depois a Sô Tão Badaró) e fabricava pequenas peças, como anéis e outras. Antônio Goulart – o primeiro escrivão de Abreus – era casado com Adélia, filha de Chico Marceneiro e irmã de Maria Marceneira, que foi professora rural nos Nunes. Há uma outra família que assina Goulart, da família de Sá Emília, tratados também como Desidério por causa do decano Antônio Desidério. João de Sá Emília (João Gonçalves Goulart) e Manuel de Sá Emília foram instrumentistas da Banda de Música Santa Cecília e alunos de Laurindo Soares. Houve ourives na família, na pessoa de Juquinha Goulart, que dominava o manuseio do ouro desde a purificação do ouro bruto. Além disso, recentemente, foi vendida para um negociante de antiguidades uma medida para ouro, que pertencera à família e estava em poder de um neto de José Ferreira Goulart.

GROSSI

Alberto e Romualdo Grossi foram os primeiros italianos que se estabeleceram em São Caetano. Filhos de Romualdo: Raquel Grossi (Benzinha, casada com Herculano Heleno), Mariquinha (casada com Quinquim Custódio). Filhos de Quinquim e Mariquinha: Antônio Madalena (casado com Maria, filha do Coronel Galdino), Geraldo Custódio (casado com Conceição, da família Grossi), Francisco Custódio (casado com Zizinha, filha de José Francisco Heleno, Zé Miguel). Gustavo Grossi (casado com Marcionília Teixeira de Carvalho irmã de Zeca e Totônio Teixeira) era filho de Alberto, bem como Francisco Grossi, nascido perto de Mariana em 1870, e que foi vereador por São Caetano em Alto Rio Doce (não confundir com outro Francisco, Cinquinho, que era filho do Romualdo). Além desses, eram ainda filhos de Alberto.1: Gustavo (casado em 1909, pai de José Domingos Grossi, casado com Bem de Zeca de Freitas), Alberto.2 (pai de Dom José Nicomedes Grossi), José Albertino Grossi (teve grande movimento de tropa em Mercês e era pai de Cornélio Grossi, que é comerciante em Barbacena), Joaquim Grossi, João

Grossi (esteve primeiro em Mercês, depois se mudou para São Paulo), Maria (casada com Leandro G. da Silva Werneck), Ambrosina (casada com José Heleno), Alcina (casada com Ângelo Falco), Jovelina (Jojove; seus filhos mudaram-se para Piranga), Olívia, Luísa (casada com Teófilo Gomes Ferreira). Filhos de Chico Grossi (casado com Olívia): Alberto Grossi (dentista, genro de Anselmo Augusto dos Anjos, de quem herdou a profissão), Atílio (casado em Senhora de Oliveira com filha de Francisco Ricardo Lana), Jorgina Grossi (casada com Cisalpino Gomes Moreira). Dizem que o trabalho de pedreiro para a instalação da ponte de ferro foi obra do Chico Grossi. Domingos Grossi era irmão de Alberto e de Romualdo e se tornou fazendeiro em Silverânia. Ainda são irmãos dos dois que vieram da Itália: João (morreu solteiro), Atílio (voltou para a Itália).

Os Grossi vieram para o Brasil na mesma época em que vieram Martinelli e Matarazzo (acredito que junto com os irmãos de Alberto, inclusive Romualdo, uma vez que quando os irmãos vieram, Alberto já tinha sete anos de Brasil). Dizem que Martinelli chegou a estar em São Caetano e ser instado por Alberto.1 a se estabelecer ali, inclusive lhe oferecendo ajuda. E Martinelli teria justificado sua recusa com estas palavras: "Não fico aqui não, pois quem fica em lugar pequeno fica pequeno". Rui Grossi (filho de Cinquinho e neto de Romualdo) fundou em Barbacena uma indústria de produtos alimentícios chamada "Maravilha Grossi". O italiano Roberto Composervoli Grossi (que nunca esteve em São Caetano) foi camareiro do Papa Paulo VI, e, segundo Dom Grossi, o Papa Clemente IV é também da família. Marieta Araújo (esposa de Nego, filho do Juventino maestro, com nome de Marieta Gomes da Silva no cartório e de Marieta Grossi Araújo na igreja) era neta de Alberto Grossi por parte de mãe: Luísa Grossi, que era casada com Teopisto Gomes Ferreira. Filhos do Romualdo Grossi: Mariquinha (casada com Joaquim

Custódio; deles nascera, entre outros filhos, Antônio Madalena), Cinquinho, Pedro Grossi, Juca Grossi. Filhos de Luísa Grossi (e de Teopisto Gomes): Alberto, Levindo, Marieta (de José Donato Araújo, Nego), Marcionília Gomes da Silva (Nega, filha de Teopisto Gomes Ferreira e irmã de Marieta, e casada com Gilberto Alves Fernandes, Leco), Guilu (casada com José Dias), Tita (casada com Juca Teixeira), Alcina (morreu solteira). A família Caetano (de Rio Pomba, com vários descendentes hoje em Santos Dumont e Juiz de Fora) está ligada aos Grossi, pois Antônio Caetano, filho de Sabino Caetano, que era de Barbacena, era casado com Antônia, filha de José Grossi (irmão de Gustavo Grossi e filho de Alberto.1). A relação com os Bozza de Santos Dumont foi apenas comercial, uma vez que Guiu Werneck e Sovi trabalharam com eles, chegando quase a ser sócios. Márcio Grossi (filho de João Grossi) foi prefeito de Ibirité, na Grande Belo Horizonte na década de 1990.

Heleno

Carlota (filha de Perciliana Rodrigues e de Francisco Heleno) casada com Benjamin Dias (irmão de Juscelino Dias dos Anjos) era moradora de Senhora de Oliveira. Os outros filhos de Francisco e de Perciliana são: Inês (casada com Alcides, moradora de Lamin), Lica (casada com Franklin Pereira.1, morava entre Abreus e Dores do Turvo; Lica era mãe de Olívia, que era mãe de Sebastião Resende, que era pai de José Rezende, que é pai de Edson Resende Morais), Ana (Dona, casada com João Cirilo Dias). Filhos de João Cirilo e de Ana Heleno: Taunay, Juju, Vicente, Maria Guilhermina Dias, Edwiges (casada com Totônio Teixeira) e Zica (casada com Juca), Miguel (casado com Ana Carolina de Almeida, filha de Joaquim Heleno), José Heleno (casado com Ambrosina Grossi, filha de Alberto.1). Zeca Heleno e

Ambrosina Grossi tiveram os filhos: José (Zé Guim, casado com uma prima, filha de Francisco Rodrigues), Francisco (Chiquinho), Geraldo (Tindela), Maria, Conceição, Nhá (casada com Ló), João Heleno (todos se mudaram para Barbacena).

Joaquim Heleno era irmão de Francisco e primo de Ana Carolina de Almeida, com quem era casado. Eram irmãos de Ana Carolina: José Gonçalves Heleno (Zeca Heleno do Morro, casado, primeiro, com Maria Augusta Dias, irmã de Francisca Pedrosa, e depois com Geralda, da família Oliveira, parenta de Zé do Bem – José Gonçalves de Oliveira – e dos Severino de Rio Espera), Maria do Carmo (casada com Francisco Miranda), Jovelina (casada com José Pereira, moradores da Bocaina, à beira da estrada que liga São Caetano a Rio Espera) e Vidal, casado com Alzira, da família Moreira de Rio Espera. Morreu novo, deixando alguns filhos. A viúva casou-se com Álvaro Calixto. Antônio Pedrosa (filho de José Dias Pedrosa, hoje morador de Barroso) é casado com uma neta de Alzira e de Vidal, Julieta (Leta, casada com Ricardo Pereira). Filhos de Leta e de Ricardo: Geraldo (do Barro), José Gonçalves Pereira (Jusa), Tita (casada com Levindo Moreira), Marieta (casada com Dionísio Soares (morador, alguns anos, da cabeceira do Heleno, no lugar chamado Queima-Roupa), Francisca Carolina de Almeida (Titi do Marciano Gonçalves, que fora casada, primeiro, com José Dias, pai de Chico Dias (da Casinha), de João Dias (Dim, que viveu os últimos dias em São Caetano na casa de sua meia-irmã Maria do Zé Miguel).

Filhos de Francisca e de Marciano Gonçalves: Maria do Zé Miguel, Geraldo Marciano, Silvino Gonçalves, Joaquim Gonçalves (casado com Maria Cornélia Moreira), Loló (casada com Realindo), Carolina (Lulina, casada com Zeca Moreira), Teófilo G. Heleno (casado com Maria Francisca, filha do Capitão Laureano), Virgínia (Gininha, casada com Teófilo

Moreira), Jovelina (casada com José Pereira). Antenor da Lavra, que foi dono da casa que já pertencera à família Grossi (Chico) e a João Cirilo, abaixo da casa de João Cirilo, era filho de Zeca Barbudo, que era casado com Carlota, que era da família Heleno e primo de Miguel e de Ana Carolina, etc. Os descendentes empobreceram e suas terras acabaram nas mãos, principalmente, de Francisco Prata (família Oliveira). Nenzinho (aquele que assassinou Francisco Heleno) era neto de Maria Antônia de Jesus (parteira, Maria do Beijo, que era filha de Carlota e irmã do Antenor da Lavra) e, portanto, também da família Heleno, desse grupo empobrecido.

Filhos de José Gonçalves Heleno (Zé Heleno da Divisa, irmão de Francisco e de Joaquim Heleno): Francisco Gonçalves Heleno (casado com Ofertina e pai de Zé Heleno, de Tonico e de Conceição de Vicente Moreira), Jorge Gonçalves Heleno (Jósi, casado duas vezes, teve filhos em Dores do Turvo, depois em Ponte Nova onde se casara com uma moça da família Marota), Herculano Heleno (casado com Raquel Grossi – Benzinha – filha de Romualdo), Luís Gonçalves Heleno (casado com Joana), Teopisto Heleno (pai de Ana Prodígia de Jesus, casada com Joaquim Goulart), Júlio Gonçalves Heleno, João Gonçalves Heleno, Maria Inácia (Cota, casada com Pedro Laureano), Donana (casada com Clemente Porfírio).

Filhos de Júlio Heleno: Jovelina (casada com Benjamin Heleno), Geraldo Heleno (Dores do Turvo), Maria (casada com José Almeno), Donana (casada com Nico Ribeiro), Júlia (casada com José Gabriel, de Dores do Turvo).

Filhos de Miguel Heleno: José Francisco (casado com Maria), Maria (casada com Toninho Pereira), Jorge (casado com Cecília Trindade), Zilda (casada com José Severino, da família Oliveira), Alice (casada com João Laureano), Elói (casado com Donana, filha de Cota Heleno), Albertino Heleno (casado com Edith Goulart), Almerindo (casado com Isabel Moreira).

Teopisto Gonçalves Heleno tinha uma filha casada com João Capitão. Assim como havia os Alferes – da família de Antônio Teixeira de Carvalho – havia também a família Capitão: o João, o Pedro, o José Capitão eram moradores da região da Boa Vista. Dona da Divisa (irmã de Perciliana Rodrigues) era casada com José Gonçalves Heleno (o Zé Heleno da Divisa). Zé Heleno da Divisa era irmão de Joaquim Heleno (casado com Carolina Gonçalves de Miranda), de Francisco Heleno (casado com Perciliana Rodrigues), de João Gonçalves Heleno (que viveu a vida toda em Dores do Turvo e era casado com Ana, da família Moreira, de Rio Espera). João e Ana tiveram os seguintes filhos: José Gonçalves Heleno, Maria Heleno, Ana Heleno, Terezinha, João, Conceição e Antônio. Jorge G. Heleno (Jósi, filho de Zé Heleno da Divisa, morador do Araçá, casado primeiro com Bebela, filha de Joaquim Heleno) ficou viúvo, casando-se pela segunda vez e se mudando de Dores do Turvo para Ponte Nova, onde teve filhos (Ló, casada com Geraldo Marciano Gonçalves, era filha dele). Francisco Heleno (Perciliana), Zé Heleno da Divisa e Joaquim Heleno são filhos de Miguel Vidal Gonçalves Heleno que, segundo a tradição, era Guarda-Mor.

Filhos de Francisco Heleno e de Perciliana: Miguel Gonçalves Heleno (Ana Carolina), José Gonçalves Heleno (casado com Ambrosina Grossi), Lica (casada com Franklin Pereira). Juquinha Gonçalves, de Rio Espera, casara-se na família. Depois de viúvo mudou-se para Inhapim.

Filhos de Joaquim Heleno e Carolina Gonçalves de Miranda: Jovelina (casada com Artur Pereira), Francisca (Titi, casada primeiro com José Dias e depois com Marciano Gonçalves), Lota, Julieta Carolina de Almeida (Leta, casada com Ricardo Gomes Pereira), Dodona, Carolina (Lulina, casada com Zeca Moreira do Sapo, Efigênia (Gininha, casada com Teófilo Moreira, de Rio Espera), José Gonçalves Heleno de Almeida (Zeca Heleno do Morro, casado primeiro com Mana, irmã de Neca Dias), Teófilo Gonçalves Heleno (Tote, casado com Maria Francisca, filha de Juca Laureano. Um filho do casal – Divino Gonçalves Heleno, o Benedito – teve destaque político e representou São Caetano mais de uma vez como vereador em Alto Rio Doce e vice-prefeito de São Caetano, Vidal (casado com filha de Francisco Moreira, de Rio Espera).

Filhos de Ricardo Pereira e de Leta: José Gonçalves Pereira (Jusa), Artur Gomes Pereira (Arturinho), Joaquim Gomes Pereira (Quinca do Barro), Geraldo Gomes Pereira (Geraldo do Barro). Consta que a família é de origem portuguesa, mas o guarda-mor teria vindo por meio de São Paulo.

Há ainda um pessoal que assina Heleno, na região de Aimorés, que deve descender da mesma família. Inclusive, algumas pessoas que assinam Heleno se encontram na Flórida – USA. Os parentescos, por filiação natural, são difíceis de apurar, mas há quem diga que, além do Coronel Galdino, Tote Queima-Roupa e um tal de Zé Caboclo (morador de Santana dos Macacos) eram também filhos de Joaquim Heleno. Até o Belo (filho de Maria do Alto Queima-roupa) alguns dizem ser descendente de um Heleno, talvez do próprio Joaquim. O primeiro Heleno que foi para região chamava-se Miguel Vidal Gonçalves Heleno, que, segundo a tradição, confirmada por Joaquim Teixeira Gonçalves, 1932, era guarda-mor. A localidade se chama Heleno (e não Helenos, como alguns pretendem), não é por causa dos muitos que assinam hoje Heleno naquele córrego, mas por causa do primeiro Heleno, o guarda-mor. Miguel Vidal não teve muitos filhos, pois morreu novo. Eram eles: um que tinha patente de tenente – Joaquim Heleno –, Francisco Heleno, José Heleno, Tonico Heleno. Este Antônio era casado com a filha de Zé Pereira da Ponte (Zé Pereira da Ponte tinha fazenda no lugar em que hoje mora Nilo Goulart). Desse Tenente Heleno não consegui notícia, nem mesmo sobre o rumo que tomaram seus descendentes.

Laureano

Pedro Laureano é pai de Ana Anastácia de Oliveira (Donana), casada com Elói Heleno, e também de João Laureano, casado com Alice Heleno, filha de Miguel Gonçalves Heleno e de Ana Carolina de Almeida. Pedro Laureano era casado com Maria Inácia (Cota), que, por sua vez, era irmã de Júlio Heleno, de Chico Heleno (pai de Tonico e de Zé), de Jorge Gonçalves Heleno (Jósi), de Teopisto Heleno (que morou na Boa Vista e era sogro de Joaquim Goulart) e de João Gonçalves Heleno. Pedro Laureano é irmão de José Laureano, de Eurico Laureano, de Mariazinha, de Olívia, de Alice, todos naturais de Dores do Turvo. Não constatei se há parentesco com José Laureano Pereira das Neves.

Lopes

Jovelino Lopes da Silva era conhecido mais como Jove Lopes. E seus filhos também era conhecidos com o sobrenome Lopes: Antônio Augusto da Silva (Antônio do Jove Lopes, casado com Maria Dias, da cidade de Mercês). Irmãos de Antônio: Luís Lopes (foi delegado em São Caetano), Manoel Lopes, Joaquim Lopes, Maria Augusta (casada com Juquinha Goulart). A esposa de Jove Lopes era filha do Honório Teixeira de Carvalho.

Machado

Esta família entra na história aqui por sua ligação com os Ferreira Goulart, por meio de Perciliana Trindade. Há muitos Machado nas cidades de Senhora de Oliveira e Senhora dos Remédios.

Maia

João Rodrigues Maia é natural de Abreus, e morador de Senador Firmino. Entra nesta relação por ser uma história viva de Abreus e ser conhecedor dos meandros dos bandos que se confrontaram com o Tenente Fonseca no episódio da repressão ao roubo de cavalos. João Rodrigues Maia é filho de João Maia e neto de Francisco Maia, todos de Abreus. Entre as primeiras pessoas que foram batizadas em Abreus, está seu irmão José Maia. Os outros dois são: José Vieira e Francisco Cândido. Esses fatos ocorreram em 1905, quando houve também a primeira missa no lugar.

Milagres

Pela semelhança com a história de Moisés, parece mais ficção do que notícia, mas me contaram em Piranga. A família Milagres surgiu de um tal José Rodrigues Milagre, que foi construtor e dono da fazenda São Bento em Piranga. Ele era mulato e seu pai era negro. Esse negro havia engravidado uma moça branca da fazenda. Os episódios se passaram em Catas Altas (final do século XVIII). Os pais dela mantiveram-na escondida durante toda a gravidez. Quando o filho nasceu, os da casa pegaram um balaio, ajeitaram-no de forma que flutuasse e puseram a criança dentro para descer o rio. Ao mesmo tempo, ordenaram aos escravos que fossem pescar, que se colocassem em diversos pontos de um lado e do outro do rio porque tinham que trazer peixe de qualquer jeito. Seus senhores queriam peixe, muito peixe. Numa das curvas do rio, um grupo desses cativos avistou o cesto boiando à flor da água. Recolheram-no, e encontraram dentro – como era necessário – um menino. Levado para a fazenda, ali ele foi adotado e criado pela mãe. O fato se teria dado em Catas Altas. O menino, como sobreviveu e foi encontrado por um milagre, recebeu o nome de José Rodrigues Milagre (o "s" foi acrescentado depois).

José Milagres (Zico), (casado com Isabel, filha de Honório Teixeira), é Milagres e Miranda. Geraldo Milagres, que foi vereador em Barbacena na década de 1990 é neto do Coronel Teixeira. Os que conheceram o coronel afirmam que a cara de um é a cara do outro (do Geraldo Milagres e do Coronel Teixeira). O pai de Geraldo é da família Milagres, mas a mãe (Mariinha) é filha de João Teixeira Guimarães, irmã de Cecília Guimarães (irmã que foi diretora do Colégio Imaculada Conceição de Barbacena, recentemente) e de José Geraldo Teixeira Guimarães.

Miranda

O bispo Dom Afonso de Miranda é filho de José Afonso dos Reis e de Maria das Dores Miranda. José Afonso dos Reis era irmão de Florinda, esposa de Antenor da Lavra (filho de Zeca Barbudo Heleno). Joaquim Miranda (casado com Lelena, filha de Miguel Heleno) foi dono do cartório de São Caetano, antes de se tornar comerciante. Dizem que foi quem primeiro explorou uma mesa de bilhar e que usou uma desnatadeira de leite em São Caetano. Lulu Miranda é primo primeiro de Joaquim Miranda (casado com Madalena, filha de Miguel Heleno e Ana Carolina de Almeida). A esposa de Joaquim Heleno chamava-se Carolina Petrina Gonçalves de Miranda, dos mesmos Miranda do Lulu (nascido em 1917, primo de Joaquim Miranda, casado com Madalena Heleno, filho de Liri, ou Antônio Rodrigues Miranda e de Ana Elias Brandão), e era de Rio Espera, onde muitos Miranda residem até hoje. Ouvi de um entrevistado que Carolina Miranda era também Almeida (o nome que passou para sua filha Ana

Carolina de Almeida), o que faz dela uma parenta do Conselheiro Lafaiete.

Antes desse Joaquim Miranda (casado com Madalena), houve um outro Joaquim Miranda mais antigo. São todos da mesma família e descendentes do Major Miranda: Chiquinho Miranda, Juquinha Miranda, Antônio Miranda (dentista), João Miranda, José Miranda (farmacêutico). Joaquim Miranda, quando foi casar-se com Madalena (filha de Miguel Heleno e de Ana Carolina), teve um pequeno problema: a noiva só tinha 17 anos. Madalena conseguiu fácil a solução sem envolver terceiras pessoas. Pegou a certidão de sua irmã, um ano mais velha, porém falecida, e que tinha o mesmo nome e se casou como se fosse a outra. Expediente semelhante foi usado por Joaquim Goulart (filho de José Ferreira Goulart e de Maria Margarida de Jesus): Sorteado para o serviço militar, não queria ir de jeito nenhum. Ele tivera também um irmão mais novo, com o mesmo nome e já falecido. A família (não ele em pessoa obviamente), com a certidão do outro, provou que aquele Joaquim Goulart era falecido. Já a filha caçula do Coronel Teixeira (casada com Cristóvão Lana), com o prestígio do coronel, pôde casar-se sem nenhum problema, embora contasse à época com idade de apenas 15 anos.

Moraes

José Morais foi escrivão em Abreus. Está ligado à família Terror, de Alto Rio Doce e à família Heleno por causa de Lica (casada com Franklin Pereira). Lica é mãe de Olívia, que é mãe de Sebastião Moraes, que é pai de José Morais (Zezinho Morais). Este é pai do Deputado Estadual Édson Rezende Morais.

Moreira

Olímpio Moreira era coletor em Alto Rio Doce e tio do Cônego Moreira.

Jovelina Moreira Heleno, casada com Benjamin Heleno (filho de Miguel e de Ana Carolina), é filha de Júlio Heleno (Dores do Turvo, casado com Benvinda, irmã de Zeca Moreira). Era ainda irmão de Zeca Moreira: Antônio Moreira do Sapo. Irmãos de Jovelina: Geraldo Heleno, Maria (casada com José Almeno), Donana (casada com Nico Ribeiro), Júlia (casada com José Gabriel), Joaquim (casado com filha de Antônio Pereira de Rio Espera). A mãe de Jovelina M. Heleno é Benvinda (filha de Joaquim Moreira de Abreu e de Jove do Sapo, e irmã de José Moreira (Zeca), casado com Carolina Heleno.

Aristides Cabral, que serviu como cabo em São Caetano por volta de 1940, era sobrinho de Zeca Moreira. Os entrevistados insistem em que são duas as famílias Moreira, como a Pereira, da região: os Moreira de Rio Espera, que são os mesmos de Antônio Dias Moreira, pai de José Arantes Moreira (Crioulo); e a família Moreira, ligada a Joaquim Moreira de Abreu (Quinca Moreira do Sapo). Com Dudé (um dos filhos mais velho de Zeca Moreira) até que os Moreira se juntaram. Dudé era casado nos Moreira de Rio Espera. A família Timóteo é da mesma família dos Moreiras do Quinca Moreira. José Timóteo Moreira (pai de Antônio, de Geraldo e de João Timóteo) e Joaquim Filipe (pai de José Timóteo Sobrinho – Zé Quinquin Filipe, Geraldo da Gena, Luís, Vicente) são parentes. Micota (mulher de José Filipe Moreira) era irmã de Carolina Pereira. Esta, por sua vez, era mãe de Toninho Pereira (casado com Filha, filha de Miguel Heleno e de Ana Carolina). José Filipe Moreira era casado com Micota (irmã de Jovelina Pereira do Vale, a Jove do Sapo, e de Maria Inácia Pereira do Vale, mãe de Artur Bernardes).

José Filipe e Micota eram os pais de Joaquim Gomes Moreira Primo (Quinquim Filipe, casado com Maria Amélia de São José, Mariquinha, que por sua vez era filha do Coronel

Teixeira e de Maria Amélia de Jesus) e Conceição (casada com Juscilino Dias, a Mãe de Lá).

Eram irmãos de José Filipe Moreira: José Timóteo Moreira (pai de João, de Antônio e de Geraldo Timóteo), Benjamim Gomes Moreira, primos de Zeca Moreira. Titina (sobrinha de Joaquim Filipe) foi casada com Pedro Grossi. Origem: não apurada. Benjamim Gomes Moreira (mudou-se para Calambau) foi dono da fazenda comprada depois por Antônio Justiniano Teixeira.

O outro tronco dos Moreira (chamados, às vezes, de Moreirinhas) tem como seu antepassado mais antigo apurado por nós: Antônio Dias Moreira, que teve os seguintes filhos: Isabel (Bebel, casada com Neca Teixeira de Carvalho), José Arantes Moreira (Crioulo, casado com Zinha filha de um dos Pereira Mateus), Pequetita (segunda mulher de Neca Laureano, sobrinho de José Laureano Pereira das Neves), Maria Francisca Moreira (Sá Chica, casada com Pedro Pedrosa), Maria Madalena (casada com Joaquim Cornélio), Maria Procópia (casada com Marcelino, o Marcelo, pai de José e de Hamílcar), Maria Antonieta (casada com Joaquim Gonçalves, filho de Marciano Gonçalves e de Francisca, filha de Joaquim Heleno), José Graciano Moreira, José Geraldo Moreira (casado com a filha de Sá Seta, pai de Nosinho Moreira), Nica, casada com Levindo Teixeira de Carvalho). As filhas de Antônio Dias Moreira todas se chamavam Maria, assim como os homens todos se chamavam José. Teopisto Heleno (filho de Zé Heleno da Divisa) foi casado com uma sobrinha de Antônio Dias Moreira, que era irmã de Sinh´Ana (esposa de Marciano Moreira. Ana, mãe de Joaquim Moreira, casado com Clotilde Goulart). O pai desse Joaquim Moreira (chamava-se Marciano) era irmão da mãe de Pedro Pereira (Pedro Moreira das Neves). Levindo Moreira das Neves foi o primeiro prefeito eleito de São Caetano (1954). Sua atuação foi fundamental para que a estrada de Barbacena a Alto Rio Doce se estendesse até sua cidade.

Oliveira

A casa em que moraram, na Rua do Caminho, Tote Heleno e Maria Francisca tinha pertencido a José Gonçalves de Oliveira (Zé do Bem). O Bem era Joaquim Gonçalves de Oliveira. Jesus do Zé do Bem (nascido em 1919) foi um dos nove vereadores da primeira legislatura de São Caetano, era casado com a filha de Domingos Rivelli, de Brás Pires. Antes do Zé de Bem morar ali, morou Tiãozinho escrivão. Esse pessoal do Bem assina Oliveira: o Zé, o Chico do Bem, que dizem que foi colaborador do Fonseca no tempo da repressão ao roubo de cavalos. Zé do Bem era mais novo do que Francisco. Foi sub-delegado de polícia mais tarde. Eles são originários de Rio Espera, da Vargem do Severino. Chico Prata (Prata é apelido) era pai de Chico Pratinha (Francisco Teodoro de Oliveira nascido em 1911), que era irmão de Geralda (segunda esposa de Zeca Heleno do morro). Zeca Heleno e Geralda deixaram vários filhos. O pai de Chico Prata, o velho, era Sô Nato, que era irmão de Chichico Severino e do Bem (pai do Zé do Bem). Consta que um parente desses Oliveira foi jagunço na zona da Mata: Caratinga, Manhuaçu, Manhumirim. Gente boa de serviço, este teria "mandado pro céu" uns 20 ou mais. Além dessa, há uma outra família Oliveira ligada a José Bernardo de Oliveira, que veio para São Caetano (aproximadamente em 1919) na condição de empreiteiro da família Pedrosa (Chácara). Descendentes de índios de origem baiana, são ligados à música: Manuel é subtenente músico da Polícia Militar de Minas Gerais, e seu irmão mais velho, Francisco Bernardo, é clarinetista e compositor. Aprendeu música com Juquinha do Tote (filho de Teófilo G. Heleno).

Paiva

Joviano Henrique de Paiva teve comércio na rua de Baixo. Ele mesmo era natural de Senhora de Oliveira, mas tinha parentes em São Caetano. Depois mudou-se com a família toda.

Pedrosa

A família Pedrosa se instalou em São Caetano a partir do Padre Pedro Ferreira Pedrosa, vinda da região de Ouro Preto. Junto com o padre, veio para São Caetano seu pai, Virgílio, e seu irmão Antônio, que se casou com Francisca, da família Dias (irmã de Neca Dias). Filhos de Antônio Pedrosa (primeiro casamento): José Dias Pedrosa, Pedro Pedrosa (casado com Maria Francisca Moreira, filha de Antônio Dias Moreira), Didinha (que era paralítica e morreu nova). José Dias Pedrosa (líder político durante muitos anos em São Caetano, tendo sido prefeito) teve os seguintes filhos: José Pedrosa, empresário em Brasília, Jonathas (que foi prefeito de São Caetano mais de uma vez), Maria Pedrosa (casada com Pedro), Virgílio e Antônio. Antônio (que foi dono do bar que hoje pertence a Dito Piranga) mudou-se para Barroso, onde também se dedicou à militância política, elegendo-se vereador. Orlando, filho de Antônio, foi médico em Brás Pires.

Do segundo casamento, com Elisa, filha de Crispiniano Urbano Alvim, teve os seguintes filhos: Clóvis, Aparecida, Darci, Maria de Lourdes, Carmelita, Fátima, Terezinha e Marília. Irmã de Elisa: Zizinha (casada com Rafael Barroso), mãe de Padre Alvim Barroso. O prefeito de São Caetano entre 2001 e 2004 é neto de José Dias Pedrosa, filho de Maria Pedrosa e de Pedro (irmão de João Moreira dos Reis). Padre Alfredo (cunhado de José Dias Pedrosa) era de Abre Campo e tornara-se pároco em São Caetano a partir de 1916, após a morte de Padre Pedro. Era irmão de Virgílio Alves Fernandes, de Nhanhá e de Ló (aquele que teve a escola noturna de adultos onde morreu Zé Luquinha).

Pedro Pedrosa casou-se com Maria Francisca, filha de Antônio Dias Moreira. Ela era, portanto, irmão de José Arantes Moreira (Crioulo). Eram irmãs de Francisca Moreira: Bebel (casada com Neca Teixeira), Pequetita (casada com Neca Laureano), Madalena (casada com Joaquim Cornélio), Procópia (casada com Marcelino), Antonieta (casada com Joaquim Gonçalves), Antônia (Sá Nica, casada com Levindo Teixeira de Carvalho) e José Graciano Moreira.

Eram irmãos de Dona Chiquinha (Francisca, casada com Antônio Pedrosa): Neca Dias, Rosa, Maria Augusta (Mana, casada com Zeca Heleno do Morro). Desde o início do século XX, Dona Chiquinha instalara o hotel do distrito em sua casa. Era ali que se hospedavam os viajantes e as autoridades que passavam por São Caetano. Isso durou até sua morte, já no fim da década de 1940.

Pereira

A mãe de Toninho Pereira (casado com Filha, filha de Joaquim Heleno) era Carolina. Irmãos de Toninho: José Pereira (pai da mãe de José Geraldo Viana – Alemão), Geraldino Pereira (casado com Dália, filha de Zeca Heleno). O sítio que veio a pertencer depois a Tatá (Jonathas Pedrosa) foi morada de um tal Joaquim Pereira. Antes, a propriedade já pertencera a Juca Laureano Pereira Neves. O rigor nas punições era tanto – não só dos Grossi, mas de quase todas as famílias – que Gustavo Grossi deu como castigo a José Domingos, seu filho, por ter brigado com José Pereira, filho do tal Joaquim Pereira, o "exílio" para Rio Pomba. José Domingos Grossi tinha, então, entre 12 e 14 anos. Há uma família Pereira (Pereira da Mutuca) em Senhora dos

Remédios, responsável tradicionalmente pelas festas de cavalhada, que não sei se tem ligação com os Pereira de São Caetano.

Joaquim Moreira de Abreu é casado com Jovelina Pereira do Vale (Jove do Sapo). Esta, por sua vez, é irmã de Maria Aniceta Pereira do Vale (casada com Antônio Bernardes, pai do Presidente Artur Bernardes). Maria Aniceta Pereira do Vale[95] é irmã de Francisco Pereira do Vale, de José Pereira do Vale (Zeca Pereira da Ponte, pai de Franklin Pereira, aquele casado com Lica Heleno), Januário Pereira do Vale. Todos os Moreira de Abreu (Quinca Moreira do Sapo) são também Pereira, por parte de Jovelina (Jove do Sapo). Filhos de Joaquim Moreira de Abreu e de Jovelina: além de Zeca Moreira, havia Benvinda, Jovelina e Antônio (este era morador de Senador Firmino). Geraldo Braz (ex-prefeito de Guaraciaba) é da família Moreira. Francisco Pereira do Vale é casado com uma filha de Furtado de Campos, sócio de estradas de ferro. Artur Pereira (casado com Inês, filha de Francisco Heleno e de Perciliana) é pai de Zizico e de Lourival Pereira (Lô). Artur Pereira é irmão de Mariquinha (casada com Francisco Grossi), que tinha pensão em Alto Rio Doce. Filhos de Chico Grossi e de Mariquinha: Levindo, Juca e outros. Artur Pereira foi quem se associou a José Inácio de Carvalho, entrando com recursos financeiros que possibilitaram o desenvolvimento da fórmula do vermicida Thimoferron (CARVALHO, 1997). Francisco Pereira do Vale é avô de Juca

[95] O *Dicionário Biográfico de Minas Gerais*, 1994, ao registrar o nome da mãe de Artur Bernardes como Maria Aniceta *Pinto* Bernardes deve ter cometido um engano na interpretação de uma possível abreviatura de Pereira (P.) como se fosse abreviatura de Pinto. A não ser que faça também parte de todo aquele qüiproquó que se criou em torno da origem do presidente que acabou fazendo-o *a posteriori* ter nascido em Viçosa.

Pereira do Vale (casado com Jojove, filha de Joaquim Heleno). Juca Pereira é pai de Arlindo Pereira, de Ricardo Gomes Pereira (casado com Leta, filha de Joaquim Heleno), de Artur Pereira (pai de Zizico e Lô), de Quinca Pereira Mateus (pai de Zinha, casada com José Arantes Moreira-Crioulo e de um tal de Titi (que morreu solteiro).

Há uma outra família Pereira, da região de Rio Espera, que os Pereira de São Caetano são unânimes em afirmar que são de outra família. De qualquer forma, Francisca (filha de Francisco Heleno e Perciliana) era casada com Tonico Pereira (pai de José Pereira da Bocaina, morador da beira da estrada Rio Espera-São Caetano). Segundo entrevista colhida em Piranga, a família Pereira da região é uma só, incluindo nela o famoso Luciano Pereira (dono do Banco Financial, de triste memória) que descenderia de família de Mariana, que depois se deslocou para Belo Horizonte. Essa família Pereira de Mariana foi dona da fazenda Paracatu (de Piranga), onde garimparam ouro. Dizem que a cidade de Paracatu tem seu nome originário dessa fazenda, quando os mineradores de Piranga, da fazenda Paracatu, deslocaram-se para garimpar ouro no lugar em que se fundaria a cidade de Paracatu. O nome dessa cidade estaria vinculado à fazenda Paracatu, de Piranga.

Pereira Neves

O cidadão mais conhecido é o Capitão José Laureano Pereira Neves, que era pai de Dodô da Lavra, de Dona (esposa de Nico Araújo), de Cândida Neves Alvim (Inhanhá, casada com Crispiniano Alvim, o Pinhão, natural de Alto Rio Doce). Nhanhá era mãe de: Zizinha (casada com Rafael Barroso, pais de Padre Alvim Barroso), Elisa, Juraci, Monsenhor José Alvim, Crispiniano, Jacira, Sá Gi. Neca Larueano, sobrinho de Juca Laureano, foi casado, pela segunda vez, com Pequetita, filha de Antônio Dias Moreira (pai do Crioulo). Hermógenes Pereira Neves, filho de Antônio Pereira Neves (Dodô da Lavra, o caçula nascido em 1894) é neto de Juca Laureano. Benjamin Laureano era irmão de Juca Laureano e pai de Alzira (esposa de Colin Dias). Juca Laureano foi para São Caetano depois de ter arrematado na praça de Piranga a fazenda da Lavra (100 alqueires). Com Joaquim Moreira de Abreu aconteceu o mesmo: ele arrematou, também na praça de Piranga, a fazenda do Sapo. Filhos de Juca Laureano: Maria Francisca (casada com Tote Heleno), Antônio Pereira das Neves (Dodô da Lavra), Nhanhá (casada com Crispiniano Alvim), Dona (casada com Nico Araújo). Chiquinha de Domiciano (mãe de Zé Chiquinha) foi criada na fazenda da Lavra. Hermógenes foi irmão de leite de Isolina (filha da Chiquinha).

O Laureano do Capitão Laureano não parece representar a mesma família do Pedro Laureano, tratada antes. O Capitão Laureano chamava-se José Laureano Pereira das Neves (Juca Laureano). Sua primeira esposa era da família Teixeira de Carvalho (tia de Zeca e de Totônio). Em segundas núpcias, foi casado com Ana Moreira dos Reis. Eram irmãs: Jovelina (esposa de Quinca Moreira do Sapo), Maria Moreira dos Reis (avó de Geraldo Barroso de Carvalho), Rosalina Moreira dos Reis (mãe de Geraldino ou Sô Dino), Idalina Moreira dos Reis (mãe de João Moreira dos Reis, ex-prefeito de Alto Rio Doce), Antônio Moreira Sobrinho (pai de José Arantes Moreira). Juca Laureano é irmão de Alcides Laureano (que veio para São Caetano na mesma época) e de Beijo Laureano (que se mudou para Senhora de Oliveira; Beijo era sogro de Colin Dias). Neca Laureano era irmão de José Laureano Pereira Neves e pai de Maria Francisca (casada com Teófilo Gonçalves Heleno). Neca Laureana era padrinho de casamento de Juquinha Goulart. Os três irmãos são naturais de Senhora dos Remédios. Pedro Pereira (filho de João Pereira das Neves, boticário em São Caetano), na verdade chamava-se Pedro Moreira das Neves (nascido em 1918). Não recebeu Pereira no nome. Pedro Pereira era irmão de João Moreira dos Reis (ambos nasceram em Abreus).

Pires

Herculano Pires Dantas (pai de Augusta, casada com Venute, e de Mariquinha, uma das esposas de Alberto – pai de Dom Grossi) costumava acompanhar os seminaristas a Mariana quando o transporte era a cavalo.

Reis

André Onofre dos Reis é, talvez, o mais conhecido. Bom tocador de violão e seresteiro, era muito espirituoso. Há muita história sobre ele. Era carpinteiro habilidoso e construtor de casas. Teve os filhos: Cirilo, Salvina (segunda esposa de Alberto Grossi.2, neto do Alberto.1). Salvina foi a primeira madrasta de Dom José Nicomedes Grossi. A segunda foi Mariaca. A primeira esposa de Alberto foi Mariquinha. João Moreira dos Reis (filho de Idalina Moreira dos Reis e de João Pereira), natural de São Caetano, foi prefeito de Alto Rio Doce e foi figura importante no processo de emancipação do distrito. É parente de Genoveva dos Reis. Não apurei se são os mesmos Reis. A segunda esposa de Juca Laureano (nascido em 1852) chamava-se Ana Moreira dos Reis e era avó de Monsenhor José dos Reis Alvim e de Maria dos Reis Alvim, a Dona Zizinha de Crispiniano Urbano Alvim (o Pinhão). Rosalina Moreira dos Reis é mãe de Sô Dino. São todos parentes de Napoleão Reis. Idalina, Rosalina e Maria Moreira dos Reis eram irmãs de Antônio Dias Moreira (pai de José Arantes Moreira) e de Olímpio Moreira. Guilhermina Moreira dos Reis era irmã de Genoveva Moreira dos Reis (casada com o inglês dono da Mina de Morro Velho). O Presidente Artur Bernardes é também da família Reis pelo lado materno. O pai do bispo Dom Antônio Afonso de Miranda chamava-se José Afonso dos Reis e era irmão de Florinda, esposa de Antenor da Carlota (ou da Lavra).

Rodrigues

A mais conhecida era Perciliana (casada com Francisco Heleno). Perciliana era filha de Joaquim Rodrigues e de Ana Maria, da região de Alavanca (Rio Espera). Eram irmãos de Perciliana: Dona (casada com José Heleno da Divisa) e Antônio (Tonico Rodrigues do Morro Grande), este casado com Francisca (Nhá Chica, filha de Francisco Heleno e de Perciliana). Pela informação obtida, parece que Perciliana ficou no lugar de tia do próprio irmão. A primeira esposa de José Cupertino Werneck se chamava Maria Nogueira Rodrigues e era de Conselheiro Lafaiete. Filhos de Perciliana e de Francisco Heleno: José Heleno Sobrinho, Miguel Gonçalves Heleno, Inês Maria de Jesus, Maria Joana de Jesus, Ana Maria de Oliveira (Dona, de João Cirilo Dias dos Anjos), Francisca Maria de Jesus (mudou-se para Lamin), Carlota Maria de Jesus (Lota, casada com Benjamin Dias dos Anjos).

Santos

José Vítor dos Santos (o José Vítor velho) foi um dos compradores de galinha mais conhecidos de São Caetano. Tornou-se tropeiro, transportando todo tipo de produto da região e mercadorias de fora. O ponto de referência dele e de outros tropeiros de São Caetano foi Pedro Cunha, comerciante de Mercês.

Soares

Não consegui amarrar a família Soares. Era muito conhecido em São Caetano o João Soares, que ficou famoso como puxador de procissão, levando uma cruz. Foi sacristão durante algum tempo. Dionísio Soares era casado com Cota Pereira e morou na Casinha (município de Senhora de Oliveira). Era filho de Jacó Soares e irmão de Jacozinho. Dionísio Soares (casado com Marieta do Ricardo Pereira) era dessa família. Em Brás Pires, que era distrito de Senhora de Oliveira, houve um João Soares que era coronel. Ele era tão poderoso, que o padre não começava a missa enquanto ele não entrasse na igreja. Outro que assinava Soares era o Laurindo, que foi casado com Dona Francisca Pedrosa e criou uma segunda banda de música, mas não é da região. Trata-se de uma figura interessante e pouco conhecida hoje dos xopotoenses. Era músico, gostava de teatro. Há um verso dele assim: "Dentre todas as sete cores,/ Fui eu a só esquecida./ E por ser a mais mimosa:/ Cor-de-rosa aparecida" (esse versinho deve ser de 1926). Laurindo era fala-feio, tanto que, ao separar-se de Francisca Pedrosa, fugiu (o que é sintomático) com uma moça do Logra. Pelo grande número de afilhados que deixou em São Caetano, deveria ser uma pessoa excepcionalmente benquista e músico talentoso. Muitos fala-bonito estudaram esta arte com ele.

Teixeira de Carvalho

Remígio Teixeira de Carvalho era filho de Antônio Teixeira de Carvalho (chamado de Alferes). O Alferes era irmão do pai de Antônio Teixeira de Carvalho (Totônio) e de Zeca Teixeira (maestro). Remígio (que era irmão de Ildefonso), Totônio e Zeca (maestro) eram primos, por serem netos de José Teixeira de Carvalho (que era originário de Catas Altas). O Alferes era casado com Maria Aniceta de Jesus (Sá

Seta, filha de José Custódio de Oliveira) e possuía fazenda no Sarandi, Ribeirão dos Farias. Neca Teixeira foi casado com Bebel, filha de Antônio Moreira, pai do Crioulo. Neca Teixeira era filho de Juca Teixeira (irmão do Alferes). Maria Cândida T. de Carvalho (casada com Joaquim Filipe) era irmã também do Alferes e mãe de José Ferreira Goulart. Havia uma outra irmã de Maria Cândida cujo nome não apurei.

Filhos do Alferes: José Teixeira Moreira, José Teixeira de Oliveira (Zequinha Alferes), Antônio Teixeira de Carvalho, Luísa de Jesus, Vitalina, Cecília (casada com Isaltino Teixeira de Carvalho, pai de Zé Mestre), Ildefonso T. de Carvalho, Pedro Teixeira de Carvalho, Remígio Teixeira de Carvalho, Levindo Teixeira de Carvalho (casado com Nica, filha de Antônio Dias Moreira), Maria Aniceta da Conceição, Augusto Teixeira de Carvalho, num total de treze filhos só do primeiro casamento. Do segundo, nasceu Augusto Teixeira de Carvalho. Três irmãos Teixeira de Carvalho prestaram juntos o serviço militar: Isaltino, Galdino (não é o coronel) e Antônio Teixeira de Carvalho (Totônio). Os três eram irmãos de Zeca, Honório e Neca Teixeira (casado com Bebel), que por esse tempo já estavam casados. São tantos os Zeca Teixeira que é inútil querer distinguir. É como os Zeca Heleno, os Zé Pereira, os Francisco e os Alberto Grossi.

Teixeira Guimarães

O mais conhecido dos Teixeira Guimarães é Joaquim Teixeira Guimarães, o Coronel Teixeira. Seu pai é referido apenas como Teixeira. O coronel teve os seguintes filhos: Antônio Teixeira Guimarães (Tonico), Vicente Teixeira Guimarães (mudou-se para o Rio de Janeiro), Corina (casada com Antônio Justiniano Teixeira, o Tonico Piranga), Belmira Teixeira Guimarães (Bela de João Viana), Maria Amélia de São José (Mariquinha, casada com Quinquim Filipe Moreira),

José Serápio Teixeira (Juca Teixeira), João Teixeira (sobrinho, casado com Jorgina, filha do Coronel Galdino), Maria Teixeira Guimarães (Fia, a caçula nascida em 1915, casada com Cristóvão Lana, que, originário de Piranga, para lá voltou e morreu). Quem foi padrinho de casamento de Maria foi Miguel Gonçalves Heleno. Irmãos do Coronel Teixeira: João Teixeira (o tio, casado primeiro com Amélia, depois em segundas núpcias com Ana Carolina de Almeida, viúva de Miguel Heleno), José Teixeira Guimarães (Zeca Teixeira do Taiá), Belmira Teixeira Guimarães (Bela, casada com João Viana), Inês, Maria José, Maria Cândida. É filho de José Teixeira Guimarães, entre outros: José Teotônio Guimarães (casado com Jovelina Moreira, filha de Zeca Moreira e de Carolina Heleno; José Teotônio foi prefeito de São Caetano).

Eram três as filhas do Coronel Teixeira que se casaram em Piranga: Corina (com Antônio Justiniano Teixeira o Tonico Piranga), Nega (casada com Raimundo que era tratado por Mundeco), Maria (a Fia, casada com Cristóvão Lana). Miguel Heleno foi testemunha de casamento de Maria e de Cristóvão. Tonico Piranga e Mundeco eram primos. Cristóvão também era primo de Mundeco, embora não fosse parente de Tonico.

É provável que, na origem, as três famílias Teixeira sejam uma só: a Teixeira de Carvalho, a Teixeira Guimarães e a Teixeira (Justiniano Teixeira). As três procedem de localidades próximas: Catas Altas (Teixeira de Carvalho), Piranga (Justiniano Teixeira). Além disso, a amizade do Coronel Teixeira Guimarães com a família de Tonico Piranga é anterior ao casamento de Corina e Tonico. Dois irmãos de Tonico Piranga freqüentaram São Caetano: Joaquim e Jacinto.

Dizem que João Teixeira Guimarães e Ana Carolina de Almeida (viúva de Miguel Heleno) se conheceram numa mesa de marimbo. João Teixeira Guimarães (casado com

Jorgina e sobrinho do coronel) era pai de Margarida (casada com Alberto Augusto Werneck, Sovi, um dos filhos do Porfessor Werneck). Juca Teixeira (José Serápio Teixeira, filho do Coronel Teixeira) era casado com Tita, filha de Teopisto Gomes e de Luísa Werneck. O terreno ao lado da casa do João Timóteo (que pertenceu a Zé Quinquim Filipe) pertencera antes a Teopisto Gomes. José Teixeira Guimarães, irmão do Coronel Teixeira, era tratado como Zeca Teixeira do Taiá. José Honorato (pai de Miro e de um outro filho casado com a filha do Juca Teixeira) era casado com uma filha de Zeca Teixeira do Taiá (portanto, irmã de José Teotônio Guimarães). Sovi Werneck (filho do Professor Leando Werneck) era casado com Margarida Teixeira Guimarães (neta do Coronel Joaquim Teixeira Guimarães). José Teotônio Guimarães foi prefeito de São Caetano, tendo-se dedicado especialmente à tarefa de levar até ali a energia da CEMIG.

Terror

Esses Terror entram aqui em razão de terem sido ouvidos em entrevista por mim. Francisco da Cunha Terror (Professor Cunha) e Manuel da Cunha Terror eram filhos de Taxico (José Antônio de Souza Terror), um homem muito habilidoso de Alto Rio Doce, que consertava de tudo. Francisco Cunha e Manuel são primos de José Morais (filho de Antônio Coelho de Moraes), de Abreus, o Zezinho escrivão, que por sua vez é parente dos Heleno, da parte de Franklin Pereira e de Lica.

Trindade

Alberto Grossi.2 (filho do Alberto.1) casou-se três vezes: da primeira esposa, Alexandrina Catarina Trindade (filha de Franklin Trindade e irmã de Isaltino Trindade, de Aristides, de Almerindo e de Cecília, casada com Jorge Heleno) nasceram o bispo Dom Grossi e Oswaldo, que era farmacêutico e morreu em Petrópolis; da segunda (Salvina Onofre dos Reis), teve Aparecida, que morreu menina, e Geralda; de Mariaca não teve filhos sobreviventes. José Trindade, pai de Isaltino Trindade, de Aristides Trindade e de Cecília Trindade (casada com Jorge Heleno, filho de Miguel Heleno), foi escrivão em São Caetano. Depois dele, ficou com o cartório um filho seu: Lafaiete Trindade. De Lafaiete o cartório passou para Honório Teixeira de Carvalho. Deste, o cartório passou para Tiãozinho (casado na família Grossi). Deste, o cartório passou para Antônio Benedito de Carvalho e de Antônio para José Dias Pedrosa.

Viana

Os Viana são descendentes de Antônio Heleno Barbudo. A família é Viana, embora um dos entrevistados mais fidedignos tenha levantado a possibilidade de Antônio Heleno Barbudo ser parente do Guarda-Mor Miguel Vidal G. Heleno. Filhos de Antônio Heleno Barbudo: Zeca Viana, Hermínio Heleno (Dote), João Viana (casado com Bela), Quinquim Viana, Antônio Viana e Levindo Viana. Antônio Heleno Barbudo adquiriu a maior parte da fazenda dos Ganda.

Vidal

Muito conhecido é José Vidal, que não era natural de São Caetano. Aí casou-se e viveu até a morte. De seus filhos, destacam-se os varões: Raimundo, agricultor bem-sucedido em Brás Pires, para onde se mudou e veio a tornar-se prefeito. Afonso e Vicente vivem em São Caetano, dedicando-se o primeiro à agricultura e o segundo, ao comércio.

Vieira

Como os Moreira, também parece que há duas famílias Vieira. A primeira é a de José Vieira, que foi dono do primeiro ônibus de São Caetano. Ele comprou a jardineira de Vicente Carvalho e adquiriu outro ônibus. Isto lá pelo início da década de 1950. Seu motorista, também um dos mais antigos de São Caetano, era seu genro e filho de Nico Araújo (José Nico). Os outros Vieira são os da parte de Zeca Vieira da Aguada, dentro de cuja família há um ligado à questão do roubo de cavalos na região.

Werneck

Werneck, inicialmente era Silva. Werneck da Silva. A partir do Professor Leandro da Silva Werneck, o sobrenome foi simplificado para Werneck. O Werneck é natural de Catas Altas. Werneck chegou a São Caetano por meio do Professor Leandro Gomes da Silva Werneck (casado com Maria Augusta Grossi, filha de Alberto.1). Filhos de Leandro Werneck: Joanita Werneck (a mais velha), Francisco Alberto da Silva Werneck (Sovi), João de Deus (músico, coletor em Congonhas e residente em Belo Horizonte. Morreu aos 44 anos), José Cupertino Werneck (casado com Maria Nogueira Rodrigues, de Conselheiro Lafaiete, chamada Sinhá), Alberto Augusto da Silva Werneck (Guiu, o caçula, comerciante em sociedade com Sovi, em Barbacena. A trajetória comercial iniciou-se com Amadeu Bozza, de Santos Dumont). O primeiro *outdoor* que houve em São Caetano foi da lavra dos irmãos Werneck (Guiu e Sovi), que pintaram um anúncio de sua alfaiataria na Rua de Baixo, numa posição que possibilitava sua leitura a partir do centro do distrito.

Apêndice II

Relação dos entrevistados

Registro neste apêndice os nomes de todos aqueles que, com suas informações, possibilitaram-me produzir este livro. Em vez do nome de batismo ou do registro civil, de muitos dos entrevistados, colhi apenas os apelidos pelos quais são conhecidos. Essa circunstância se deve, algumas vezes, à necessidade de manter a informalidade, principalmente do início da entrevista. Com isso, os nomes civis deixaram de ser anotados. A partir das entrevistas, que mantenho em meus arquivos (inclusive as fitas com as vozes dos entrevistados), penso que é possível levantar a identidade completa dos depoentes. Declino os nomes de todos eles. Foram as preciosas informações que me passaram que possibilitaram a escrita deste livro. Alguns já morreram. Penalizo-me por ter demorado tanto a dar à luz este livro que era, por alguns, aguardado com ansiedade. Agradeço a todos.

Adriano Lana e Maria (filha do Coronel Teixeira e viúva de Cristóvão Lana)
Albertino Heleno e Edith da Conceição Heleno
Alberto Augusto da Silva Werneck (Guiu)
Alberto Grossi e Nelito Grossi
Ana Anastácia de Oliveira (Donana, viúva de Elói Heleno)
Anselmo Abrantes de Souza (Timinho)
Antônio Augusto da Silva (Antônio Lopes), Filhinha e Celso Silva

Antônio Heleno (Dores do Turvo)
Antônio Jerônimo Dias
Antônio Madalena
Antônio Rodrigues Maia e Geraldo
Atílio Honorato (comunidade da Leoa, morador do Pina)
Benedito Neca Teixeira e Zizica do Pedro Pedrosa
Cici do Niquinha Barroso
Conceição Heleno Grossi
Córjesus Cruz e Lourdes Luciana
Divino Gonçalves Heleno
Duílio do Reque (nome)
Efigênia Isabel (prima de Zé Chiquinha)
Francisco Cunha
Francisco Gonçalves (Chico Gonçalves)
Francisco Oliveira (Chico Pratinha)
Geralda Barroso (Ouro Preto)
Geralda Aparecida Magalhães e Luíza Venâncio (Abreus)
Geraldo Lázaro (Geraldo Zé Vítor) e irmã
Helvécio Silva Araújo (Piranga)
Hermógenes Pereira das Neves
Isabel Moreira
Isolina Caetano Pedro
Jésus Gonçalves de Oliveira (filho de José do Bem)
João Gonçalves Goulart (João Desidério ou João da Sá Emília) e esposa
José Calixo (Comunidade da Leoa), grupo de moradores e Tita da Comunidade dos Luzias
José Beijo (do Beijo Carlota) e sua irmã Carlota
José Cupertino Werneck
José de Assis
José Dias Moreira (não gravado)
José Domingos Grossi e Maria Efigênia Grossi (Bem)
José Dorneles (de Senhora dos Remédios) e Antônio Faria (de Senhora dos Remédios)

José dos Reis Alvim (Monsenhor Alvim) e Zizinha
José Evangelista de Souza (Zé Soldado)
José Geraldo (Lalau, de Piranga)
José Geraldo Pedrosa (Zé Pedro Pedrosa)
José Goulartinho
José Hermógenes Barroso (Dezico)
José Honorato (José do Apolinário)
José Inácio Pereira (Zé Quinca)
José Mansueto de Carvalho
José Mateus Moreira
José Nicomedes Grossi (Bispo) e sua irmã
José Oscar de Araújo (Zé Nico)
José Profeta (Bié)
José Santana Gomes (Zé Toninho) e esposa, Lourdes, sua irmã, e Marizinha
José Teotônio Guimarães e Jovelina Moreira
José Timóteo Sobrinho e Geralda Augusta Nogueira
José Vìtor e José de Assis
José Umbelino Almeida (José Jove, de Abreus)
José Vítor da Cunha (Nô Duque)
Jovelina Moreira Heleno (Jove, viúva de Benjamin Heleno)
Júlio de Campos Rosa, esposa, e Oswaldo Olímpio Emídio

Levindo Moreira das Neves e Alzira Carolina de Almeida (Tita)
Luiz Goulart
Lulu Miranda

Madalena Ingrácia de Oliveira (Maria do Zé Lima)
Manoel da Cunha Terror
Manuel Bernardo de Oliveira e esposa Maria
Maria Conceição Moreira (Marizica)
Maria das Graças Pereira (do Ribeirão Santo Antônio)
Maria do Espírito Santo (Nenega) e filha
Maria Francisca de Almeida (Maria do Zé Miguel)

Maria Geralda Araújo Dias (Eni)
Maria Heleno Filardi e filha
Marieta Araújo e filhas: Lourdes e Zizi
Marinho Pereira

Nilo Goulart
Nivalda (comunidade dos Luzias) e um grupo de moradores

Odilon de Araújo Couto
Onofre Biana
Osvaldo Grossi (Vavá)

Pedro Pereira e o filho Ely

Remígio Teixeira de Carvalho

Salete Miranda

Vicente de Paulo Carvalho

Zilda Heleno
Zizico do Artur Pereira

Apêndice III

Candidatos a Prefeitos e Vice-prefeitos

Estão marcados com asterisco a dupla de candidatos que se elegeram, e sem marca os demais.

1954: Intendente Raimundo Tibúrcio Henrique

1954: 1ª eleição

**José Inácio de Carvalho* – Vice*: José Arantes Moreira (Crioulo)*
José Dias Pedrosa – Vice: Divino Gonçalves Heleno
(José Inácio morre antes da posse. Há outra eleição só para o prefeito.)

**Levindo Moreira das Neves* (1955,1956,1957,1958)

1958: 2ª eleição

**José Dias Pedrosa* – Vice: *João Moreira dos Reis* (1959, 1960, 1961, 1962)
Manuel de Araújo Couto – Vice: Francisco de Freitas

1962: 3ª eleição

**Luiz Carlos de Carvalho* (filho de Zé Inácio) – Vice: *José Teotônio Guimarães* (1963, 1964, 1965, 1966)
Arlindo Pereira (apoiado por J. Pedrosa) – Vice: Geraldino Arantes Campolina (Sô Dino)

1966: 4ª eleição

José Dias Pedrosa[96] – Vice: *Geraldo Estêvam Pereira* (*Geraldo Jusa)* (1967, 1968, 1969, 1970)
José Faustino Pereira (Zé Jusa) – Vice: Luiz Nepomuceno (Luiz Bernadeta)

1970: 5ª eleição
(para um mandato-tampão de dois anos)

**Antônio Jerônimo Dias* – Vice: *Divino Pereira* (apoiado por Levindo Moreira das Neves) (1971, 1972)
(Cada um governou um ano.)
Geraldino Arantes Campolina – Vice: Pedro Pereira (do Logradouro)

1972: 6ª eleição

**Jonathas Pedrosa* (Tatá, filho de José Dias Pedrosa) – Vice: *Geraldo Barroso de Carvalho* (1973, 1974, 1975, 1976)
Geraldino Arantes Campolina – Vice: Pedro Pereira (do Logradouro)

1976: 7º eleição
(para um mandato de seis anos)

**Antônio Jerônimo Dias* – Vice: *Joaquim Teixeira Primo* (1977, 1978, 1979, 1980, 1981, 1982)
Geraldino Arantes Campolina – Vice: Ulisses Moreira 1982:

8ª eleição
(para mandato de seis anos)

Jonathas Pedrosa[97] – Vice: *Hamílcar Teixeira Guimarães* (1983, 1984, 1985, 1986, 1987, 1988)

---

[96] Faleceu em 1968. O mandato foi concluído pelo vice-prefeito.

[97] Jonathas falece, faltando um ano e três meses para concluir o mandato, que é exercido por Hamílcar.

Jonathas se candidatou pela ARENA. Pelo MDB, houve três candidatos a prefeito (com três sublegendas) e um candidato a vice.
Candidatos a prefeito: Geraldino Arantes Campolina, Manuel Lopes e Caetano de Assis – Vice: Pedro Pereira (do Logradouro)

1988: 9ª eleição

**Antônio Jerônimo Dias* – Vice: *Caetano de Assis* (1989, 1990, 1991, 1992)
João Reginaldo (Joãozinho) – Vice: Geraldino Arantes Campolina

1992: 10ª eleição

**Valdomiro Moreira* (Mirinho) – Vice: *Arlindo Dias* (filho de Chico Dias) (1993, 1994, 1995, 1996)
Benício Pedrosa (Nem) – Vice: Aníbal Heleno (filho de Sô Tino)
João Reginaldo – Vice: Geraldino Arantes Campolina

1996: 11ª eleição

**João Reginaldo* – Vice: *Antônio Jerônimo Dias* (1997, 1998, 1999, 2000)
Eli Pedrosa (candidatura registrada como Eli Pereira) – Vice: João de Souza

2000: 12ª eleição

**Eli Pedrosa* – Vice: *Valdomiro Moreira* (2001, previsto até 2004)
João Reginaldo – Hélvio Moreira (filho de Tão e neto de Crioulo)

Este livro foi composto em tipologia
Caslon-Normal e impresso em papel
Offset 75g/m² (miolo) e Cartão Art
Premium 250g/m² (capa).